Michail Bulgakow

Gesammelte Werke
Band 8

Aus dem Russischen von
Thomas Reschke

Bulgakow

Die Tage der Turbins
Die Flucht

Stücke

Verlag Volk & Welt
Berlin

Herausgegeben
und mit literaturgeschichtlichen Anmerkungen
versehen von Ralf Schröder

Die Übersetzungen stützen sich auf folgende Originalausgaben:
»Dni Turbinych« (Bühnenfassung): Michail Bulgakov, P'esy,
Vlg. »Iskusstvo«, Moskau 1962; die vollständige Fassung
des zweiten Bildes im zweiten Akt erschien erstmalig in:
Michail Bulgakov, Sobranie Sočinenij v pjati tomach, Band 3,
Vlg. »Chudožestvennaja literatura«, Moskau 1990.
»Beg«: Michail Bulgakov, Izbrannye proizvedenija,
Vlg. »Dnipro«, Kiew 1990.

*Der Verlag dankt Jan Philipp Reemtsma
für die Unterstützung dieser Ausgabe.*

Die Deutsche Bibliothek – CIP-Einheitsaufnahme

Bulgakov, Michail A.:
Gesammelte Werke / Bulgakow. [Hrsg. und mit literaturgeschichtlichen
Anm. vers. von Ralf Schröder]. – Berlin : Verlag Volk und Welt.
NE: Schröder, Ralf [Hrsg.]; Bulgakov, Michail A.: [Sammlung <dt.>]
Bd. 8. Die Tage der Turbins. Die Flucht.
Aus dem Russ. von Thomas Reschke. 1993
ISBN 3-353-00949-3

Lektorat: Christina Links
Buchgestaltung: Lothar Reher
Gesetzt aus der Baskerville ITC, Linotype
Satz: deutsch-türkischer fotosatz, Berlin
Druck und Bindearbeiten: Offizin Andersen Nexö Leipzig GmbH
Printed in Germany
ISBN 3-353-00949-3

Inhalt

Die Tage der Turbins

Stück in vier Akten

Personen

Turbin, Alexej Wassiljewitsch, Oberst der Artillerie, 30 Jahre · Turbin, Nikolai, sein Bruder, 18 Jahre · Talberg, Jelena Wassiljewna, seine Schwester, 24 Jahre · Talberg, Wladimir Robertowitsch, ihr Mann, Oberst im Generalstab, 38 Jahre · Myschlajewski, Viktor Viktorowitsch, Stabshauptmann der Artillerie, 38 Jahre · Scherwinski, Leonid Jurjewitsch, Oberleutnant, persönlicher Adjutant des Hetmans · Studzinski, Alexander Bronislawowitsch, Hauptmann, 29 Jahre · Lariossik, Vetter aus Shitomir, 21 Jahre · Hetman der Ganzen Ukraine · Bolbotun, Kommandeur der 1. Kavalleriedivision Petljuras · Galanba, Hundertschaftsführer bei Petljura, ehemaliger Ulanenrittmeister · Uragan · Kirpaty · von Schratt, deutscher General · von Dust, deutscher Major · Arzt der deutschen Armee · Desertierter Saporoger Kosak · Mann mit Korb · Kammerdiener · Maxim, Gymnasiumspedell, 60 Jahre · Haidamak, Telefonist · Erster Offizier · Zweiter Offizier · Dritter Offizier · Erster Junker · Zweiter Junker · Dritter Junker · Junker und Haidamaken · Jude

Der erste, zweite und dritte Akt spielen im Winter 1918, der vierte Akt spielt Anfang 1919.

Ort der Handlung – die Stadt Kiew

Erster Akt

Erstes Bild

Wohnung der Turbins. Abend. Im Kamin Feuer. Während der Vorhang aufgeht, schlägt eine Uhr neunmal und spielt zart ein Menuett von Boccherini.
Alexej beugt sich über Papiere.

NIKOLKA *spielt auf der Gitarre und singt*
Stündlich hört man schlimmere Gerüchte:
Auf uns schickt Petljura sein Gezüchte!
Drum so hab'n wir die MGs geladen,
Woll'n Petljura in blauen Bohnen baden.
Ihr MG-Schützen-Schützen-Schützen
Seid unsre besten Stützen-Stützen-Stützen,
Ihr habt uns herausgehauen, Jungs!

ALEXEJ Was zum Teufel singst du da! Dienstmädchenlieder! Sing doch was Ordentliches.

NIKOLKA Wieso Dienstmädchenlieder? Das Lied hab ich selbst gemacht, Aljoscha. *Singt*
Ob du singst oder nicht,
Deine Stimme ist kein Gedicht!
Stimmen gibt's, da spürt man gar,
Wie sich sträubt ein jedes Haar!

ALEXEJ Das paßt genau auf deine Stimme.

NIKOLKA Nein, Aljoscha, das ist nicht wahr. Ich habe Stimme, zwar keine solche wie Scherwinski, aber doch ganz brauchbar. Eine dramatische Stimme, genauer gesagt, Bariton. Lena, Lena! Was meinst du, hab ich Stimme?

JELENA *aus ihrem Zimmer* Wer? Du? Überhaupt nicht.

NIKOLKA Sie ist nervös, darum spricht sie so. Übrigens, Aljoscha, mein Gesangslehrer hat zu mir gesagt: »Sie könnten in der Oper singen, wenn nicht Revolution wäre, Nikolai Wassiljewitsch.«

ALEXEJ Dein Gesangslehrer ist ein Dummkopf.

NIKOLKA Ich hab's gewußt. Im Hause Turbin sind sämtliche Nerven zerrüttet. Der Gesangslehrer ist ein Dummkopf, ich habe keine Stimme, dabei hatte ich gestern noch eine, und überhaupt herrscht Pessimismus. Meine Natur neigt mehr zum Optimismus. *Greift einen Akkord.* Aber ich gebe zu, Aljoscha, ich werde schon selber unruhig. Neun Uhr abends, und am Morgen wollte er kommen. Ihm wird doch nichts passiert sein?

ALEXEJ Sprich leiser. Verstanden?

NIKOLKA O Gott, welche Plage, der Bruder einer verheirateten Schwester zu sein.

JELENA *aus ihrem Zimmer* Wie spät habt ihr's im Eßzimmer?

NIKOLKA Äh … neun. Unsere Uhr geht vor, Lena.

JELENA *aus ihrem Zimmer* Erzähl mir bitte keine Märchen.

NIKOLKA Eijei, die ist aufgeregt. *Singt* »Neblig ist es, ach, wie neblig!«

ALEXEJ Zerreiß mir bitte nicht das Herz. Sing was Lustiges.

NIKOLKA *singt*

Seid gegrüßt, ihr Sommerfrischler,
Seid gegrüßt, ihr schönen Fraun!
Die Landvermessung hat begonnen.
Hei, ich sing, Geliebte mein!
Gluck-gluck-gluck, so macht die Flasche
Mit dem guten Branntewein.
Die Mützen elegant,
Die Stiefel imposant –
Hei – die Gardejunker marschiern.

Plötzlich geht das Licht aus. Vor den Fenstern marschiert eine Militärabteilung vorüber.

ALEXEJ Was zum Teufel soll das! Dauernd geht das Licht aus. Lena, bring bitte Kerzen.

JELENA *aus ihrem Zimmer* Ja, gleich!

ALEXEJ Da ist eine Einheit vorbeimarschiert.

Jelena kommt mit einer Kerze herein, horcht. Man hört einen fernen Kanonenschuß.

NIKOLKA So nah schon. Das könnte bei Swjatoschino sein. Was mag dort vorgehen? Aljoscha, vielleicht schickst du mich, um rauszukriegen, was im Stab los ist? Ich würde hinfahren.

ALEXEJ Natürlich, du hast dort gerade noch gefehlt. Sitz gefälligst still.

NIKOLKA Zu Befehl, Herr Oberst. Eigentlich, weißt du, ich wollte, diese Untätigkeit ... Es ist ein bißchen peinlich. Dort kämpfen Leute ... Wenn bloß unsere Abteilung erst aufgestellt wäre.

ALEXEJ Wenn ich bei der Aufstellung der Abteilung deinen Rat brauche, werd ich's dir sagen. Verstanden?

NIKOLKA Jawohl. Verzeihung, Herr Oberst.

Das elektrische Licht flammt auf.

JELENA Aljoscha, wo mag mein Mann sein?

ALEXEJ Der kommt schon noch, Lena.

JELENA Was ist das bloß? Er wollte doch schon morgens eintreffen. Jetzt ist es neun Uhr abends, und er ist noch immer nicht da. Ihm wird doch nichts passiert sein?

ALEXEJ Lena, da kann doch gar nichts passiert sein. Du weißt doch, die Front nach Westen wird von den Deutschen gehalten.

JELENA Aber warum ist er noch nicht da?

ALEXEJ Na, die werden wohl auf jeder Station warten müssen.

NIKOLKA Man reist jetzt revolutionär, Lena. Eine Stunde fahren, zwei Stunden stehen.

Es klingelt.

Da ist er, ich hab's dir ja gesagt! *Läuft die Tür öffnen.* Wer ist da?

STIMME MYSCHLAJEWSKIS Mach schnell auf, um Gottes willen!

NIKOLKA *läßt Myschlajewski in die Diele treten* Du, Vitja?

MYSCHLAJEWSKI Ja, natürlich ich, daß mich der Teufel erwürge! Nikolka, nimm das Gewehr da! Sauerei!

JELENA Viktor, wo kommst du her?

MYSCHLAJEWSKI Aus der Gegend von Krasny Traktir. Vorsicht mit dem Mantel, Nikolka. In der Tasche ist eine Flasche Wodka, zerschlag sie nicht. Lena, kann ich bei euch übernachten? Ich schaff's nicht mehr nach Hause, bin völlig durchgefroren.

JELENA O Gott, natürlich! Schnell zum Feuer.

Sie gehen zum Kamin.

MYSCHLAJEWSKI Oh, oh, oh ...!

ALEXEJ Was denn, hätten die euch nicht Filzstiefel geben können?

MYSCHLAJEWSKI Filzstiefel! Ausgerechnet diese Schweinehunde! *Beugt sich zum Feuer.*

JELENA Hört zu, jetzt wird das Bad geheizt, ihr zieht ihn rasch aus, ich leg ihm Wäsche zurecht. *Ab.*

MYSCHLAJEWSKI Zieh sie mir aus, Junge, zieh sie mir aus.

NIKOLKA Gleich, gleich. *Zieht Myschlajewski die Stiefel aus.*

MYSCHLAJEWSKI Vorsicht, Lieber, au, Vorsicht! Einen Wodka möcht ich jetzt trinken.

ALEXEJ Kriegst gleich einen.

NIKOLKA Aljoscha, seine Zehen sind angefroren.

MYSCHLAJEWSKI Die Zehen sind zum Teufel, das ist klar.

ALEXEJ Unsinn! Das geht vorüber. Nikolka, reib ihm die Füße mit Wodka ein.

MYSCHLAJEWSKI Das fehlte noch, mit Wodka. *Trinkt.* Reibe mit der Hand. Aua, nicht so stark!

NIKOLKA Oje, wie der Stabshauptmann durchgefroren ist!

JELENA *bringt einen Morgenrock und Hausschuhe* Sofort in die Wanne mit ihm. Nimm das!

MYSCHLAJEWSKI Vergelt's dir Gott, Lena. Gebt mir noch Wodka. *Trinkt.*

Jelena ab.

NIKOLKA Na, schon wärmer, Hauptmann?

MYSCHLAJEWSKI Ja, jetzt ist mir besser. *Steckt sich eine Zigarette an.*

NIKOLKA Sag mal, was ist dort bei Krasny Traktir eigentlich los?

MYSCHLAJEWSKI Ein Schneesturm ist dort los. Wie ich das alles hasse, den Schneesturm, den Frost, die Deutschen, diese Schufte, und Petljura!

ALEXEJ Eins verstehe ich nicht: Wozu hat man euch nach Krasny Traktir gejagt?

MYSCHLAJEWSKI Wegen der Bauern dort. Wegen dieser lieben Bäuerlein, die der Graf Lew Tolstoi so schön beschrieben hat!

NIKOLKA Nanu? Die Zeitungen schreiben doch, die Bauern wären auf der Seite des Hetmans.

MYSCHLAJEWSKI Was denn, die Zeitungen hältst du mir vor, Junker? Ich möchte euer ganzes Zeitungsschmiererpack an einem einzigen Ast aufhängen! Heute morgen stoß ich beim Rekognoszieren auf einen Opa und frag ihn: »Wo sind denn alle eure Burschen?« Das Dorf war nämlich wie ausgestorben. Na, der Alte war halbblind und konnte meine Schulterklappen unter dem Baschlyk nicht sehen, er sagt: »Die sind alle zu Petljura gelaufen.«

NIKOLKA Oje ...

MYSCHLAJEWSKI Ja, oje ... Ich hab mir diesen Tolstoizausel am Schlafittchen gegriffen und zu ihm gesagt: »So, zu Petljura? Ich knall dich alten Kracher gleich ab, wirst sehen, was es heißt, zu Petljura laufen. Ins Himmelreich kannst du dann laufen.«

ALEXEJ Wie bist du denn in die Stadt gekommen?

MYSCHLAJEWSKI Wir sind heute Gott sei Dank abgelöst worden, von einer Infanterieabteilung. Im Stab hab ich Krach geschlagen. Das war ein Spaß! Die sitzen dort im

Waggon und trinken Kognak. Ich sag zu denen: »Ihr«, sag ich, »ihr hockt mit dem Hetman im Palast, und die Artillerieoffiziere dürfen mit dünnen Stiefeln durch den Frost laufen und sich mit dem Bauernpack herumschießen!« Die wußten gar nicht, wie sie mich loswerden sollten. Haben mir angeboten, mich zu jeder Artillerieabteilung abzukommandieren, zu der ich will. Dann haben sie mich in die Stadt geschickt. Aljoscha, nimm mich in deine Truppe.

ALEXEJ Mit Vergnügen. Ich wollte dich sowieso anfordern. Du bekommst die erste Batterie.

MYSCHLAJEWSKI Mein Wohltäter ...

NIKOLKA Hurra! Dann sind wir alle zusammen, Studzinski ist bei uns rangältester Offizier. Großartig!

MYSCHLAJEWSKI Wo liegt ihr?

NIKOLKA Wir halten das Alexander-Gymnasium besetzt. Morgen oder übermorgen kann's losgehen.

MYSCHLAJEWSKI Du kannst es wohl nicht erwarten, daß Petljura dich am Genick packt!

JELENA *bringt ein Badetuch* Na los, Viktor, marsch ins Bad. Geh dich waschen. Da hast du ein Badetuch.

MYSCHLAJEWSKI Lena, mein Sonnenschein, laß dich für deine Mühen umarmen und küssen! Was meinst du, Lena, soll ich jetzt noch einen Wodka trinken oder erst nachher beim Abendbrot?

JELENA Ich meine, lieber nachher beim Abendbrot. Viktor! Hast du meinen Mann nicht gesehen? Er ist verschwunden.

MYSCHLAJEWSKI Nicht doch, Lena, der findet sich schon wieder an. Bestimmt kommt er bald. *Ab.*

Es läutet schrill und ununterbrochen.

NIKOLKA Das wird er sein! *Läuft in die Diele.*

ALEXEJ O Gott, was ist denn das für ein Geklingel?

Nikolka öffnet die Tür. In der Diele erscheint Lariossik mit Koffer und Bündel.

LARIOSSIK Da bin ich. Ich habe wohl die Klingel kaputtgemacht.

NIKOLKA Sie haben den Knopf zu fest hineingedrückt. *Läuft ins Treppenhaus.*

LARIOSSIK O Gott, ich bitte um Verzeihung! *Tritt ins Zimmer.* Da bin ich. Guten Tag, hochverehrte Jelena Wassiljewna. Ich habe Sie sofort nach den Fotos erkannt. Mama läßt Ihnen die herzlichsten Grüße ausrichten. *Das Klingeln hört auf. Nikolka tritt ein.* Alexej Wassiljewitsch ebenfalls.

ALEXEJ Danke vielmals.

LARIOSSIK Guten Tag, Nikolai Wassiljewitsch, ich habe schon so viel von Ihnen gehört. *Zu allen* Ich sehe, Sie sind verwundert? Erlauben Sie mir, Ihnen den Brief zu übergeben, er wird Ihnen alles erklären. Mama sagte mir, ich soll Ihnen sofort den Brief vorlesen, noch bevor ich abgelegt habe.

JELENA So eine unleserliche Schrift!

LARIOSSIK Ja, grauenhaft. Gestatten Sie, ich lese ihn lieber vor. Mama hat eine Handschrift, daß sie manchmal selber nicht lesen kann, was sie geschrieben hat. Ich übrigens auch. Das ist bei uns erblich. *Liest vor* »Meine liebe, liebe Lena! Ich schicke meinen Jungen zu Euch, Euren Verwandten. Nehmt ihn auf und seid nett zu ihm, so sehr Ihr nur könnt. Ihr habt doch so eine Riesenwohnung ...« Mama liebt und achtet Sie sehr, ebenso Alexej Wassiljewitsch. *Zu Nikolka* Sie auch. *Liest weiter* »Der Junge bezieht die Kiewer Universität. Bei seinen Fähigkeiten ...« – ach, das ist typisch Mama! – »... wäre es einfach schandbar, in Shitomir zu versauern. Das Geld für seinen Unterhalt schicke ich Euch pünktlich. Ich möchte nicht, daß der Junge bei fremden Leuten wohnt, er ist doch so ans Familienleben gewöhnt. Aber ich bin in Eile, gleich geht der Sanitätszug ab, er wird Euch alles erzählen.« Hm, das ist alles.

ALEXEJ Darf ich erfahren, mit wem ich die Ehre habe?

LARIOSSIK Mit wem? Kennen Sie mich denn nicht?

ALEXEJ Ich habe leider nicht das Vergnügen.

LARIOSSIK O Gott! Und Sie, Jelena Wassiljewna?

JELENA Auch nicht.

LARIOSSIK O Gott, das ist ja die reinste Hexerei! Mama hat Ihnen doch ein Telegramm geschickt, das alles erklären sollte. Das Telegramm bestand aus dreiundsechzig Wörtern.

NIKOLKA Dreiundsechzig Wörter! Donnerwetter!

JELENA Wir haben kein Telegramm bekommen.

LARIOSSIK Nein? O Gott! Entschuldigen Sie bitte, ich glaubte, ich würde erwartet, darum habe ich gleich noch vor dem Ablegen ... Ach, entschuldigen Sie, jetzt habe ich auch noch Scherben gemacht. Ich bin ein schrecklicher Pechvogel!

ALEXEJ Wollen Sie so freundlich sein und uns Ihren Namen nennen?

LARIOSSIK Larion Larionowitsch Surshanski.

JELENA Lariossik? Unser Vetter aus Shitomir?

LARIOSSIK Ja doch.

JELENA Und Sie sind zu uns gekommen?

LARIOSSIK Ja. Sehen Sie, ich dachte, Sie erwarten mich. Entschuldigen Sie bitte, ich habe Schmutz hereingetragen. Ich dachte, Sie erwarteten mich. Aber wenn Sie nichts gewußt haben, ziehe ich in ein Hotel.

JELENA In ein Hotel, jetzt? Legen Sie vor allem erst einmal ab.

ALEXEJ Niemand jagt Sie fort. Ziehen Sie bitte den Mantel aus.

LARIOSSIK Ich bin Ihnen von Herzen dankbar.

NIKOLKA Hier bitte. Den Mantel können Sie im Flur aufhängen.

LARIOSSIK Ich bin Ihnen von Herzen dankbar. Wie schön es bei Ihnen ist.

JELENA *flüsternd* Aljoscha, was machen wir mit ihm? Er ist nett. Bringen wir ihn im Bibliothekszimmer unter, das ist doch frei.

ALEXEJ Natürlich, sag's ihm.

JELENA Hören Sie, Larion Larionowitsch, Sie müssen als erstes in die Wanne. Im Badezimmer ist schon jemand,

Stabshauptmann Myschlajewski. Sonst, wissen Sie, nach der Zugfahrt …

LARIOSSIK Ja, grauenhaft! Grauenhaft! Ich hab von Shitomir bis Kiew elf Tage gebraucht.

NIKOLKA Elf Tage! Meine Güte!

LARIOSSIK Grauenhaft! Der reinste Alpdruck!

JELENA Kommen Sie bitte!

LARIOSSIK Ich bin Ihnen von Herzen … Ach, entschuldigen Sie, Jelena Wassiljewna, ich kann nicht ins Bad.

ALEXEJ Warum denn nicht?

LARIOSSIK Entschuldigen Sie bitte. Irgendwelche Bösewichte haben mir im Sanitätszug den Wäschekoffer gestohlen. Den Koffer mit Büchern und Manuskripten haben sie mir gelassen, aber die ganze Wäsche ist weg.

JELENA Nun, der Schaden ist zu reparieren.

NIKOLKA Ich geb Ihnen was von mir!

LARIOSSIK *vertraulich, zu Nikolka* Ein Hemd habe ich wohl noch. Damit hatte ich Tschechows gesammelte Werke eingewickelt. Aber vielleicht sind Sie so gut und geben mir eine Unterhose?

NIKOLKA Gern. Sie wird Ihnen zu groß sein, aber wir können sie ja mit Sicherheitsnadeln enger stecken.

LARIOSSIK Ich bin Ihnen von Herzen dankbar.

JELENA Larion Larionowitsch, wir werden Sie im Bibliothekszimmer unterbringen. Nikolka, zeig's ihm!

NIKOLKA Kommen Sie bitte.

Lariossik und Nikolka ab.

ALEXEJ Das ist eine Type! Ich würde ihm ja als erstes die Haare schneiden. Mach Licht, Lena, ich gehe in mein Zimmer, ich hab eine Menge zu tun, und hier ist keine Ruhe. *Ab. Es klingelt.*

JELENA Wer ist da?

TALBERGS STIMME Ich bin's. Mach bitte auf.

JELENA Gott sei Dank! Wo warst du denn? Ich hatte solche Angst!

TALBERG *tritt ein* Nicht küssen, ich komme aus der Kälte, da kriegst du bloß einen Schnupfen.

JELENA Wo warst du denn?

TALBERG Ich bin im deutschen Stab aufgehalten worden. Wichtige Angelegenheiten.

JELENA Nun komm schon rein, wärm dich auf. Gleich trinken wir Tee.

TALBERG Laß den Tee, warte noch, Lena. Aber wem gehört denn die Militärjacke?

JELENA Myschlajewski. Er ist gerade eben von den Stellungen zurückgekommen, total durchgefroren.

TALBERG Trotzdem kann man doch Ordnung halten.

JELENA Sofort. *Hängt die Militärjacke hinter die Tür.* Weißt du, es gibt noch eine Neuigkeit. Eben ist überraschend mein Vetter aus Shitomir eingetroffen, der berühmte Lariossik. Alexej hat ihn im Bibliothekszimmer einquartiert.

TALBERG Das hab ich geahnt! Mit Señor Myschlajewski war es noch nicht genug, da kommen auch noch irgendwelche Vettern aus Shitomir. Das reinste Absteigequartier. Ich verstehe Alexej nicht.

JELENA Wolodja, du bist einfach müde und schlecht gelaunt. Was hast du gegen Myschlajewski? Er ist doch ein feiner Kerl.

TALBERG Sehr fein! Ein Kneipenhocker ist er.

JELENA Wolodja!

TALBERG Im übrigen interessiert mich Myschlajewski jetzt nicht. Mach die Tür zu, Lena. Es ist etwas Schreckliches passiert.

JELENA Was denn?

TALBERG Die Deutschen überlassen den Hetman seinem Schicksal.

JELENA Wolodja, was sagst du da? Woher weißt du das?

TALBERG Ich hab's eben erst unter dem Siegel strengster Verschwiegenheit im deutschen Stab erfahren. Niemand weiß das, nicht einmal der Hetman.

JELENA Was soll denn nun werden?

TALBERG Was nun werden soll ... Hm ... Halb zehn. Soso ... Was nun werden soll? Lena!

JELENA Was sagst du?

TALBERG Ich sage – Lena!

JELENA Na und?

TALBERG Lena, ich muß gleich wieder weg.

JELENA Weg? Wohin denn?

TALBERG Nach Deutschland, nach Berlin. Hm ... Meine Liebe, kannst du dir vorstellen, was mit mir passiert, wenn die russische Armee Petljura nicht zurückschlägt und er in Kiew einmarschiert?

JELENA Man kann dich doch verstecken.

TALBERG Kind, wie soll man mich verstecken! Ich bin doch keine Stecknadel. Es gibt keinen Menschen in der Stadt, der mich nicht kennt. Den persönlichen Adjutanten des Kriegsministers verstecken! Ich kann schließlich nicht wie Señor Myschlajewski ohne Uniform in einer fremden Wohnung hocken. Man würde mich sehr schnell aufspüren.

JELENA Warte! Ich verstehe nicht ... Heißt das, wir beide sollen fliehen?

TALBERG Nein, das ist es ja eben. Es sieht schlimm aus. Die Stadt ist von allen Seiten umstellt, und die einzige Möglichkeit hinauszukommen ist der deutsche Stabszug. Frauen werden nicht mitgenommen. Ich habe durch meine Beziehungen einen Platz bekommen.

JELENA Mit anderen Worten, du willst allein fahren?

TALBERG Meine Liebe, ich will nicht, ich muß! Versteh doch, die Katastrophe steht bevor! Der Zug fährt in anderthalb Stunden. Entscheide so schnell wie möglich.

JELENA In anderthalb Stunden? So schnell wie möglich? Na dann fahre.

TALBERG Du hast ein kluges Köpfchen. Das hab ich schon immer gesagt. Was ich noch sagen wollte ... Ja, du hast ein kluges Köpfchen! Aber das habe ich ja schon gesagt.

JELENA Für wie lange müssen wir uns trennen?

TALBERG Ich denke, für zwei Monate. Ich warte in Berlin den ganzen Kuddelmuddel ab, und wenn der Hetman zurückkommt ...

JELENA Aber wenn er nun gar nicht zurückkommt?

TALBERG Das kann nicht sein. Selbst wenn die Deutschen die Ukraine aufgeben, die Entente wird sie besetzen und dem Hetman die Rückkehr ermöglichen. Europa braucht die Hetman-Ukraine als Kordon gegen die Moskauer Bolschewiken. Du siehst, ich habe alles bedacht.

JELENA Ja, das seh ich, aber hast du auch folgendes bedacht: Der Hetman ist vorläufig noch hier, man stellt Truppen auf, und du fliehst plötzlich vor aller Augen. Ist das nicht peinlich?

TALBERG Meine Liebe, sei nicht naiv. Ich habe dir im Vertrauen gesagt – ich fliehe, weil ich weiß, daß du es niemals jemandem weitersagen wirst. Ein Oberst vom Generalstab flieht nicht. Er fährt auf Kommandierung. Ich habe eine Kommandierung des Hetman-Ministeriums nach Berlin in der Tasche. Nicht schlecht, wie?

JELENA Nein, nicht schlecht. Aber was wird mit all den anderen?

TALBERG Besten Dank auch, daß du mich mit all den anderen vergleichst. Ich bin nicht alle.

JELENA Du mußt aber meine Brüder warnen.

TALBERG Natürlich, natürlich. Ich bin eigentlich sogar froh, daß ich für so lange Zeit allein weg bin. Da kannst du immerhin unsere Zimmer hüten.

JELENA Wladimir Robertowitsch, das sind meine Brüder! Glaubst du etwa, die würden uns hinausdrängen? Du hast kein Recht …

TALBERG O nein, nein, nein … Natürlich nicht. Aber du kennst doch das Sprichwort: »Qui va à la chasse, perd sa place.«* Jetzt noch eine letzte Bitte. Hier wird doch, hm … Wenn ich nicht da bin, wird doch natürlich dieser Scherwinski zu Besuch kommen …

JELENA Er kommt auch, wenn du da bist.

TALBERG Leider. Weißt du, meine Liebe, er gefällt mir nicht.

* Wer auf die Jagd geht, verliert seinen Platz. (frz.)

JELENA Darf ich fragen, warum nicht?

TALBERG Er macht dir ein bißchen zu aufdringlich den Hof, und es wäre wünschenswert für mich ... Hm ...

JELENA Was wäre wünschenswert für dich?

TALBERG Ich kann es dir nicht sagen. Du bist eine kluge Frau und sehr gut erzogen. Du weißt genau, wie du dich zu verhalten hast, um keinen Schatten auf den Namen Talberg zu werfen.

JELENA Schön. Ich werde keinen Schatten auf den Namen Talberg werfen.

TALBERG Warum so spitz? Ich sage doch nicht, du könntest mich betrügen. Ich weiß genau, das gibt es nicht bei dir.

JELENA Wladimir Robertowitsch, warum nimmst du an, das gibt es nicht bei mir?

TALBERG Jelena, Jelena, Jelena! Ich erkenne dich nicht wieder. Das sind die Früchte des Umgangs mit Myschlajewski! Eine verheiratete Dame – und betrügen! Drei Viertel zehn! Ich komm zu spät!

JELENA Ich packe dir sofort den Koffer ...

TALBERG Meine Liebe, nichts da, nur ein Köfferchen mit ein bißchen Wäsche. Aber um Gottes willen schnell. Ich gebe dir eine Minute.

JELENA Du mußt dich trotzdem von den Brüdern verabschieden.

TALBERG Versteht sich. Aber merk dir, ich fahre auf Kommandierung.

JELENA Aljoscha! Aljoscha! *Läuft hinaus.*

ALEXEJ *tritt ein* Ja doch ... Ah, guten Tag, Wolodja.

TALBERG Grüß dich, Aljoscha.

ALEXEJ Was ist das für eine Aufregung?

TALBERG Weißt du, ich muß dir eine wichtige Neuigkeit erzählen. Die Lage des Hetmans ist heute nacht sehr ernst geworden.

ALEXEJ Wie bitte?

TALBERG Im höchsten Maße ernst.

ALEXEJ Was ist denn los?

TALBERG Es ist durchaus möglich, daß die Deutschen uns nicht unterstützen und wir Petljura mit eigenen Kräften zurückschlagen müssen.

ALEXEJ Was sagst du da?

TALBERG Durchaus möglich.

ALEXEJ Die Geschichte ist faul ... Schönen Dank, daß du es mir gesagt hast.

TALBERG Noch etwas. Da ich jetzt auf Kommandierung fahre ...

ALEXEJ Wohin, wenn's kein Geheimnis ist?

TALBERG Nach Berlin.

ALEXEJ Was? Nach Berlin?

TALBERG Ja. Ich hab alles Mögliche versucht, aber es ließ sich nicht umgehen. Schweinerei!

ALEXEJ Für wie lange, wenn ich fragen darf?

TALBERG Für zwei Monate.

ALEXEJ Ach, so ist das.

TALBERG Also, laß dir alles Gute wünschen. Paßt auf Jelena auf. *Reicht ihm die Hand. Alexej legt seine Hand auf den Rücken.* Was soll das bedeuten?

ALEXEJ Es bedeutet, daß mir Ihre Kommandierung nicht gefällt.

TALBERG Oberst Turbin!

ALEXEJ Ich höre, Oberst Talberg.

TALBERG Das werden Sie mir verantworten, Herr Schwager!

ALEXEJ Wann bitte, Herr Talberg?

TALBERG Wenn ... Fünf vor zehn ... Wenn ich zurückkomme.

ALEXEJ Na, wer weiß, was geschieht, wenn Sie zurückkommen!

TALBERG Sie ... Sie ... Ich wollte schon längst mit Ihnen sprechen.

ALEXEJ Ersparen Sie Ihrer Frau die Aufregung, Herr Talberg!

JELENA *tritt ein* Worüber habt ihr gesprochen?

ALEXEJ Ach, nichts, Lena!

TALBERG Nichts, nichts, meine Liebe! Na, auf Wiedersehen, Aljoscha!

ALEXEJ Auf Wiedersehen, Wolodja!

JELENA Nikolka! Nikolka!

NIKOLKA *tritt ein* Hier bin ich. Oh, du bist da?

JELENA Wolodja fährt auf Kommandierung. Verabschiede dich von ihm.

TALBERG Auf Wiedersehen, Nikolka.

NIKOLKA Glückliche Reise, Herr Oberst.

TALBERG Jelena, hier hast du Geld. Von Berlin aus schicke ich dir sofort mehr. Ich habe die Ehre. *Geht eilig in den Flur.* Bring mich nicht hinaus, meine Liebe, du erkältest dich nur. *Ab.*

Jelena geht ihm nach.

ALEXEJ *mit unangenehmer Stimme* Jelena, du erkältest dich!

Pause.

NIKOLKA Aljoscha, wieso fährt er auf einmal weg? Und wohin?

ALEXEJ Nach Berlin.

NIKOLKA Nach Berlin ... In so einem Moment ... *Blickt zum Fenster hinaus.* Er verhandelt mit dem Kutscher. *Philosophisch* Aljoscha, weißt du, mir ist aufgefallen, daß er einer Ratte ähnelt.

ALEXEJ *mechanisch* Völlig richtig, Nikolka. Und unser Haus einem Schiff. Na, geh zu den Gästen. Geh schon.

Nikolka ab.

Die Abteilung ist nicht zu retten. »Sehr ernst. Im höchsten Maße ernst.« Ratte! *Ab.*

JELENA *kehrt vom Flur zurück. Blickt aus dem Fenster.* Er ist weg ...

Zweites Bild

Der Abendbrottisch ist gedeckt.

JELENA *sitzt am Flügel, greift immer wieder denselben Akkord* Er ist weg. Er ist weggefahren …

SCHERWINSKI *erscheint plötzlich auf der Schwelle* Wer ist weggefahren?

JELENA Mein Gott! Haben Sie mich erschreckt, Scherwinski! Wie sind Sie hereingekommen, ohne zu klingeln?

SCHERWINSKI Ihre Tür stand sperrangelweit offen. Guten Tag, Jelena Wassiljewna. *Wickelt einen riesigen Strauß aus dem Papier.*

JELENA Wie oft habe ich Sie schon gebeten, das nicht zu tun, Leonid Jurjewitsch. Es ist mir unangenehm, daß Sie Geld ausgeben.

SCHERWINSKI Geld ist dazu da, daß man es ausgibt, wie Karl Marx gesagt hat. Darf ich die Burka ablegen?

JELENA Und wenn ich nun sage, Sie dürfen nicht?

SCHERWINSKI Dann würde ich die ganze Nacht in der Burka zu Ihren Füßen sitzen.

JELENA Ach, Scherwinski, das ist ein Kasinokompliment.

SCHERWINSKI Pardon, es ist ein Gardekompliment. *Legt im Flur die Burka ab, darunter trägt er einen höchst eleganten Tscherkessenrock.* Ich freue mich so, Sie zu sehen! Wie lange habe ich Sie nicht gesehen!

JELENA Wenn mich mein Gedächtnis nicht im Stich läßt, waren Sie erst gestern bei uns.

SCHERWINSKI Ach, Jelena Wassiljewna, was bedeutet in unserer Zeit »gestern«! Also, wer ist weggefahren?

JELENA Mein Mann.

SCHERWINSKI Erlauben Sie, er sollte doch heute zurückkommen!

JELENA Ja, er ist zurückgekommen und … wieder weggefahren.

SCHERWINSKI Wohin?

JELENA Was für zauberhafte Rosen!

SCHERWINSKI Wohin?

JELENA Nach Berlin.

SCHERWINSKI Nach ... Berlin? Für wie lange, wenn ich fragen darf?

JELENA Für zwei Monate.

SCHERWINSKI Für zwei Monate! Was Sie sagen! Traurig, traurig, traurig ... Ich bin ganz verwirrt, ganz verwirrt!

JELENA Scherwinski, Sie küssen mir schon zum fünftenmal die Hand.

SCHERWINSKI Ich möchte sagen, ich bin bestürzt ... Mein Gott, endlich! Hurra! Hurra!

NIKOLKAS STIMME Scherwinski! Sing die Dämon-Arie!

JELENA Worüber freuen Sie sich denn so stürmisch?

SCHERWINSKI Ich freue mich ... Ach, Jelena Wassiljewna, das verstehen Sie nicht!

JELENA Sie sind kein Mann von Welt, Scherwinski!

SCHERWINSKI Ich bin kein Mann von Welt? Erlauben Sie mal, warum denn nicht? Natürlich bin ich einer. Wissen Sie, ich bin bloß verwirrt. Er ist also weggefahren, und Sie sind hiergeblieben.

JELENA Wie Sie sehen. Was macht Ihre Stimme?

SCHERWINSKI *am Flügel* Mama ... mia ... mi ... Er ist fern, er ist fern und erfährt nichts ... Ja, tadellos, die Stimme. In der Droschke kam sie mir noch belegt vor, aber jetzt ist sie tadellos.

JELENA Haben Sie Noten mitgebracht?

SCHERWINSKI Aber gewiß doch. Sie sind eine Göttin reinsten Wassers!

JELENA Das einzige Gute an Ihnen ist Ihre Stimme, und Ihre wahre Bestimmung ist die Oper.

SCHERWINSKI Ja, meine Stimme ist nicht schlecht. Wissen Sie, Jelena Wassiljewna, ich habe einmal in Shmerinka das Hochzeitslied gesungen, und das geht ja bis zum hohen »f«, aber ich habe »a« gesungen und neun Takte lang gehalten.

JELENA Wieviel Takte?

SCHERWINSKI Sieben, Sie können's mir glauben. Wahrhaftig! Die Gräfin Gendrikowa war dabei, sie hat sich nach diesem »a« in mich verliebt.

JELENA Und wie ging es weiter?

SCHERWINSKI Sie hat sich vergiftet. Mit Zyankali.

JELENA Ach, Scherwinski! Das ist ja eine Krankheit von Ihnen, wirklich wahr. Herrschaften, Scherwinski ist da, bitte zu Tisch!

Auftreten Alexej, Studzinski und Myschlajewski.

ALEXEJ Guten Tag, Leonid Jurjewitsch. Herzlich willkommen.

SCHERWINSKI Viktor! Du lebst! Na, Gott sei Dank! Warum hast du den Turban auf?

MYSCHLAJEWSKI *mit Handtuchturban* Guten Tag, Adjutant.

SCHERWINSKI *zu Studzinski* Habe die Ehre, Hauptmann.

MYSCHLAJEWSKI Darf ich vorstellen, der rangälteste Offizier unserer Abteilung, Hauptmann Studzinski. Und das ist Monsieur Surshanski. Wir haben zusammen gebadet.

NIKOLKA Unser Vetter aus Shitomir.

STUDZINSKI Sehr angenehm.

LARIOSSIK Ich freue mich von Herzen, Sie kennenzulernen.

SCHERWINSKI Oberleutnant Scherwinski vom Leibgarde-Ulanenregiment Ihrer Kaiserlichen Majestät und persönlicher Adjutant des Hetmans.

LARIOSSIK Larion Surshanski. Ich freue mich von Herzen, Sie kennenzulernen.

MYSCHLAJEWSKI Überschlagen Sie sich bloß nicht! Leib, Garde, Regiment, alles ehemalig.

JELENA Meine Herren, bitte zu Tisch.

ALEXEJ Ja, bitte, es geht schon auf Mitternacht, und wir müssen morgen zeitig aufstehen.

SCHERWINSKI Ei, diese Pracht! Welchen Anlaß hat das Gastmahl, wenn ich fragen darf?

NIKOLKA Das letzte Abendessen unserer Truppe. Morgen rücken wir aus, Herr Oberleutnant.

SCHERWINSKI Aha.

STUDZINSKI Wo darf ich mich setzen, Herr Oberst?

SCHERWINSKI Wo darf ich mich setzen?

ALEXEJ Wo Sie wollen, wo Sie wollen. Ich bitte Sie! Lena, mach du die Dame des Hauses.

Alle nehmen Platz.

SCHERWINSKI Er ist also weggefahren, und Sie sind hiergeblieben?

JELENA Seien Sie doch still, Scherwinski.

MYSCHLAJEWSKI Lena, trinkst du einen Wodka mit?

JELENA Nein, nein!

MYSCHLAJEWSKI Na, dann eben Weißwein.

STUDZINSKI Darf ich Ihnen eingießen, Herr Oberst?

ALEXEJ Merci, gießen Sie bitte erst sich selber ein.

MYSCHLAJEWSKI Ihr Glas.

LARIOSSIK Ich trinke eigentlich keinen Wodka.

MYSCHLAJEWSKI Ich bitte Sie, ich auch nicht. Aber ein Gläschen! Wie wollen Sie den Hering ohne Wodka essen? Mir unbegreiflich.

LARIOSSIK Ich bin Ihnen von Herzen dankbar.

MYSCHLAJEWSKI Schon sehr lange habe ich keinen Wodka mehr getrunken.

SCHERWINSKI Meine Herren! Auf die Gesundheit von Jelena Wassiljewna! Hurra!

STUDZINSKI, LARIOSSIK, MYSCHLAJEWSKI Hurra!

JELENA Leise! Nicht doch, meine Herren! Sie wecken ja die ganze Gasse auf. Die Leute behaupten sowieso schon, bei uns wäre jeden Tag ein Saufgelage.

MYSCHLAJEWSKI Ah gut! Der Wodka erfrischt. Stimmt's?

LARIOSSIK Ja, sehr!

MYSCHLAJEWSKI Ich bitte Sie, noch ein Gläschen für jeden, Herr Oberst …

ALEXEJ Leg nicht solches Tempo vor, Viktor, morgen rücken wir aus.

NIKOLKA Und ob!

JELENA Sagen Sie, was ist mit dem Hetman?

STUDZINSKI Ja, was ist mit dem Hetman?

SCHERWINSKI Alles steht bestens. Ach, dieses Abendessen gestern im Palast! Zweihundert Personen. Haselhühner ... Der Hetman war in Nationaltracht.

JELENA Es heißt doch aber, die Deutschen würden uns unserm Schicksal überlassen?

SCHERWINSKI Glauben Sie keinerlei Gerüchten, Jelena Wassiljewna.

LARIOSSIK Ich danke Ihnen, hochverehrter Viktor Viktorowitsch. Eigentlich trinke ich gar keinen Wodka.

MYSCHLAJEWSKI *trinkt* Schämen Sie sich, Larion!

SCHERWINSKI, NIKOLKA Schämen Sie sich!

LARIOSSIK Danke gehorsamst.

ALEXEJ Nikolka, trink nicht soviel Wodka.

NIKOLKA Zu Befehl, Herr Oberst! Werde mich an den Weißwein halten.

LARIOSSIK Wie geschickt Sie den Wodka kippen, Viktor Viktorowitsch.

MYSCHLAJEWSKI Das macht die Übung.

ALEXEJ Danke, Hauptmann. Etwas Salat?

STUDZINSKI Danke gehorsamst.

MYSCHLAJEWSKI Herrliche Lena, trink Weißwein, mein Herzblatt! Rothaarige Lena, ich weiß, warum du so verstimmt bist. Pfeif drauf! Alles wird gut.

SCHERWINSKI Alles wird gut.

MYSCHLAJEWSKI Nein, nein, ex, Lena, ex!

NIKOLKA *nimmt die Gitarre, singt* »Der eine leert den Becher, der andere bleibt gesund« ... Leert den Becher ...

ALLE *singen* Hurra, Jelena Wassiljewna!
Lenotschka, trink den Becher leer!
Trink ihn leer, trink ihn leer ...

Jelena trinkt.

Bravo!

Alle applaudieren.

MYSCHLAJEWSKI Du siehst heute wunderbar aus, wahrhaftig. Und wie dir der Morgenrock steht, Ehrenwort! Meine Herren, sehen Sie doch nur, was für ein Morgenrock, ganz grün!

JELENA Das ist ein Kleid, Viktor, und nicht grün, sondern grau.

MYSCHLAJEWSKI Na, um so schlimmer. Ist ja auch egal. Meine Herren, sehen Sie doch nur, ist sie nicht eine schöne Frau?

STUDZINSKI Jelena Wassiljewna ist sehr schön. Auf Ihr Wohl!

MYSCHLAJEWSKI Lena, mein Sonnenschein, laß dich umarmen und küssen.

SCHERWINSKI Aber, aber, Viktor!

MYSCHLAJEWSKI Weg Leonid, weg von der fremden, verheirateten Frau!

SCHERWINSKI Erlaube mal ...

MYSCHLAJEWSKI Ich darf, ich bin ein Freund aus der Kindheit.

SCHERWINSKI Ein Schwein bist du und kein Freund aus der Kindheit ...

NIKOLKA *erhebt sich* Meine Herren, auf die Gesundheit des Abteilungskommandeurs!

Studzinski, Scherwinski und Myschlajewski stehen auf.

LARIOSSIK Hurra! Entschuldigen Sie, meine Herren, ich bin ein ganz unmilitärischer Mensch.

MYSCHLAJEWSKI Macht nichts, Larion, macht nichts! Recht so!

LARIOSSIK Hochverehrte Jelena Wassiljewna! Ich kann Ihnen gar nicht sagen, wie wohl ich mich bei Ihnen fühle ...

JELENA Das freut mich sehr.

LARIOSSIK Hochverehrter Alexej Wassiljewitsch, ich kann Ihnen gar nicht sagen, wie wohl ich mich bei Ihnen fühle!

ALEXEJ Das freut mich sehr.

LARIOSSIK Meine Herren, cremefarbene Stores ... Dahinter kommt die Seele zur Ruhe, man vergißt alle Schrecken des Bürgerkrieges. Und unsere verwundeten Seelen dürsten doch so sehr nach Ruhe ...

MYSCHLAJEWSKI Darf ich fragen, schreiben Sie Gedichte?

LARIOSSIK Ich? Ja, ich schreibe.

MYSCHLAJEWSKI So. Entschuldigen Sie, ich habe Sie unterbrochen. Fahren Sie fort.

LARIOSSIK Gern … Cremefarbene Stores … Sie trennen uns von der ganzen Welt. Übrigens bin ich ein ganz unmilitärischer Mensch. Ach, laß! Gießen Sie mir noch ein Gläschen ein.

MYSCHLAJEWSKI Bravo, Larion! Seht euch den Pfiffikus an! Dabei hat er gesagt, er trinkt nicht. Bist ein sympathischer Bursche, Larion, aber Reden hältst du wie ein hochverehrter Stiefelknecht.

LARIOSSIK Nein, sagen Sie das nicht, Viktor Viktorowitsch, ich habe schon öfter Reden gehalten, im Kollegenkreis meines verstorbenen Vaters, in Shitomir. Na, das sind alles Steuerinspektoren. Die haben mich auch … ach, wie die mich ausgeschimpft haben!

MYSCHLAJEWSKI Steuerinspektoren, die sind ja bekannt als Bestien.

SCHERWINSKI Trinken Sie, Lena, trinken Sie, meine Teure!

JELENA Wollen Sie mich betrunken machen? Sie sind ja ein Schlimmer!

NIKOLKA *am Flügel, singt*

Du Seher, von Göttern geliebter, sag an,
Was wird mir das Leben noch bringen?
Wird bald man, auf daß sich der Feind freuen kann,
Den Trauerchoral für mich singen?

LARIOSSIK *singt*

Drum lauter, ihr Sänger, verkündet den Sieg!

ALLE *singen*

Wir haben gewonnen, und aus ist der Krieg!
Drum heb'n wir das Glas auf den …

LARIOSSIK … den Zaren!

ALEXEJ Nicht doch, was soll das!

ALLE *summen eine Zeile*

Und rufen ein lautes »Hurra!«

NIKOLKA *singt*

Da tritt aus dem nächtlich umdunkelten Tann …

Alle singen.

LARIOSSIK Ach, schön! Wie fröhlich es bei Ihnen ist, verehrte Jelena Wassiljewna! Die Lichter! Hurra!

SCHERWINSKI Meine Herren! Auf das Wohl Seiner Durchlaucht des Hetmans der Ganzen Ukraine. Hurra!

Pause.

STUDZINSKI Entschuldigung, ich gehe morgen in den Kampf, aber bei diesem Toast trinke ich nicht mit, und ich rate auch den anderen Offizieren ab.

SCHERWINSKI Herr Hauptmann!

LARIOSSIK Das überrascht mich aber sehr.

MYSCHLAJEWSKI *betrunken* Wegen dem Satan hab ich mir die Füße erfroren. *Trinkt.*

STUDZINSKI Herr Oberst, billigen Sie den Toast?

ALEXEJ Nein, ich billige ihn nicht!

SCHERWINSKI Herr Oberst, erlauben Sie mir einen Toast!

STUDZINSKI Nein, erlauben Sie mir einen!

LARIOSSIK Nein, mir. Auf das Wohl Jelena Wassiljewnas und ihres hochverehrten Gatten, der nach Berlin gereist ist!

MYSCHLAJEWSKI Jawohl! Recht so, Larion! Einen besseren Toast hätten wir kaum gefunden!

NIKOLKA *singt*

Doch sage mir furchtlos die Wahrheit, o Greis …

LARIOSSIK Entschuldigen Sie, Jelena Wassiljewna, ich bin ein ganz unmilitärischer Mensch.

JELENA Macht nichts, Larion. Sie sind ein lieber Kerl. Kommen Sie hierher zu mir.

LARIOSSIK Jelena Wassiljewna! Ach, mein Gott, der Rotwein!

NIKOLKA Salz drauf, schnell … macht nichts.

STUDZINSKI Dieser euer Hetman …

ALEXEJ Einen Moment, meine Herren! Was ist eigentlich los? Will er sich einen Spaß mit uns machen? Wenn euer Hetman statt dieser verdammten Komödie mit der Ukrainisierung lieber Offizierskorps aufgestellt hätte, wäre doch in Kleinrußland überhaupt nicht an Petljura zu denken gewesen. Mehr noch, wir hätten die Bolschewiken in Moskau erledigt wie die Fliegen. Und genau im richtigen Moment! Dort sollen sie ja schon Katzen fressen. Rußland hätte er gerettet, der Schweinehund!

SCHERWINSKI Die Deutschen hätten ihm nicht erlaubt, eine Armee aufzustellen, sie haben Angst davor.

ALEXEJ Das stimmt nicht. Man hätte den Deutschen erklären müssen, daß wir für sie nicht gefährlich sind. Sicher, den Krieg haben wir verloren. Aber was wir jetzt haben, ist schlimmer als der Krieg, als die Deutschen, als alles auf der Welt: Wir haben die Bolschewiken. Man hätte den Deutschen sagen müssen: Was braucht ihr? Zucker, Getreide? Da, nehmt, freßt, erstickt dran, aber helft uns, damit unsere Bauern nicht die Moskauer Krankheit kriegen. Jetzt ist es zu spät, jetzt haben sich unsere Offiziere in Kaffeehausbesucher verwandelt. Eine Kaffeehausarmee! Die mobilisiere mal. Krieg führen? Husten werden sie dir was! Die Schufte haben Devisen in der Tasche. Sie sitzen im Kaffeehaus am Krestschatik, mitsamt dem Gardestabsgesindel. Großartig! Oberst Turbin bekommt eine Abteilung: Fliege, eile, stelle auf, rücke aus, Petljura kommt! Wunderbar! Ich hab mir die gestern angesehen, und mein Ehrenwort, mir hat zum erstenmal das Herz gezittert.

MYSCHLAJEWSKI Aljoscha, mein lieber Kommandeur! Du hast ja das Herz eines Artilleristen! Ich trinke auf deine Gesundheit!

ALEXEJ Gezittert hat es, denn auf hundert Junker kommen hundertzwanzig Studenten, und die halten das Gewehr wie einen Spaten. Gestern auf dem Exerzierplatz ... Schnee, Nebel in der Ferne ... Mir war, als ob ich einen Sarg sehe.

JELENA Aljoscha, warum erzählst du so düstere Geschichten? Hör auf!

NIKOLKA Seien Sie nicht so mißgestimmt, Herr Kommandeur, wir geben nicht auf.

ALEXEJ Da sitze ich nun unter Ihnen, meine Herren, und immerzu quält mich derselbe Gedanke. Ach, wenn wir all das hätten voraussehen können! Wißt ihr, was dieser Petljura ist? Ein Mythos, ein schwarzer Nebelstreif. Es gibt ihn gar nicht. Seht doch zum Fenster hinaus, was dort los ist. Dort tobt ein Schneesturm, Schatten schwanken … Meine Herren, in Rußland gibt es zwei Kräfte: die Bolschewiken und uns. Wir werden aufeinandertreffen. Ich sehe noch schlimmere Zeiten kommen. Ich sehe … Na, Schluß jetzt! Wir werden Petljura nicht aufhalten können. Dabei kommt er nicht für lange. Nach ihm kommen die Bolschewiken. Darum gehe ich in den Kampf! Gegen alle Vernunft, aber ich gehe! Wenn wir nämlich ins Handgemenge geraten, wird die Sache lustiger. Entweder begraben wir sie oder sie uns. Ich trinke auf diese Begegnung, meine Herren!

LARIOSSIK *am Flügel, singt*

Schwüre, Küsse,
Herzergüsse,
Alles, alles
Halb so schlimm …

NIKOLKA Klasse, Larion! *Singt*

Schwüre, Küsse,
Herzergüsse …

Alle singen wirr durcheinander. Lariossik schluchzt plötzlich los.

JELENA Lariossik, was haben Sie denn?

NIKOLKA Larion!

MYSCHLAJEWSKI Was ist, Larion, hat dir einer was getan?

LARIOSSIK *betrunken* Ich hab Angst.

MYSCHLAJEWSKI Vor wem? Vor den Bolschewiken? Na, denen werden wir's zeigen, jetzt gleich! *Zieht die Mauser.*

JELENA Viktor, was hast du vor?

MYSCHLAJEWSKI Die Kommissare erschießen. Wer von euch ist Kommissar?

SCHERWINSKI Meine Herren, die Mauser ist geladen!

STUDZINSKI Hauptmann, setz dich sofort hin!

JELENA Meine Herren, nehmt sie ihm weg! *Sie nimmt ihm die Mauser weg.*

Lariossik ab.

ALEXEJ Was ist, bist du verrückt geworden? Setz dich sofort hin! Daran bin ich schuld, meine Herren.

MYSCHLAJEWSKI Ich bin wohl in eine Gesellschaft von Bolschewiken geraten? Sehr angenehm. Guten Tag, Genossen! Trinken wir auf das Wohl der Kommissare. Sie sind so sympathisch!

JELENA Viktor, hör auf zu trinken!

MYSCHLAJEWSKI Halt den Mund, Kommissarin!

SCHERWINSKI O Gott, ist der blau!

ALEXEJ Meine Herren, es ist meine Schuld. Vergeßt, was ich gesagt habe. Mir sind nur die Nerven durchgegangen.

STUDZINSKI O nein, Herr Oberst. Glauben Sie mir, wir verstehen, was Sie gesagt haben, und sind derselben Meinung. Das russische Reich werden wir jederzeit verteidigen!

NIKOLKA Es lebe Rußland!

SCHERWINSKI Erlaubt mir ein Wort! Ihr habt mich vorhin mißverstanden! Der Hetman wird nach eurem Rat handeln. Dann wird es uns gelingen, Petljura aufzuhalten, und die Bundesgenossen werden uns helfen, die Bolschewiken zu zerschlagen. Dann wird der Hetman Seiner Kaiserlichen Majestät Nikolaus Alexandrowitsch die Ukraine zu Füßen legen …

MYSCHLAJEWSKI Alexandrowitsch? Und der sagt, ich bin blau.

NIKOLKA Der Kaiser ist tot …

SCHERWINSKI Meine Herren, die Nachricht vom Tode Seiner Kaiserlichen Majestät …

MYSCHLAJEWSKI … ist ein bißchen übertrieben.

STUDZINSKI Viktor, du bist Offizier!

JELENA Laßt ihn doch ausreden, meine Herren!

SCHERWINSKI … ist eine Erfindung der Bolschewiken. Wißt ihr, was im Schloß von Kaiser Wilhelm geschah, als ihm das Gefolge des Hetmans vorgestellt wurde? Kaiser Wilhelm sagte: »Alles Weitere bespricht mit Ihnen ...«, eine Portiere wurde zurückgeschlagen, und unser Herrscher trat ein.

Lariossik kommt herein.

Er sagte: »Meine Herren Offiziere, fahren Sie in die Ukraine und stellen Sie Ihre Abteilungen auf. Wenn die Zeit gekommen ist, werde ich Sie persönlich ins Herz Rußlands führen – nach Moskau!« Und er brach in Tränen aus.

STUDZINSKI Er ist tot!

JELENA Scherwinski, stimmt das?

SCHERWINSKI Jelena Wassiljewna!

ALEXEJ Oberleutnant, das ist doch eine Legende! Ich habe die Geschichte auch schon gehört.

NIKOLKA Egal. Und wenn der Kaiser tot ist, es lebe der Kaiser! Hurra! Die Hymne! Scherwinski! Die Hymne! *Singt* »Schütze den Zaren, Gott!«

SCHERWINSKI, STUDZINSKI, MYSCHLAJEWSKI Schütze den Zaren, Gott!

LARIOSSIK *singt* Herrscher ...

NIKOLKA, STUDZINSKI, SCHERWINSKI Regiere uns ...

JELENA, ALEXEJ Meine Herren, was soll das? Das muß doch nicht sein!

MYSCHLAJEWSKI *weinend* Aljoscha, was haben wir bloß für ein Volk? Das sind doch Banditen! Ein Berufsverband von Zarenmördern. Peter der Dritte ... Was hatte der ihnen getan? Was? Sie brüllen: »Wir brauchen keinen Krieg!« Wunderbar ... Er hat den Krieg beendet. Und sein eigener Höfling schlägt ihm eine Flasche ins Gesicht! Dem Paul Petrowitsch wirft ein Fürst sein Zigarettenetui an den Kopf. Und dieser ... wie heißt er gleich ... der Sympathische mit dem Backenbart, der hat sich gedacht, wirst den Bauern Gutes tun und sie befreien, die gestreiften Teufel. Dafür haben sie eine Bombe nach ihm geworfen. Prügeln muß man die Schufte. Aljoscha! Oh, ist mir schlecht, Brüder ...

JELENA Ihm ist schlecht!

NIKOLKA Dem Hauptmann ist schlecht!

ALEXEJ Ins Bad mit ihm.

Studzinski, Nikolka und Alexej heben Myschlajewski auf und tragen ihn hinaus.

JELENA Ich gehe nachsehen, was mit ihm los ist.

SCHERWINSKI *vertritt ihr den Weg* Bitte nicht, Lena!

JELENA Meine Herren, meine Herren, muß es denn so weit kommen? Dieses Chaos ... Alles vollgequalmt ... Seht doch, Lariossik!

SCHERWINSKI Nicht doch, nicht doch, wecken Sie ihn nicht auf!

JELENA Ich habe Ihretwegen auch zuviel getrunken. O Gott, ich kann nicht mehr geradegehen.

SCHERWINSKI Hierher bitte, hierher ... Darf ich mich zu Ihnen setzen?

JELENA Bitte sehr. Scherwinski, was wird mit uns? Wie soll das alles enden? Ich habe einen üblen Traum gehabt. Überhaupt ist in letzter Zeit alles schlimmer geworden.

SCHERWINSKI Jelena Wassiljewna, alles wird gut, und an Träume dürfen Sie nicht glauben.

JELENA Doch, doch, mein Traum war prophetisch. Wir fuhren alle mit dem Schiff nach Amerika und saßen im Laderaum. Plötzlich ein Sturm. Der Wind heult. Eisig kalt. Riesige Wellen. Und wir sitzen im Laderaum. Das Wasser steigt uns bis zu den Knöcheln. Wir klettern auf irgendwelche Pritschen. Auf einmal sind Ratten da. Ekelhafte, riesengroße Ratten. Es war so schlimm, daß ich aufgewacht bin.

SCHERWINSKI Wissen Sie was, Jelena Wassiljewna? Er kommt nicht zurück.

JELENA Wer?

SCHERWINSKI Ihr Mann.

JELENA Leonid Jurjewitsch, das ist eine Frechheit. Was geht es Sie an, ob er zurückkommt oder nicht?

SCHERWINSKI Sehr viel. Ich liebe Sie.

JELENA Das habe ich schon gehört. Nur wahr ist es nicht.

SCHERWINSKI Wirklich, ich liebe Sie.

JELENA Meinetwegen, aber behalten Sie's für sich.

SCHERWINSKI Ich will nicht. Das hab ich lange genug getan.

JELENA Sagen Sie mal, wie sind Sie eigentlich von den Ratten auf meinen Mann gekommen?

SCHERWINSKI Weil er einer Ratte ähnelt.

JELENA Was sind Sie doch für ein Schuft, Leonid! Überhaupt nicht ähnelt er einer Ratte.

SCHERWINSKI Doch, wie ein Ei dem andern. Der Klemmer, die spitze Nase ...

JELENA Sehr nobel ist das! Über einen Abwesenden Gemeinheiten reden, obendrein zu seiner Frau!

SCHERWINSKI Was sind Sie ihm schon für eine Frau!

JELENA Was soll das heißen?

SCHERWINSKI Sehen Sie doch mal in den Spiegel. Sie sind schön, klug und, wie man so sagt, geistig entwickelt. Überhaupt eine prachtvolle Frau. Sie begleiten sehr gut auf dem Flügel. Er wirkt neben Ihnen wie ein Kleiderständer, er ist ein Karrierist, ein Stabshocker.

JELENA Und das sagen Sie mir hinter seinem Rücken! Toll! *Hält ihm den Mund zu.*

SCHERWINSKI Das sag ich ihm auch ins Gesicht. Wollt's schon lange tun. Und ich tu's auch, ich fordere ihn. Sie sind unglücklich mit ihm.

JELENA Und mit wem soll ich glücklich sein?

SCHERWINSKI Mit mir.

JELENA Sie sind ungeeignet.

SCHERWINSKI Oho! Warum denn?

JELENA Was ist denn Gutes an Ihnen?

SCHERWINSKI Sehen Sie mich doch mal genauer an.

JELENA Na ja, Ihr Adjutantenklimbim, Ihre Cherubinenschönheit und Ihre Stimme. Sonst nichts.

SCHERWINSKI Das hab ich mir gedacht! Das ist ja nicht zum Aushalten! Alle reden dasselbe: Scherwinski ist Adjutant, Scherwinski ist Sänger, Scherwinski ist dies und das. Daß Scherwinski aber auch eine Seele hat, nimmt kein Mensch zur Kenntnis. Also lebt Scherwinski wie ein herrenloser Hund, und Scherwinski darf niemandem seinen Kopf an die Brust legen.

JELENA *stößt seinen Kopf zurück* Gemeiner Casanova! Ich kenne Ihre Touren. Das sagen Sie doch jeder. Auch Ihrer Freundin, dieser Bohnenstange. Sie schminkt sich die Lippen, pfui ...

SCHERWINSKI Sie ist keine Bohnenstange. Sie ist Mezzosopran. Wirklich, Jelena Wassiljewna, ich habe nie so etwas zu ihr gesagt und werde es auch nicht tun. Das ist nicht schön von Ihnen, Lena, das ist gar nicht schön von dir, Lena.

JELENA Für Sie bin ich nicht Lena!

SCHERWINSKI Na, dann ist es eben nicht schön von dir, Jelena Wassiljewna. Sie haben überhaupt nichts für mich übrig.

JELENA Unglücklicherweise gefallen Sie mir.

SCHERWINSKI Aha! Ich gefalle Ihnen. Und Ihren Mann lieben Sie nicht.

JELENA Doch, ich liebe ihn.

SCHERWINSKI Lüge nicht, Lena. Eine Frau, die ihren Mann liebt, hat nicht solche Augen. Ich kenne Frauenaugen. Da steht alles drin.

JELENA Nun ja, Sie haben natürlich Erfahrung.

SCHERWINSKI Wie konnte er jetzt verreisen?

JELENA Sie hätten dasselbe getan.

SCHERWINSKI Ich? Niemals! Das ist schändlich. Geben Sie zu, Sie lieben ihn nicht!

JELENA Na schön: Ich liebe ihn nicht und achte ihn nicht. Ich habe keine Achtung vor ihm. Zufrieden? Aber daraus folgt noch gar nichts. Hände weg!

SCHERWINSKI Warum haben Sie sich dann mit mir geküßt?

JELENA Du lügst! Ich habe mich nie mit dir geküßt. Du bist ein Lügner mit Achselschnüren!

SCHERWINSKI Ich lüge? Und damals am Flügel? Wir waren allein, und ich habe den »Allmächtigen Gott« gesungen.

Ich weiß sogar noch, wann das war, am achten November. Wir waren allein, und du hast mich auf den Mund geküßt.

JELENA Wegen deiner Stimme habe ich dich geküßt, verstanden? Wegen deiner Stimme. Wie eine Mutter. Weil du so eine herrliche Stimme hast. Und sonst nichts.

SCHERWINSKI Gar nichts?

JELENA Das ist ja eine Qual, wahrhaftig! Das Geschirr schmutzig. Alle betrunken. Mein Mann weggefahren. Überall Licht ...

SCHERWINSKI Das Licht machen wir aus. *Schaltet das Oberlicht aus.* Besser so? Hör zu, Lena, ich liebe dich sehr. Ich lasse dich nicht weg. Du wirst meine Frau.

JELENA Du bist aufdringlich wie eine Schlange, ja, wie eine Schlange.

SCHERWINSKI Wieso denn Schlange?

JELENA Du benutzt jede Gelegenheit, mich zu verführen. Du wirst nichts erreichen. Gar nichts. Wie er auch sein mag, ich werde mir deinetwegen nicht das Leben zerstören. Vielleicht bist du schlimmer als er.

SCHERWINSKI Lena, wie schön du bist!

JELENA Weg! Ich bin betrunken. Daran bist du schuld, hast es mit Absicht gemacht. Du bist ein bekannter Taugenichts. Unser ganzes Leben geht kaputt. Alles zerfällt, geht zugrunde.

SCHERWINSKI Hab keine Angst, Jelena, ich verlasse dich nicht in so einem Moment. Ich werde immer bei dir sein, Lena.

JELENA Lassen Sie mich. Ich habe Angst, einen Schatten auf den Namen Talberg zu werfen.

SCHERWINSKI Lena, laß ihn laufen und heirate mich. Lena!

Sie küssen sich.

Läßt du dich scheiden?

JELENA Ach, mir ist alles egal!

Sie küssen sich.

LARIOSSIK *plötzlich* Hört auf mit dem Küssen, sonst wird mir übel.

JELENA Lassen Sie mich! Mein Gott! *Läuft hinaus.*

LARIOSSIK Ooh!

SCHERWINSKI Junger Mann, Sie haben nichts gesehen!

LARIOSSIK *trübsinnig* Doch, doch, ich hab's gesehen.

SCHERWINSKI Was denn?

LARIOSSIK Wenn du einen König hast, zieh mit dem König und rühr die Dame nicht an! Rühr sie nicht an! Ach!

SCHERWINSKI Ich habe nicht mit Ihnen gespielt.

LARIOSSIK Doch, hast du.

SCHERWINSKI Mein Gott, ist der blau!

LARIOSSIK Sie werden ja sehen, was Mama Ihnen sagt, wenn ich sterbe. Ich habe Ihnen doch erklärt, ich bin ein ganz unmilitärischer Mensch. So viel Wodka bekommt mir nicht.

Sinkt Scherwinski an die Brust.

SCHERWINSKI Total blau!

Die Uhr schlägt drei und spielt das Menuett.

Vorhang

Zweiter Akt

Erstes Bild

Arbeitszimmer des Hetmans im Palast. Ein riesiger Schreibtisch, darauf mehrere Telefonapparate. Daneben ein Feldtelefon. An der Wand eine gerahmte riesige Karte. Nacht. Das Arbeitszimmer ist hell erleuchtet. Die Tür wird geöffnet, ein Kammerdiener läßt Scherwinski herein.

SCHERWINSKI Tag, Fjodor.

LAKAI Ich wünsche Ihnen Gesundheit, Herr Oberleutnant.

SCHERWINSKI Was denn, keiner da? Wer von den Adjutanten hat Telefondienst?

LAKAI Seine Erlaucht Fürst Nowoshilzew.

SCHERWINSKI Und wo ist er?

LAKAI Ich weiß es nicht. Vor einer halben Stunde hinausgegangen.

SCHERWINSKI Was denn, bei den Telefonapparaten war eine halbe Stunde lang kein Diensthabender?

LAKAI Es hat ja niemand angerufen. Ich war die ganze Zeit an der Tür.

SCHERWINSKI Was besagt denn das! Und wenn nun jemand angerufen hätte? In so einem Moment! Da soll doch der Teufel dreinschlagen!

LAKAI Ich hätte den Anruf notiert. Seine Erlaucht haben ja angeordnet, daß ich alles aufschreibe, bis Sie kommen.

SCHERWINSKI Sie? Militärische Anrufe aufschreiben? Hat der etwa Gehirnerweichung? Ah, verstehe! Er ist krank geworden?

LAKAI Durchaus nicht. Seine Erlaucht haben den Palast verlassen.

SCHERWINSKI Er ist also gar nicht im Palast? Mein lieber Fjodor, Sie scherzen. Er hat den Palast verlassen, ohne den Dienst zu übergeben? Dann ist er also ins Irrenhaus gegangen?

LAKAI Ich weiß es nicht. Er hat seine Zahnbürste, sein Handtuch und seine Seife aus dem Adjutantenzimmer geholt. Ich habe ihm noch eine Zeitung besorgt.

SCHERWINSKI Was für eine Zeitung?

LAKAI Ich will es gerade erklären, Herr Oberleutnant: Er hat seine Seife in die gestrige Abendausgabe eingewickelt.

SCHERWINSKI Halt mal, da liegt doch sein Säbel!

LAKAI Er ist in Zivil weggefahren.

SCHERWINSKI Einer von uns beiden ist übergeschnappt. Hat er mir denn wenigstens einen Zettel hinterlassen? Oder sollen Sie mir etwas ausrichten?

LAKAI Ja, einen Gruß.

SCHERWINSKI Sie können gehen, Fjodor.

LAKAI Zu Befehl. Darf ich noch etwas melden, Herr Adjutant?

SCHERWINSKI Ja?

LAKAI Er hat eine unangenehme Nachricht erhalten.

SCHERWINSKI Von wo? Von zu Hause?

LAKAI Durchaus nicht. Über das Feldtelefon. Danach hatte er es sehr eilig. Er sah auch sehr blaß aus.

SCHERWINSKI Fjodor, die Gesichtsfarbe der Adjutanten Seiner Durchlaucht geht Sie nichts an. Sie reden zuviel.

LAKAI Ich bitte um Entschuldigung, Herr Oberleutnant. *Ab.*

SCHERWINSKI *telefoniert mit einem der Apparate auf dem Tisch des Hetmans* 12–23 … Danke … Ist dort die Wohnung des Fürsten Nowoshilzew? Ich möchte Sergej Nikolajewitsch sprechen ... Was? Im Palast? Hier ist er nicht. Ich spreche doch vom Palast aus ... Hallo, Sergej, jetzt erkenne ich deine Stimme! Ser... Das ist doch ... *Die Klingel zeigt an, daß das Gespräch beendet ist.* So eine Frechheit! Ich hab's genau gehört, er war es selbst. *Pause.* Scherwinski, Scherwinski ... *Greift zum Hörer des Feldtelefons, der Apparat piepst.* Den Abteilungsstab Swjatoschino ... Bitte den Stabschef ... Was, nicht da? Dann seinen Stellvertreter ... Abteilungsstab Swjatoschino? ... So eine Teufelei!

Setzt sich an den Tisch, läutet. Auftritt Lakai. Scherwinski schreibt einen Zettel.

Fjodor, geben Sie diesen Zettel einem Melder. Der Mann soll sofort in meine Wohnung in der Lwowskaja-Straße fahren, dort wird man ihm gegen diesen Zettel ein Paket geben. Das soll er schnellstens herbringen. Hier sind zwei Karbowanzen für die Droschke. Und hier ist ein Zettel für die Kommandantur, damit er einen Passierschein bekommt.

LAKAI Zu Befehl. *Ab.*

SCHERWINSKI *streicht sich den Backenbart, nachdenklich* Da muß eine Riesenteufelei im Gange sein!

Eins der Telefone klingelt.

Ich höre ... Ja. Der persönliche Adjutant Seiner Durchlaucht, Oberleutnant Scherwinski ... Ich wünsche Gesundheit, Euer Hochwohlgeboren ... Wie bitte? *Pause.* Bolbotun? ... Wie, mit dem ganzen Stab? Zu Befehl! Jawohl, wird ausgerichtet ... Zu Befehl, Euer Hochwohlgeboren ... Seine Durchlaucht soll um zwölf Uhr nachts hier sein. *Legt den Hörer auf. Das Telefon klingelt das Gespräch ab. Pause.*

Ich bin erschlagen, Herrschaften! *Pfeift.*

Hinter der Bühne ein dumpfes Kommando: »Stillgestanden!« und dann vielstimmig der Ruf der Wache: »Wir wünschen Gesundheit, Euer Durchlaucht!«

LAKAI *öffnet beide Türflügel* Seine Durchlaucht!

Auftritt Hetman. Er trägt einen prachtvollen Tscherkessenrock, himbeerrote Pluderhosen und absatzlose kaukasische Stiefel ohne Sporen. Glänzende Generalsepauletten. Kurzgestutzter ergrauender Schnurrbart, glattrasierter Kopf, etwa fünfundvierzig Jahre alt.

HETMAN Guten Tag, Oberleutnant.

SCHERWINSKI Ich wünsche Gesundheit, Euer Durchlaucht.

HETMAN Alle eingetroffen?

SCHERWINSKI Ich erlaube mir zu fragen – wer?

HETMAN Was soll das heißen? Ich habe für drei Viertel zwölf eine Beratung angesetzt. Der Befehlshaber der russischen Armee, der Garnisonschef und Vertreter der deutschen Führung sollten kommen. Wo sind sie?

SCHERWINSKI Ich weiß es nicht. Niemand ist gekommen.

HETMAN Ewig kommen die zu spät. Den Lagebericht von der letzten Stunde, hopp-hopp!

SCHERWINSKI Darf ich Euer Durchlaucht melden: Ich habe eben erst den Dienst übernommen. Kornett Fürst Nowoshilzew, der vor mir Dienst hatte ...

HETMAN Ich wollte Ihnen und den übrigen Adjutanten schon längst einmal klarmachen, daß gefälligst ukrainisch gesprochen wird. Schweinerei das! Keiner meiner Offiziere redet in der Landessprache, und das macht auf die ukrainischen Abteilungen den schlechtesten Eindruck. Ich muß doch wirklich bitten.

SCHERWINSKI Zu Befehl, Euer Durchlaucht. Der diensthabende Adjutant, Kornett ... Fürst ... *Zur Seite* Weiß der Teufel, was Fürst auf ukrainisch heißt! Verdammt! *Laut* Nowoshilzew, der zeitweilig die Pflichten ... Ich glaube ... denke ...

HETMAN Sprechen Sie russisch.

SCHERWINSKI Zu Befehl, Euer Durchlaucht. Kornett Fürst Nowoshilzew, der vor mir Dienst hatte, muß plötzlich erkrankt sein, er ist schon vor meiner Ankunft nach Hause gegangen ...

HETMAN Was sagen Sie da? Er hat seinen Dienst verlassen? Sind Sie bei Sinnen? Seinen Dienst hat er verlassen? Das heißt also, er hat den Dienst hingeworfen? Was geht hier eigentlich vor? *Telefoniert* Kommandantur? Sofort eine Abteilung ... Das müßt ihr doch an der Stimme hören, wer hier spricht. Eine Abteilung begibt sich in die Wohnung meines Adjutanten Kornett Nowoshilzew, verhaftet ihn und bringt ihn in die Kommandantur. Sofort.

SCHERWINSKI *zur Seite* Das hat er verdient! So was, am Telefon seine Stimme zu verstellen! Flegel!

HETMAN *am Telefon* Unverzüglich! *Zu Scherwinski* Hat er denn die Aufzeichnungen hiergelassen?

SCHERWINSKI Jawohl. Aber es steht nichts auf dem Streifen.

HETMAN Ist denn der übergeschnappt? Hat er den Verstand verloren? Ich lasse ihn vor dem Palast erschießen. Ich zeig's euch allen! Verbinden Sie mich mit dem Stab des Befehlshabers. Er möchte sofort zu mir kommen! Das gleiche gilt für den Garnisonschef und sämtliche Regimentskommandeure. Beeilung!

SCHERWINSKI Ich erlaube mir zu melden, Euer Durchlaucht: eine Nachricht von äußerster Wichtigkeit.

HETMAN Was gibt's denn noch?

SCHERWINSKI Vor fünf Minuten wurde vom Stab des Befehlshabers angerufen und mitgeteilt, der Befehlshaber der Freiwilligenarmee Eurer Durchlaucht sei plötzlich erkrankt und mit dem ganzen Stab im deutschen Zug nach Deutschland abgefahren. *Pause.*

HETMAN Sind Sie bei Sinnen? Sie haben sich verhört. Sind Sie sich darüber im klaren, was Sie mir da melden? Was ist da passiert? Die Katastrophe etwa? Sie sind geflüchtet? Warum schweigen Sie? Reden Sie doch!

SCHERWINSKI Jawohl, Euer Durchlaucht, die Katastrophe. Um zehn Uhr abends haben Petljura-Einheiten die Stadtfront durchbrochen, und Bolbotuns Reiterei ist eingedrungen ...

HETMAN Bolbotun? Wo?

SCHERWINSKI Hinter Slobodka, zehn Werst von hier.

HETMAN Moment, Moment, was? So ist das also ... Jedenfalls sind Sie ein ausgezeichneter, umsichtiger Offizier. Das ist mir schon lange aufgefallen. Hören Sie zu. Verbinden Sie mich sofort mit dem Stab der deutschen Führung und bitten Sie, man möge unverzüglich einige Vertreter herschicken. Los, mein Lieber, machen Sie schnell!

SCHERWINSKI Zu Befehl. *Telefoniert* Die Drei. Seien Sie bitte so liebenswürdig, Herrn Major von Dust an den Apparat zu bitten.

Es klopft.

Ja … Ja …

HETMAN Ja, herein.

LAKAI Zwei Vertreter der deutschen Führung, General von Schratt und Major von Dust, bitten empfangen zu werden.

HETMAN Sollen sofort hereinkommen. *Zu Scherwinski* Gespräch abbrechen.

Der Lakai läßt von Schratt und von Dust herein. Beide tragen graue Uniform. Schratt hat ein langes Gesicht und weiße Haare. Dusts Gesicht ist rot. Beide tragen Monokel.

SCHRATT Wir haben die Ehre, Euer Durchlaucht zu begrüßen.

HETMAN Sehr erfreut, Sie zu sehen, meine Herren. Bitte nehmen Sie Platz. *Die Deutschen setzen sich.* Ich habe soeben die Nachricht von der schwierigen Lage unserer Armee erhalten.

SCHRATT Das ist uns schon längere Zeit bekannt.

HETMAN *zu Scherwinski* Bitte führen Sie das Protokoll der Beratung.

SCHERWINSKI Würden Sie bitte russisch sprechen, Euer Durchlaucht?

HETMAN General, darf ich bitten, russisch zu sprechen?

SCHRATT *mit starkem Akzent* O ja! Mit dem größten Vergnügen.

HETMAN Ich habe soeben erfahren, daß Petljuras Reiterei die Stadtfront durchbrochen hat.

Scherwinski schreibt.

Außerdem habe ich vom Stab der russischen Führung unwahrscheinliche Nachrichten erhalten. Der Stab der russischen Führung ist schmählich geflüchtet. Unerhört! *Pause.* Ich wende mich über Ihre Vermittlung an die deutsche Regierung ... mit folgender Erklärung: Der Ukraine droht tödliche Gefahr. Petljuras Banden drohen die Hauptstadt einzunehmen. Wenn es dazu kommt, wird es in der Hauptstadt Anarchie geben. Darum bitte ich die deutsche Heeresführung, uns unverzüglich Truppen zu geben, die die gegen uns drängenden Banden zurückschlagen und die Ordnung wiederherstellen in der Ukraine, die Deutschland so freundlich gesinnt ist.

SCHRATT Bedauerlicherweise kann die deutsche Führung das nicht tun.

HETMAN Wie? Informieren Sie mich, General, warum nicht?

SCHRATT Es ist physisch unmöglich. Erstens hat Petljura nach unseren Informationen zweihunderttausend Mann gut bewaffnete Truppen. Darum zieht die deutsche Heeresführung ihre Divisionen nach Deutschland zurück.

SCHERWINSKI *beiseite* Diese Schufte!

SCHRATT Wir haben also nicht genug Kräfte. Zweitens steht die ganze Ukraine auf der Seite Petljuras.

HETMAN Oberleutnant, unterstreichen Sie diesen Satz im Protokoll.

SCHERWINSKI Zu Befehl.

SCHRATT Gegen das Unterstreichen ist nichts einzuwenden. Also, es ist unmöglich, Petljura aufzuhalten.

HETMAN Das heißt also, die deutsche Führung überläßt mich, die Armee und die Regierung dem Schicksal?

SCHRATT Nein, wir haben Befehl, Maßnahmen zur Rettung Eurer Durchlaucht zu ergreifen.

HETMAN Was für Maßnahmen schlägt die deutsche Führung vor?

SCHRATT Sofortige Evakuierung Eurer Durchlaucht. In den Eisenbahnwagen und ab nach Deutschland.

HETMAN Entschuldigen Sie, ich verstehe nicht. Wieso denn? Verzeihung. Vielleicht hat die deutsche Führung auch den Fürsten Belorukow evakuiert?

SCHRATT So ist es.

HETMAN Ohne meine Zustimmung? *Erregt* Ich bin nicht einverstanden. Ich erkläre der deutschen Regierung meinen Protest gegen derartige Aktionen. Ich habe noch die Möglichkeit, in der Stadt eine Armee aufzustellen und Kiew mit eigenen Kräften zu verteidigen. Aber die Verantwortung für die Zerstörung der Hauptstadt fällt auf die deutsche Führung zurück. Und ich glaube, die Regierungen Englands und Frankreichs ...

SCHRATT Die Regierung Englands! Die Regierung Frankreichs! Die deutsche Regierung fühlt sich stark genug, die Zerstörung der Hauptstadt zu verhindern.

HETMAN Soll das eine Drohung sein, General?

SCHRATT Eine Warnung, Euer Durchlaucht. Euer Durchlaucht haben keinerlei bewaffnete Kräfte. Die Lage ist katastrophal ...

DUST *leise zu Schratt* Herr General, wir haben keine Zeit mehr. Wir müssen ...

SCHRATT Ja ... ja ... Euer Durchlaucht, erlauben Sie mir ein letztes Wort: Wir haben Informationen, daß Petljuras Reiterei acht Werst vor Kiew steht. Morgen früh wird sie einziehen ...

HETMAN Ich erfahre das als letzter.

SCHRATT Euer Durchlaucht, ist Ihnen bekannt, was Ihnen im Falle der Gefangenschaft passiert? Es existiert ein Urteil über Euer Durchlaucht. Ein äußerst betrübliches Urteil.

HETMAN Was für ein Urteil?

SCHRATT Ich bitte Euer Durchlaucht um Verzeihung. *Pause.* Tod durch Erhängen. *Pause.* Euer Durchlaucht, ich möchte um sofortige Antwort bitten. Ich habe noch knapp zehn Minuten. Danach lehne ich die Verantwortung für das Leben Eurer Durchlaucht ab.

Lange Pause.

HETMAN Ich fahre.

SCHRATT Ach, Sie fahren? *Zu Dust* Seien Sie so liebenswürdig, handeln Sie heimlich und ohne jedes Aufsehen.

DUST Oh, keinerlei Aufsehen! *Feuert seinen Revolver zweimal gegen die Decke ab.*

Scherwinski ist perplex.

HETMAN *greift nach seinem Revolver* Was soll das bedeuten?

SCHRATT Oh, seien Sie beruhigt, Euer Durchlaucht. *Versteckt sich hinter der Portiere der rechten Tür.*

Hinter der Szene dumpfer Lärm, Rufe: »Wache, ans Gewehr!« und Getrappel von Schritten.

DUST *öffnet die mittlere Tür* Ruhe! General von Schratt hat versehentlich den Revolver berührt und sich den Kopf verletzt.

Stimmen hinter der Bühne: »Der Hetman! Wo ist der Hetman?«

Der Hetman ist wohlauf. Euer Durchlaucht, wollen Sie sich liebenswürdigerweise zeigen ... Die Wache ...

HETMAN *in der mittleren Tür* Alles in Ordnung, Alarm abbrechen!

DUST *in der Tür* Bitte schicken Sie einen Arzt mit Instrumenten herein.

Die Unruhe verstummt. Herein tritt ein deutscher Militärarzt mit einem Kasten und einer Arzttasche. Dust verschließt die mittlere Tür.

SCHRATT *tritt hinter der Portiere hervor* Euer Durchlaucht, ziehen Sie bitte eine deutsche Uniform an, als wären Sie an meiner Stelle und verwundet. Wir bringen Sie insgeheim aus der Stadt, damit niemand etwas merkt und die Wache nicht in Empörung gerät.

HETMAN Wie Sie wollen.

Das Feldtelefon klingelt.

Oberleutnant, gehen Sie an den Apparat!

SCHERWINSKI Arbeitszimmer Seiner Durchlaucht ... Wie? Was? *Zum Hetman* Euer Durchlaucht, zwei Serdjuk-Regimenter sind zu Petljura übergelaufen. Vor dem entblößten Frontabschnitt ist gegnerische Kavallerie aufgetaucht. Was soll ich durchsagen, Euer Durchlaucht?

HETMAN Was Sie durchsagen sollen? Sagen Sie, man möge die Kavallerie wenigstens eine halbe Stunde lang aufhalten! Ich muß doch weg! Ich gebe ihnen Panzerfahrzeuge!

SCHERWINSKI *in den Hörer* Hören Sie? Halten Sie sich wenigstens eine halbe Stunde! Seine Durchlaucht schickt Ihnen Panzerfahrzeuge!

DUST *entnimmt dem Kasten eine deutsche Uniform* Euer Durchlaucht, wo wollen Sie sich umziehen?

HETMAN Im Schlafzimmer.

Hetman und Dust nach rechts ab.

SCHERWINSKI *auf der Vorbühne* Ob ich auch fliehe? Kommt Jelena mit oder nicht? *Entschlossen, zu Schratt* Euer Hochwohlgeboren, ich bitte ergebenst, mich mitzunehmen, ich bin sein persönlicher Adjutant. Außerdem … meine Braut …

SCHRATT Zu meinem Bedauern kann ich weder Sie noch Ihre Braut mitnehmen, Oberleutnant. Wenn Sie fahren wollen, begeben Sie sich zum Bahnhof, zu unserem Stabszug. Aber ich sage Ihnen gleich, es sind keine Plätze mehr frei, dort ist schon ein persönlicher Adjutant.

SCHERWINSKI Wer?

SCHRATT Wie heißt er gleich … Fürst Nowoshilzew.

SCHERWINSKI Nowoshilzew! Wie hat er denn das fertiggebracht?

SCHRATT Wenn eine Katastrophe droht, wird jeder sehr beweglich. Er hat uns im Stab aufgesucht.

SCHERWINSKI Und er wird in Berlin beim Hetman Dienst tun?

SCHRATT O nein! Der Hetman wird allein sein. Keinerlei Gefolge. Wir bringen nur diejenigen zur Grenze, die ihren Hals vor Ihren Bauern retten wollen. Dort kann jeder tun, was ihm beliebt.

SCHERWINSKI Ich danke ergebenst. Meinen Hals kann ich auch hier retten.

SCHRATT Richtig, Oberleutnant. Man soll seine Heimat nie verlassen. Heimat ist Heimat.

Der Hetman und Dust treten ein. Der Hetman ist als deutscher General verkleidet. Er raucht nervös.

HETMAN Oberleutnant, verbrennen Sie hier alle Papiere.

DUST Herr Doktor, seien Sie so liebenswürdig. Euer Durchlaucht, nehmen Sie Platz …

Der Hetman wird zum Sitzen genötigt. Der Arzt wickelt ihm den Kopf in Binden.

ARZT Fertig.

SCHRATT *zu Dust* Den Wagen!

DUST Sofort.

SCHRATT Euer Durchlaucht, bitte legen Sie sich hin.

HETMAN Aber ich muß doch dem Volk eine Erklärung abgeben, ein Manifest …

SCHRATT Ein Manifest! Eventuell …

HETMAN *dumpf* Oberleutnant, schreiben Sie. Gott hat mir nicht die Kraft gegeben … und ich …

DUST Es ist keine Zeit für ein Manifest. Das können Sie vom Zug aus tun, durch ein Telegramm.

HETMAN Kommando zurück!

DUST Euer Durchlaucht, legen Sie sich hin.

Der Hetman wird auf eine Trage gelegt. Schratt versteckt sich. Die Mitteltür wird geöffnet, der Lakai erscheint. Dust, der Arzt und der Lakai tragen den Hetman zur linken Tür hinaus. Scherwinski hilft bis zur Tür tragen und kehrt dann zurück. Schratt tritt wieder ein.

SCHRATT Alles in Ordnung. *Blickt auf die Armbanduhr.* Ein Uhr nachts. *Setzt das Käppi auf und legt den Umhang an.* Auf Wiedersehen, Oberleutnant. Ich rate Ihnen, nicht mehr lange hierzubleiben. Sie können ruhig alle nach Hause gehen. Nehmen Sie die Schulterklappen ab. *Horcht.* Hören Sie?

SCHERWINSKI Schnellfeuer.

SCHRATT Genau. Ein Wortspiel! Also schnell! Haben Sie einen Passierschein für den Seitenausgang?

SCHERWINSKI Jawohl.

SCHRATT Auf Wiedersehen. Beeilen Sie sich. *Ab.*

SCHERWINSKI *bedrückt* Saubere deutsche Arbeit. *Wird plötzlich lebhaft* Also los, es ist keine Zeit. Keine Zeit. *Am Schreibtisch* Oh, das Zigarettenetui. Aus Gold! Der Hetman hat's vergessen. Soll ich's hierlassen? Unmöglich, dann klauen's die Lakaien. Oho, das wiegt ja fast ein Pfund. Eine historische Kostbarkeit. *Steckt das Zigarettenetui ein.* Also ... *Hinterm Schreibtisch* Papiere werden wir nicht verkokeln, nur die Adjutantenliste. *Verbrennt Papiere.* Bin ich ein Schwein oder nicht? Nein, ich bin kein Schwein. *Spricht ins Telefon* 14–53 ... Ja ... Die Abteilung? Den Kommandeur ans Telefon! Dringend ... Dann wecken Sie ihn! *Pause.* Oberst Turbin? Hier Scherwinski. Hören Sie mir gut zu, Alexej Wassiljewitsch. Der Hetman hat sich aus dem Staub gemacht ... Getürmt ist er! Ich spreche im Ernst ... Nein, bis zum Morgen ist schon noch Zeit. Sagen Sie Jelena Wassiljewna, sie soll morgen auf keinen Fall das Haus verlassen. Ich komme am Morgen, mich verstecken. Auf Wiedersehen. *Legt auf.* Mein Gewissen ist rein und ruhig, Fjodor!

Auftritt Lakai.

Hat der Melder das Paket gebracht?

LAKAI Jawohl.

SCHERWINSKI Her damit!

Der Lakai geht hinaus und kommt mit einem Bündel wieder.

LAKAI *verwirrt* Darf ich fragen, was mit Seiner Durchlaucht ist?

SCHERWINSKI Was ist das für eine Frage? Der Hetman ruht sich aus. Überhaupt sollten Sie besser schweigen. Sie sind ein guter Mensch, Fjodor. In Ihrem Gesicht ist so etwas ... Anziehendes ... Proletarisches ...

LAKAI Jawohl.

SCHERWINSKI Fjodor, bringen Sie mir aus dem Adjutantenzimmer mein Handtuch, das Rasiermesser und die Seife.

LAKAI Zu Befehl. Soll ich auch eine Zeitung mitbringen?

SCHERWINSKI Ganz richtig. Bringen Sie eine mit.

Der Lakai geht zur linken Tür hinaus. Scherwinski zieht inzwischen einen Zivilmantel an, setzt einen Hut auf und nimmt die Sporen ab. Seinen Säbel und den Säbel Nowoshilzews packt er in das Bündel. Der Lakai erscheint wieder.

Steht mir der Hut?

LAKAI Sehr wohl. Stecken Sie das Rasiermesser in die Tasche?

SCHERWINSKI Ja, in die Tasche. Also, lieber Fjodor, hier haben Sie zur Erinnerung fünfzig Karbowanzen.

LAKAI Gehorsamsten Dank.

SCHERWINSKI Erlauben Sie mir, Ihre ehrliche werktätige Hand zu drücken. Wundern Sie sich nicht, ich bin von Natur aus Demokrat. Fjodor, ich war niemals im Palast und habe niemals als Adjutant gedient.

LAKAI Verstehe.

SCHERWINSKI Sie kenne ich nicht. Überhaupt, ich bin Opernsänger.

LAKAI Hat er sich etwa verkrümelt?

SCHERWINSKI Verdünnisiert hat er sich.

LAKAI Ach, der durchtriebene Gauner!

SCHERWINSKI Ein unsäglicher Bandit!

LAKAI Und uns hat er dem Schicksal überlassen?

SCHERWINSKI Wie Sie sehen. Bei Ihnen ist das halb so schlimm, aber bei mir?

Ein Telefon klingelt.

Ich höre ... Ah, Hauptmann! Ja, lassen Sie alles stehen und liegen und bringen Sie sich in Sicherheit ... Ja, ich weiß, was ich sage ... Scherwinski ... Alles Gute. Auf Wiedersehen! ... Lieber Fjodor, so angenehm es mir auch wäre, mich mit Ihnen zu unterhalten, aber Sie sehen selbst, ich habe keine Zeit. Fjodor, solange ich noch an der Macht bin, schenke ich Ihnen dieses Arbeitszimmer. Was gucken Sie denn so, Sie Kauz? Aus der Portiere dort läßt sich eine schöne Decke machen. *Ab.*

Pause. Das Telefon klingelt.

LAKAI Ich höre ... Wie ich Ihnen helfen kann? Wissen Sie was? Lassen Sie alles stehen und liegen und bringen Sie sich in Sicherheit ... Fjodor spricht hier ... Fjodor!

Zweites Bild

Ein leerer düsterer Raum. Ein Schild: »Stab der 1. Kavalleriedivision«. Eine blaugelbe Standarte. Eine Petroleumlampe am Eingang. Abend. Vor den Fenstern von Zeit zu Zeit Hufgetrappel. Leise spielt eine Harmonika bekannte Melodien.

TELEFONIST *telefoniert* Ich bin's, Franko, ich hab mich wieder ins Netz eingeschaltet ... Ins Netz, sag ich! ... Hören Sie? Hier ist der Stab der Kavalleriedivision.

Das Telefon singt. Signale, Lärm hinter der Bühne. Uragan und Kirpaty führen einen desertierten Saporoger Kosaken herein. Sein Gesicht ist blutig.

BOLBOTUN Was ist?

URAGAN Wir haben einen Deserteur erwischt, Herr Oberst.

BOLBOTUN Von welchem Regiment?

Schweigen.

Von welchem Regiment? frag ich dich.

Schweigen.

TELEFONIST Ich bin es! Ich bin vom Stab, Franko, ich hab mich ins Netz eingeschaltet! Hier ist der Stab der Kavalleriedivision! Hört ihr? Puh, Teufel noch eins!

BOLBOTUN Was machst du, daß die Pest deine Mutter hole! Was machst du? In einer Zeit, wo jeder ehrliche Kosak aufsteht zum Schutz der Ukrainischen Republik vor den Weißgardisten, Juden und Kommunisten, in einer Zeit, wo jeder Bauer in die Reihen der ukrainischen Armee eintritt, da schlägst du dich in die Büsche? Weißt du, was die Offiziere des Hetmans und die Kommissare mit unsern Bauern machen? Sie graben sie lebendig in die Erde! Hast du gehört? Genauso werde ich dich eingraben! Jawohl! Hundertschaftsführer Galanba!

Stimme hinter der Bühne: »Hundertschaftsführer zum Oberst.« Unruhe.

Wo habt ihr ihn gefaßt?

KIRPATY Hinter den Holzstapeln hatte sich der Hundesohn versteckt!

BOLBOTUN Ach, du Pestbeule!

Auftritt Galanba, kalt, schwarzhaarig, mit schwarzem Bajonett.

Verhören Sie den Deserteur, Hundertschaftsführer. Franko, die Disposition! Spiel nicht mit dem Apparat!

TELEFONIST Sofort, Herr Oberst, sofort! Was soll ich denn machen? Ich spiele nicht ...

GALANBA *mit kaltem Gesicht* Von welchem Regiment?

Schweigen.

Von welchem Regiment?

DESERTEUR *weinend* Ich bin kein Deserteur. Erbarmen Sie sich, Herr Hundertschaftsführer! Ich wollte mich zu einem Lazarett durchschlagen. Meine Füße sind ganz und gar erfroren.

TELEFONIST *telefoniert* Wo ist die Disposition? Ich bitte herzlich darum. Der Kommandeur der Kavalleriedivision will die Disposition haben. Hört ihr? Was soll man bloß mit diesem Apparat machen!

GALANBA Deine Füße sind erfroren? Warum hast du dir das nicht von deinem Regimentsstab bestätigen lassen? He? Von welchem Regiment bist du? *Holt aus wie zum Schlag.*

Man hört Pferde über eine Holzbrücke trappeln.

DESERTEUR Vom zweiten Saporoger.

GALANBA Euch Saporoger kennen wir. Ihr seid alle Verräter und Bolschewiken. Los, zieh die Stiefel aus. Wenn du gelogen hast und deine Füße nicht erfroren sind, schieß ich dich auf der Stelle nieder. He, Jungs, eine Laterne!

TELEFONIST *telefoniert* Schickt uns eine Ordonnanz, damit wir's abstimmen können ... Nach Slobodka! Ja! Ja! Ich höre! Grizko! Die Ordonnanz soll die Disposition für unsern Stab mitbringen. Ja, Herr Oberst, die Disposition kommt gleich.

BOLBOTUN Gut.

GALANBA *zieht die Mauser* Das ist die Bedingung: Hast du gesunde Füße, so landest du postwendend im Jenseits. Tretet zurück, damit ich nicht einen von euch treffe.

Der Deserteur setzt sich auf den Fußboden und zieht die Schuhe aus. Schweigen.

BOLBOTUN Recht so. Ein Exempel für die andern.

Der Deserteur wird mit einer Laterne angeleuchtet.

KIRPATY *seufzend* Sie sind erfroren, er hat die Wahrheit gesagt.

GALANBA Hättest dir trotzdem eine Bescheinigung holen sollen. Eine Bescheinigung, du Schweinehund! Und nicht vom Regiment davonlaufen.

DESERTEUR War keiner da, der mir eine hätte geben können. Wir haben im ganzen Regiment keinen Arzt. Keinen einzigen. *Weint.*

GALANBA Er wird verhaftet und unter Bewachung ins Lazarett gebracht! Wenn ihm der Arzt die Füße verbunden hat, wird er hierher in den Stab zurückgebracht und kriegt fünfzehn Hiebe mit dem Ladestock, damit er weiß, daß er sein Regiment nicht ohne Dokumente verlassen darf.

URAGAN *führt ihn hinaus* Los, geh schon!

Hinter der Bühne spielt eine Harmonika. Eine Stimme singt traurig: »Ei, du Äpfelchen, wohin rollt dich dein Geschick, landest bei den Haidamaken, kommst nie mehr zu mir zurück ...« Erregte Stimmen vor dem Fenster: »Halt sie! Halt sie! An der Brücke vorbei ... Übers Eis sind sie gelaufen ...«

GALANBA *zum Fenster hinaus* Was ist da los, Jungs?

Eine Stimme: »Herr Hundertschaftsführer, da sind wohl ein paar Juden aus Slobodka an der Brücke vorbei übers Eis gelaufen.« Jungs! Aufklärer! Zu Pferde! Zu Pferde! Aufsitzen! Kirpaty! Los, ihnen nach! Aber bringt sie lebendig! Lebendig!

BOLBOTUN Franko, halt die Verbindung aufrecht!

TELEFONIST Mach ich, Herr Oberst, mach ich!

Schritte hinter der Szene. Uragan führt einen Mann mit Korb herein.

MANN MIT KORB Ihr Lieben, ich hab doch nichts gemacht. Warum tut ihr das? Ich bin Handwerker.

GALANBA Warum hat man dich festgenommen?

MANN MIT KORB Gnade, Genosse Offizier …

GALANBA Was? Genosse? Wer ist hier dein Genosse?

MANN MIT KORB Verzeihung, Herr Offizier.

GALANBA Ich bin dir kein Herr. Die Herren sind jetzt alle beim Hetman in der Stadt. Deinen Herren werden wir die Därme rausleiern. He, du da, hau ihm eine runter, du hast es näher. Hau diesem Herrn eins ans Maul. Siehst du jetzt, was wir hier für Herren sind? Siehst du's?

MANN MIT KORB Ja.

GALANBA Leuchtet ihn mal an, Jungs! Ich habe das Gefühl, der ist Kommunist.

MANN MIT KORB Was sagen Sie da, ich bitte Sie! Schuster bin ich.

BOLBOTUN Du redest allzu schön auf moskowitisch.

MANN MIT KORB Aus Kaluga bin ich, Euer Wohlgeboren. Aus dem Gouvernement Kaluga. Ich bin schon meines Lebens nicht mehr froh, daß ich zu euch in die Ukraine gekommen bin. Schuster bin ich.

GALANBA Papiere!

MANN MIT KORB Den Paß? Sofort. Mein Paß ist wunderschön in Ordnung.

GALANBA Was ist in dem Korb? Wo wolltest du hin?

MANN MIT KORB Stiefel sind darin, Euer … Wohl… Euer … Stiefel doch. Ich arbeite für einen Laden. In Slobodka wohne ich. Und die Stiefel bring ich in die Stadt.

GALANBA Und warum nachts?

MANN MIT KORB Da bin ich genau morgens in der Stadt.

BOLBOTUN Stiefel … oh, wunderbar!

MANN MIT KORB Verzeihung, verehrter Bürger, die gehören nicht mir, sondern dem Ladenbesitzer.

BOLBOTUN Dem Ladenbesitzer! Großartig. Besitzerware ist gute Ware. Jungs, nehmt euch jeder ein Paar Stiefel von der Besitzerware. *Die Stiefel werden verteilt.*

MANN MIT KORB Bürger Kriegsminister, wenn ich ohne Stiefel hinkomme, kann ich mich gleich ins Grab legen! Sie kosten zweitausend Rubel. Sie gehören dem Ladenbesitzer.

BOLBOTUN Wir geben dir eine Quittung.

MANN MIT KORB Ich bitte Sie, was soll ich mit der Quittung? *Stürzt auf Bolbotun zu, der gibt ihm eine Ohrfeige. Er stürzt zu Galanba.* Herr Kavallerist, für zweitausend Rubel. Wenn ich wenigstens ein Bourgeois wäre oder ein Bolschewik ...

Galanba gibt ihm eine Ohrfeige.

Setzt sich verwirrt auf den Boden. Was ist bloß? Aber von mir aus, nehmen Sie! Also für die Versorgung der Armee? Dann gestatten Sie, daß ich mir zur Gesellschaft auch ein Paar nehme. *Zieht sich die Stiefel aus.*

TELEFONIST Herr Oberst, sehen Sie, was er macht?

BOLBOTUN Was erlaubst du dir, du Laus? Weg von dem Korb! Willst du uns noch lange vor den Füßen herumkriechen? Meine Geduld ist zu Ende. Jungs, geht mal aus dem Weg. *Greift nach dem Revolver.*

MANN MIT KORB Nein! Nein! Nein!

BOLBOTUN Verschwinde!

Der Mann stürzt zur Tür. In der Tür stößt er auf Kirpaty, der einen blutüberströmten Juden hereinstößt. Bekreuzigt sich.

MANN MIT KORB Nehmt alles, aber laßt mir die Seele, damit sie Buße tut.

GALANBA Ah, herzlich willkommen.

HAIDAMAK Zwei haben wir abgeschossen, Herr Hundertschaftsführer, aber diesen konnten wir befehlsgemäß lebendig fassen.

JUDE Herr Hundertschaftsführer!

GALANBA Schrei hier nicht rum! Laß das!

JUDE Herr Offizier, was haben Sie mit mir vor?

GALANBA Wir tun, was notwendig ist. *Pause.* Warum bist du übers Eis gegangen?

JUDE Ich will blind werden und nie wieder sehen die Sonne, wenn ich nicht bin gegangen zu meinen Kindern in die Stadt. Herr Hundertschaftsführer, ich habe kleine Kinder in der Stadt.

BOLBOTUN Über die Brücke hättest du zu deinen Kindern gehen sollen, über die Brücke!

JUDE Herr General, erlauchter Herr! Auf der Brücke steht eine Wache, Ihre Leute. Es sind flotte Jungs, aber sie mögen die Jidden nicht. Sie haben mich schon heute morgen geschlagen und mich nicht rüber gelassen.

BOLBOTUN Na, sie haben dich offenbar zu wenig geschlagen.

JUDE Der Herr Oberst scherzen. Der Herr Oberst sind lustig, möge Gott ihm Gesundheit schenken.

BOLBOTUN Ich? Ja, ich bin lustig. Du brauchst uns nicht zu fürchten. Wir lieben die Jidden.

Man hört leises Harmonikaspiel.

Bekreuzige dich.

JUDE Das tue ich mit Vergnügen. *Bekreuzigt sich. Gelächter.*

HAIDAMAK Der Jidd hat Schiß.

BOLBOTUN Rufe jetzt: Es lebe die freie Ukraine!

JUDE Es lebe die freie Ukraine!

Gelächter.

GALANBA Du bist ein ukrainischer Patriot?

Schweigen. Galanba schlägt den Juden plötzlich mit dem Ladestock.

Durchsucht ihn, Jungs!

JUDE Meine Herren …

GALANBA Warum wolltest du in die Stadt?

JUDE Ich schwöre, zu meinen Kindern.

GALANBA Weißt du, was du bist? Ein Spion!

BOLBOTUN Richtig!

JUDE Nein, ich schwöre!

GALANBA Gestehe, was hast du in unserm Hinterland gemacht?

JUDE Nichts, Herr Hundertschaftsführer, ich bin Schneider und wohne hier in Slobodka, ich habe hier meine alte Mutter …

BOLBOTUN Hier hat er seine Mutter und in der Stadt die Kinder. Den ganzen Erdball nimmt er ein!

GALANBA Na, ich sehe, mit dir ist nicht zu reden. He, du, mach mal die Laterne auf! Haltet seine Arme fest! *Verbrennt ihm das Gesicht.*

JUDE Herr ... Herr ... Fürchten Sie Gott! Was machen Sie ... Ich kann nicht mehr! Ich kann nicht! Gnade!

GALANBA Gestehst du, du Hund?

JUDE Ich gestehe.

GALANBA Ein Spion ...

JUDE Ja! Ja! *Pause.* Nein! Nein! Ich gestehe nicht. Nichts! Das war vor Schmerzen ... Meine Herren, ich habe Kinder, eine Frau ... Ich bin Schneider. Lassen Sie mich gehen!

GALANBA Ach, du hast noch nicht genug? Jungs, haltet ihm die Arme fest!

JUDE Bringt mich lieber um! Ich gestehe! Bringt mich um!

GALANBA Was hast du im Hinterland gemacht?

JUDE Junge, lieber Junge, nimm die Lampe weg! Ich sage alles! Ich bin ein Spion! Ja, ja! O mein Gott!

GALANBA Kommunist?

JUDE Ja!

BOLBOTUN Es gibt keinen Juden auf der Welt, der nicht Kommunist ist. Jude ist gleich Kommunist.

JUDE Nein, nein! Was soll ich sagen, Herr? Was soll ich sagen? Nur quälen Sie mich nicht! Quälen Sie mich nicht! Böse Menschen! *Reißt sich wütend los, springt zum Fenster.* Ich bin kein Spion!

GALANBA Fangt ihn, Jungs, haltet ihn!

Galanba schießt den Juden in den Rücken.

JUDE *fallend* Ihr sollt verfl...

BOLBOTUN Schade, schade!

GALANBA Wir hätten ihn festhalten sollen.

HAIDAMAK Einen leichten Tod ist er gestorben, der Hund.

Sie plündern die Leiche aus.

ALLE Gehorsamsten Dank, Herr Oberst!

TELEFONIST *telefoniert* Ich höre! Ich höre! Hurra! Herr Oberst! Herr Oberst! Im Stab sind Boten von zwei Serdjuk-Regimentern des Hetmans eingetroffen. Der Alte verhandelt mit ihnen, ob sie auf unsere Seite übertreten wollen.

BOLBOTUN Sieg! Wenn die Regimenter mit uns gehen, ist Kiew unser.

TELEFONIST *telefoniert* Grizko, wir haben neue Stiefel! Ja ... ja ... Ich höre, ich höre ... Sieg! Sieg! Herr Oberst, kommen Sie schnell an den Apparat.

BOLBOTUN *telefoniert* Kommandeur der ersten Kavalleriedivision, Oberst Bolbotun. Ich höre ... Ja ... ja ... Ich reite sofort los. *Zu Galanba* Hundertschaftsführer, lassen Sie alle vier Regimenter sofort aufsitzen! Die Zugänge zur Stadt sind in unserer Hand! Sieg! Sieg!

URAGAN, KIRPATY Sieg! Angriff!

Allgemeine Hektik.

GALANBA *zum Fenster hinaus* Aufsitzen! Aufsitzen! Zu Pferde! *Vor dem Fenster ein dumpfes »Hurra!«. Galanba läuft hinaus.*

BOLBOTUN Bau den Apparat ab! Mein Pferd!

Der Telefonist baut den Apparat ab. Hektik.

URAGAN Das Pferd für den Kommandeur!

STIMMEN Erstes Bataillon, im Trab marsch!

Zweites Bataillon, im Trab marsch!

Vor dem Fenster Hufgetrappel und Pfiffe. Alle laufen von der Bühne. Eine Harmonika dröhnt los, entfernt sich.

Vorhang

Dritter Akt

Erstes Bild

Vestibül des Alexander-Gymnasiums. Gewehrpyramiden, Munitionskästen, Maschinengewehre. Eine riesige Treppe. Oben ein Porträt Alexanders I. In den Fenstern Morgengrauen. Hinter der Bühne Dröhnen: Eine Abteilung marschiert mit Musik durch die Korridore des Gymnasiums.

NIKOLKA *singt hinter der Bühne nach der Melodie eines Soldatenliedchens.*

Schwüle Hitze atmete die Nacht,
Voll von Glut und zitternden Gedanken …

Pfeifen.

JUNKER *singen schallend*

Glück ersehnend, hab ich dein gedacht,
als die Sterne draußen schon versanken …

Pfeifen.

NIKOLKA *singt*

Unsern Winkel schmückte ich mit Blumen …

STUDZINSKI *auf dem Treppenpodest* Abteilung halt!

Hinter der Bühne macht die Abteilung mit Gepolter halt.

Zurücktreten! Hauptmann!

MYSCHLAJEWSKI Erste Batterie! Auf der Stelle! Im Schritt marsch!

Die Abteilung marschiert hinter der Bühne.

STUDZINSKI Gleichschritt halten!

MYSCHLAJEWSKI Links, zwei, drei, vier! Erste Batterie, halt!

ERSTER OFFIZIER Zweite Batterie, halt!

Die Abteilung macht halt.

MYSCHLAJEWSKI Batterie, rührt euch! Es kann geraucht werden! *Hinter der Bühne Lärm und Stimmengewirr.*

ERSTER OFFIZIER *zu Myschlajewski* Herr Hauptmann, in meinem Zug fehlen fünf Mann. Wahrscheinlich abgehauen. Diese Studentlein!

ZWEITER OFFIZIER Es ist überhaupt eine Schweinerei. Man wird nicht mehr schlau daraus.

ERSTER OFFIZIER Warum kommt der Kommandeur nicht? Um sechs sollten wir ausrücken, und jetzt ist es drei Viertel sieben.

MYSCHLAJEWSKI Ruhig, Oberleutnant, er wurde telefonisch in den Palast gerufen. Er kommt gleich. *Zu den Junkern.* Na, durchgefroren?

ERSTER JUNKER Jawohl, Herr Hauptmann, es ist frisch.

MYSCHLAJEWSKI Warum steht ihr denn so da? Blau wie Wasserleichen. Bewegt euch, vertretet euch die Füße. Nach dem Kommando »Rührt euch« braucht ihr nicht dazustehen wie die Ölgötzen. Jeder ist sein eigener Ofen. Los doch! He, zweiter Zug, ab in die Klassenräume, Schulbänke zerkleinern, Öfen heizen! Tempo!

JUNKER *rufen* Ab in die Klassenräume, Jungs!
Bänke zerschlagen, Öfen heizen!

Lärm, Hast.

MAXIM *tritt aus seinem Zimmerchen hervor, entsetzt* Euer Hochwohlgeboren, was machen Sie denn? Mit den Schulbänken die Öfen heizen? Das ist ja lästerlich! Der Herr Direktor hat mir befohlen …

ERSTER OFFIZIER Das ist schon sein vierzehnter Auftritt …

MYSCHLAJEWSKI Womit sollen wir denn die Öfen heizen, Alter?

MAXIM Mit Brennholz, Väterchen, mit Brennholz.

MYSCHLAJEWSKI Und wo ist Brennholz?

MAXIM Wir haben keins.

MYSCHLAJEWSKI Na, dann troll dich zu des Teufels Großmutter, Alter! He, zweiter Zug, Donnerwetter, was macht ihr da?

MAXIM O mein Herrgott und alle Heiligen! Was geht hier vor? Das sind ja die reinsten Tataren. Viele Truppen sind schon hier gewesen … *Ab. Ruft hinter der Bühne* Meine Herren Offiziere, was tun Sie da?

JUNKER *zerschlagen die Schulbänke, zersägen sie, heizen den Ofen. Singen*

Schwarzer Wolken Sturmeseilen,
Schneegeflock im Wirbelwind …
Horch, es tönt wie Wolfesheulen,
Horch – nun weint es wie ein Kind.

MAXIM O Gott, wer heizt denn so einen Ofen an?

JUNKER *singen*

Ach, ihr lieben süßen Püppchen!

traurig

O Gott, erbarm dich ein letztes Mal …

Plötzlich eine nahe Detonation. Pause. Hast.

ERSTER OFFIZIER Eine Granate.

MYSCHLAJEWSKI Ganz in der Nähe.

ERSTER OFFIZIER Die scheinen auf uns zu schießen, Herr Hauptmann.

MYSCHLAJEWSKI Quatsch! Petljura wird geniest haben.

Das Lied verstummt.

ERSTER OFFIZIER Herr Hauptmann, ich glaube, wir kriegen Petljura heute noch zu sehen. Interessant, wie er wohl aussieht.

ZWEITER OFFIZIER *finster* Keine Sorge, wirst's schon noch erfahren.

MYSCHLAJEWSKI Wir sind ja nur kleine Nummern. Wenn's befohlen wird, werden wir ihn sehen. *Zu den Junkern* Junker, was zum Donnerwetter … Warum seid ihr so sauer? Munter, munter!

JUNKER *singen*

Wenn man uns auf weißer Treppe
'naufführt in das blaue Reich …

ZWEITER JUNKER *eilt auf Studzinski zu* Der Abteilungskommandeur!

STUDZINSKI Achtung! Abteilung, stillgestanden! Richt' euch! Meine Herren Offiziere! Meine Herren Offiziere!

MYSCHLAJEWSKI Erste Batterie, stillgestanden!

Auftritt Alexej.

ALEXEJ *zu Studzinski* Die Liste! Wieviel fehlen?

STUDZINSKI *leise* Zweiundzwanzig Mann.

ALEXEJ *zerreißt die Liste* Unsere Wachabteilung steht in der Demijewka-Straße?

STUDZINSKI Jawohl!

ALEXEJ Herholen!

STUDZINSKI *zum zweiten Junker* Die Wachabteilung herholen!

ZWEITER JUNKER Zu Befehl. *Läuft hinaus.*

ALEXEJ Ich befehle den Herren Offizieren und der Abteilung, aufmerksam zuzuhören. Ich habe eine Erklärung abzugeben. Zuhören, einprägen. Einprägen, ausführen.

Stille.

In der Nacht hat sich unsere Lage, die Lage der ganzen russischen Armee und, ich möchte sagen, die Lage des ukrainischen Staates plötzlich sehr wesentlich verändert. Darum erkläre ich unsere Abteilung hiermit für aufgelöst.

Totenstille.

Der Kampf mit Petljura ist beendet. Ich befehle allen, auch den Offizieren, sofort Achselklappen und Rangabzeichen abzunehmen, nach Hause zu eilen und sich in den Wohnungen zu verstecken.

Pause.

Ich bin fertig. Führen Sie den Befehl aus!

STUDZINSKI Herr Oberst! Alexej Wassiljewitsch!

ERSTER OFFIZIER Herr Oberst! Alexej Wassiljewitsch!

ZWEITER OFFIZIER Was hat das zu bedeuten?

ALEXEJ Ruhe! Keine Diskussion! Befehl ausführen! Tempo!

DRITTER OFFIZIER Was hat das zu bedeuten, Herr Oberst?
Man muß ihn verhaften!
Lärm.
JUNKER Verhaften!
Wir verstehen gar nichts mehr!
Verhaften? Bist du verrückt geworden?
Petljura ist durchgebrochen!
Das ist ein Ding! Ich hab's ja gewußt!
Ruhe!
ERSTER OFFIZIER Was hat das zu bedeuten, Herr Oberst?
DRITTER OFFIZIER He, erster Zug, zu mir!
Verwirrte Junker mit Gewehren kommen hereingelaufen.
NIKOLKA Meine Herren, was tun Sie?
ZWEITER OFFIZIER Verhaftet ihn! Er ist zu Petljura übergegangen!
DRITTER OFFIZIER Herr Oberst, Sie sind verhaftet!
MYSCHLAJEWSKI *hält den dritten Offizier zurück* Halt, Oberleutnant!
DRITTER OFFIZIER Lassen Sie mich, Herr Hauptmann! Hände weg! Junker, ergreift ihn!
MYSCHLAJEWSKI Junker, zurück!
STUDZINSKI Alexej Wassiljewitsch, sehen Sie doch, was vorgeht.
NIKOLKA Zurück!
STUDZINSKI Ihr sollt zurücktreten! Hört nicht auf die jüngeren Offiziere!
ERSTER OFFIZIER Meine Herren, was soll das?
ZWEITER OFFIZIER Meine Herren!
Handgemenge. Die Offiziere haben Revolver in den Händen.
DRITTER OFFIZIER Hört nicht auf die älteren Offiziere!
ERSTER JUNKER Die Abteilung meutert!
ERSTER OFFIZIER Was macht ihr?
STUDZINSKI Ruhe! Stillgestanden!
DRITTER OFFIZIER Ergreift ihn!
ALEXEJ Ruhe! Ich will noch etwas sagen!
JUNKER Es gibt nichts zu sagen!
Wir wollen nichts hören!

Wir wollen nichts hören!

Hört auf den Kommandeur der zweiten Batterie!

NIKOLKA Laßt ihn doch reden!

DRITTER OFFIZIER Ruhe, Junker, beruhigt euch! Laßt ihn reden, er kann uns ja nicht entkommen!

MYSCHLAJEWSKI Rufen Sie Ihre Junker augenblicklich zurück.

ERSTER OFFIZIER Stillgestanden!

JUNKER Stillgestanden! Stillgestanden!

ALEXEJ Ja ... Ich wäre schön dran, wenn ich mit so einer Truppe in den Kampf ziehen müßte, wie Gott sie mir in Ihrer Person geschickt hat. Aber, meine Herren, was man einem jungen Freiwilligen noch nachsehen kann, ist bei Ihnen *zum dritten Offizier,* Herr Oberleutnant, unverzeihlich! Ich dachte, jeder von Ihnen würde begreifen: Es ist ein Unglück geschehen, und Ihrem Kommandeur geht es schwer von der Zunge, Ihnen so Schändliches zu sagen. Aber Sie sind nicht sehr einfallsreich. Wen wollen Sie verteidigen? Antworten Sie!

Schweigen.

Antworten Sie, wenn der Kommandeur Sie fragt! Wen?

DRITTER OFFIZIER Den Hetman. Wir haben versprochen, ihn zu verteidigen.

ALEXEJ Den Hetman? Ausgezeichnet! Der Hetman hat heute morgen um drei die Armee ihrem Schicksal überlassen und ist mit einem deutschen Zug, als deutscher Offizier verkleidet, nach Deutschland geflüchtet. Der Fähnrich will ihn verteidigen, und er ist längst nicht mehr da. Er ist wohlbehalten auf der Reise nach Berlin.

JUNKER Nach Berlin?

Was sagt er da?

Wir wollen nichts hören!

ERSTER JUNKER Meine Herren, warum hören Sie auf ihn?

STUDZINSKI Schweigen Sie!

Stimmengewirr. Vor den Fenstern graut der Morgen.

ALEXEJ Aber das ist noch nicht alles. Zusammen mit dieser Kanaille ist eine andere Kanaille in derselben Richtung getürmt – der Oberbefehlshaber der Armee, Seine Durchlaucht Fürst Belorukow. Es ist also keiner mehr da, meine Freunde, den wir verteidigen könnten, und es ist auch keiner mehr da, der uns kommandieren könnte, denn der Stab des Fürsten hat zusammen mit ihm das Weite gesucht.

Stimmengewirr.

JUNKER Das kann nicht sein!

Unmöglich!

Lüge!

ALEXEJ Wer war das? Wer hat Lüge gesagt? Ich war soeben im Stab und habe alle Informationen überprüft. Ich verantworte jedes meiner Worte! Also, meine Herren, hier sind wir, zweihundert Mann, und dort ist Petljura. Was sag ich, nicht dort, hier ist er! Meine Freunde, seine Reiterei hat den Stadtrand erreicht! Er hat eine Armee von zweihunderttausend Mann, wir dagegen haben, von uns abgesehen, noch zwei oder drei Infanteriebataillone und drei Geschützbatterien. Verstanden? Einer von Ihnen hat den Revolver auf mich gerichtet. Grauenhaft hat mich das eingeschüchtert. Grüner Bengel!

DRITTER OFFIZIER Herr Oberst.

ALEXEJ Schweigen Sie! So ist das. Gesetzt den Fall, Sie alle fassen unter diesen Umständen den Beschluß zu kämpfen – wofür eigentlich und für wen? –, kurzum, in den Kampf zu gehen, so werde ich Sie nicht führen, denn ich habe keine Lust, in einer Posse mitzuwirken, zumal Sie diese Posse mit Ihrem Blut bezahlen werden und noch dazu völlig sinnlos!

NIKOLKA Dieses Stabsgesindel!

Stimmengewirr und Gebrüll.

JUNKER Was sollen wir jetzt machen?

Uns in den Sarg legen!

Schande!

Geh doch zum Teufel! Oder bist du hier vielleicht auf einem Meeting?

Stillgestanden!

Wir sitzen in der Falle.

DRITTER JUNKER *kommt weinend hereingelaufen* Erst hat's geheißen: Vorwärts, vorwärts, und jetzt müssen wir zurück. Wenn ich den Hetman erwische, bring ich ihn um!

ERSTER OFFIZIER Schafft diese Heulsuse weg! Junker, herhören! Wenn es stimmt, was der Oberst sagt, dann folgt mir! Wir beschaffen uns einen Güterzug und fahren zum Don, zu Denikin!

JUNKER Zum Don! Zu Denikin!
Leicht gesagt, du Quatschkopf!
Zum Don? Unmöglich!

STUDZINSKI Alexej Wassiljewitsch, es stimmt, wir müssen hier alles liegenlassen und die Abteilung zum Don bringen.

ALEXEJ Hauptmann Studzinski, was erlauben Sie sich! Die Abteilung befehlige ich! Ich erteile Befehle, und Sie führen Sie aus! Zum Don? Alle mal herhören! Sie würden am Don, wenn Sie überhaupt hinkommen, dasselbe vorfinden wie hier, dieselben Generäle und dasselbe Stabspack.

NIKOLKA Dieses Stabsgesindel!

ALEXEJ Sehr richtig. Die würden Sie zwingen, gegen das eigene Volk zu kämpfen. Und während es Ihnen die Köpfe blutig schlägt, würden sie über die Grenze flüchten. Ich weiß, in Rostow ist es genauso wie in Kiew. Die Abteilungen haben keine Munition, die Junker haben keine Stiefel, und die Offiziere sitzen im Kaffeehaus. Hört mich an, meine Freunde! Ich, ein aktiver Offizier, habe den Auftrag, Sie in eine Prügelei zu führen. Wenn es wenigstens einen Sinn hätte! Aber es hat keinen. Ich erkläre öffentlich, daß ich weder Sie führen noch dulden werde, daß Sie in den Kampf gehen! Ich sage Ihnen: Die weiße Bewegung in der Ukraine ist am Ende. Ebenso in Rostow am Don und überall! Das Volk ist nicht auf unserer Seite. Es ist gegen uns. Schluß also! Aus! Ende! Darum nehme ich, der Berufsoffizier Alexej Turbin, der den Krieg gegen die Deutschen mitgemacht hat, was Hauptmann Studzinski und Hauptmann Myschlajewski bezeugen können, darum nehme ich all das, was ich anordne, auf mein Gewissen und meine Verantwortung. Ich liebe euch und schicke euch nach Hause. Das wär's.

Lautes Stimmengewirr. Eine plötzliche Detonation.

Nehmen Sie die Achselklappen ab, werfen Sie die Gewehre weg und gehen Sie sofort nach Hause!

Die Junker reißen sich die Achselklappen herunter und werfen die Gewehre weg.

MYSCHLAJEWSKI *schreit* Ruhe! Herr Oberst, erlauben Sie, das Gymnasium in Brand zu stecken?

ALEXEJ Nein, das erlaube ich nicht.

Ein Kanonenschuß. Die Scheiben klirren.

MYSCHLAJEWSKI Das Maschinengewehr!

STUDZINSKI Junker, nach Hause!

MYSCHLAJEWSKI Junker, das Schlußsignal, nach Hause!

Hinter der Bühne ein Trompetensignal. Junker und Offiziere laufen auseinander. Nikolka zerschlägt mit dem Gewehrkolben den Schalterkasten und verschwindet. Das Licht geht aus. Alexej zerreißt am Ofen Papiere und verbrennt sie. Lange Pause. Auftritt Maxim.

ALEXEJ Wer bist du denn?

MAXIM Ich bin der Pedell hier.

ALEXEJ Verschwinde, sonst bringen sie dich um.

MAXIM Euer Hochwohlgeboren, wo soll ich hin? Ich darf das staatliche Eigentum nicht verlassen. In zwei Klassen sind die Schulbänke zerschlagen, ein Schaden, daß ich's gar nicht beschreiben kann. Und die Beleuchtung … Ich habe schon viele Truppen hier gesehen, aber so etwas, entschuldigen Sie …

ALEXEJ Laß mich in Ruhe, Alter.

MAXIM Sie können mich mit dem Säbel zerhacken, aber ich bleibe. Der Herr Direktor hat mir gesagt …

ALEXEJ Na, was hat dir der Herr Direktor gesagt?

MAXIM Maxim, hat er gesagt, du bleibst als einziger hier. Paß gut auf … Aber Sie haben …

ALEXEJ Alterchen, habe ich nicht deutlich gesprochen? Sie bringen dich um! Versteck dich irgendwo im Keller, damit sie dich nicht erwischen.

MAXIM Und wer übernimmt die Verantwortung? Maxim ist verantwortlich. Für alles. Was waren nicht schon für zügellose Soldaten hier, für den Zaren und gegen den Zaren, aber Schulbänke zerschlagen …

ALEXEJ Wo sind die Listen? *Zertritt die Schranktür.*

MAXIM Euer Exzellenz, er hat doch den Schlüssel. Der Schrank gehört dem Gymnasium, und Sie zertreten ihn. *Bekreuzigt sich, tritt zurück.*

Kanonenschuß.

Heilige Himmelskönigin … Mutter Gottes … Herr Jesus …

ALEXEJ Jawohl! Drauf! Drauf! Konzert! Musik! Na, du kommst mir schon noch mal vor die Finger, Herr Hetman! Lump!

Oben erscheint Myschlajewski. In den Fenstern zeigt sich leichter Feuerschein.

MAXIM Euer Exzellenz, sagen Sie ihm doch, das geht nicht. Den Schrank zu zertreten!

MYSCHLAJEWSKI Alter, lauf mir nicht vor den Füßen rum. Verschwinde.

MAXIM Die reinsten Tataren … *Ab.*

MYSCHLAJEWSKI *von weitem* Aljoscha, ich habe das Zeughaus in Brand gesteckt. Nichts ist mit Uniformmänteln für Petljura!

ALEXEJ Um Gottes willen, warum trödelst du, lauf nach Hause.

MYSCHLAJEWSKI Ich hab noch ein bißchen zu tun. Zwei Bomben ins Heu, dann haue ich ab. Aber warum bist du noch hier?

ALEXEJ Solange das Wachkommando nicht zurück ist, kann ich nicht weg.

MYSCHLAJEWSKI Muß das sein, Aljoscha?

ALEXEJ Was redest du, Hauptmann!

MYSCHLAJEWSKI Dann bleibe ich bei dir.

ALEXEJ Wozu denn, Viktor? Ich befehle dir: Sofort zu Jelena! Paß auf sie auf! Ich komme bald nach. Seid ihr denn alle toll geworden? Werden Sie gehorchen oder nicht?

MYSCHLAJEWSKI Schön, Aljoscha. Ich laufe zu Lena!

ALEXEJ Nikolka, paß auf, ob er gegangen ist. Wenn nicht, jage ihn weg.

MYSCHLAJEWSKI Schön. Sei vorsichtig, Aljoscha, riskiere nichts!

ALEXEJ Will das Ei klüger sein als die Henne?

Myschlajewski ab.

Ernsthaft. Ernst, sehr ernst ... Wenn man uns auf weißer Treppe ... 'naufführt in das blaue Reich ... Wenn nur das Wachkommando nicht hineingeraten ist ...

NIKOLKA *erscheint oben, verstohlen* Aljoscha!

ALEXEJ Was ist denn mit dir los, willst du dir einen Spaß mit mir machen? Sofort nach Hause, Achselklappen runter! Weg hier!

NIKOLKA Ich gehe nicht ohne dich, Oberst.

ALEXEJ Was? *Zieht den Revolver.*

NIKOLKA Schieß doch, schieß auf deinen Bruder!

ALEXEJ Holzkopf.

NIKOLKA Schimpf doch, schimpf auf deinen Bruder! Ich weiß, warum du hier sitzt! Ich weiß, du willst den Tod, Kommandeur. Wegen der Schande, so ist das! Na, ich passe auf dich auf. Lena würde mich umbringen.

ALEXEJ He, ist da noch jemand? Verhaftet den Junker Turbin! Hauptmann Myschlajewski!

NIKOLKA Alle schon weg!

ALEXEJ Na warte, du Halunke, zu Hause sprechen wir uns!

Lärm und Getrampel. Die Junker des Wachkommandos laufen herein.

JUNKER *vorbeilaufend* Petljuras Reiterei ist hinter uns her!

ALEXEJ Junker, hört auf mein Kommando! Durch den Kellergang nach Podol! Ich decke euch. Reißt unterwegs die Achselklappen ab!

Hinter der Bühne sich näherndes verwegenes Pfeifen und dumpfer Harmonikaklang.

Lauft, lauft! Ich decke euch! *Stürzt nach oben zum Fenster.* Lauf, ich flehe dich an. Denk doch an Lena!

Ganz in der Nähe detoniert eine Granate. Die Fensterscheiben zerklirren. Alexej fällt.

NIKOLKA Herr Oberst! Aljoscha, Aljoscha, was machst du denn?

ALEXEJ Unteroffizier Turbin, hör endlich mit deinem verdammten Heldentum auf! *Verstummt.*

NIKOLKA Herr Oberst ... Das kann doch nicht sein! Aljoscha, steh auf!

Getrappel und Stimmengewirr. Haidamaken laufen herein.

URAGAN Da! Seht mal! Haltet ihn, Jungs! Haltet ihn!

Kirpaty schießt auf Nikolka.

GALANBA *läuft herein* Lebendig! Fangt ihn lebendig, Jungs! *Nikolka entwischt treppauf, blickt zähnefletschend zurück.*

KIRPATY Seht euch das kleine Biest an! Dieser Hundesohn!

URAGAN Du entwischst uns nicht!

Haidamaken kommen herein.

NIKOLKA Euch Galgenvögeln ergebe ich mich nicht! Ich ergebe mich nicht, ihr Banditen! *Läßt sich vom Geländer fallen und verschwindet.*

KIRPATY So ein Artist! *Schießt.* Keiner mehr da.

GALANBA Warum habt ihr ihn entkommen lassen, Jungs? So eine Flasche!

Die Harmonika spielt. Hinter der Bühne ein Ruf: »Sieg, Sieg!« Trompetengeschmetter. Bolbotun erscheint, gefolgt von Haidamaken mit Standarten. Die Fahnen schweben die Treppe hinauf. Ein ohrenbetäubender Marsch.

Zweites Bild

Wohnung der Turbins. Morgengrauen. Das elektrische Licht funktioniert nicht. Auf dem Spieltischchen brennt eine Kerze.

LARIOSSIK Jelena Wassiljewna, Liebste, verfügen Sie über mich nach Belieben! Soll ich mich anziehen und sie suchen gehen?

JELENA Nein, nein, was reden Sie da, Lariossik! Draußen bringt man Sie um. Wir müssen warten. Mein Gott, noch ein Feuerschein. Welch gräßliches Morgenrot! Was mag dort vorgehen? Ich möchte bloß wissen, wo sie bleiben.

LARIOSSIK Mein Gott, wie grauenhaft ist der Bürgerkrieg.

JELENA Wissen Sie was, ich bin eine Frau, mir wird man nichts tun. Ich gehe nachsehen, was auf der Straße los ist.

LARIOSSIK Jelena Wassiljewna, ich lasse Sie nicht weg! Ich ... ich laß Sie einfach nicht weg! Was soll Alexej Wassiljewitsch dazu sagen! Er hat befohlen, Sie unter keinen Umständen wegzulassen, und ich habe es ihm versprochen.

JELENA Ich bleibe ganz in der Nähe ...

LARIOSSIK Jelena Wassiljewna!

JELENA Ich will doch bloß sehen, was los ist ...

LARIOSSIK Dann geh ich ...

JELENA Kommt nicht in Frage. Warten wir eben.

LARIOSSIK Ihr Gatte hatte ganz recht, daß er wegging. Das war ein kluger Entschluß. Er wartet jetzt in Berlin dieses entsetzliche Durcheinander ab und kommt dann zurück.

JELENA Mein Gatte? Mein Gatte? Erwähnen Sie nie wieder den Namen meines Gatten in diesem Hause, hören Sie?

LARIOSSIK Gut, Jelena Wassiljewna. Ich trete immer wieder ins Fettnäpfchen. Vielleicht möchten Sie Tee trinken. Ich könnte den Samowar aufstellen ...

JELENA Nein, nicht nötig ...

Es klopft.

LARIOSSIK Warten Sie, warten Sie, nicht aufmachen, wir müssen erst fragen, wer da ist. Wer ist da?

SCHERWINSKI Ich, Scherwinski ...

JELENA Gott sei Dank! *Öffnet.* Was ist los? Die Katastrophe?

SCHERWINSKI Petljura hat die Stadt eingenommen.

LARIOSSIK Eingenommen? O Gott, wie entsetzlich!

JELENA Wo sind die anderen? Im Einsatz?

SCHERWINSKI Keine Aufregung, Jelena Wassiljewna! Ich habe Alexej Wassiljewitsch vor ein paar Stunden gewarnt. Alles steht günstig.

JELENA Günstig? Und der Hetman? Die Truppen?

SCHERWINSKI Der Hetman ist heute nacht getürmt.

JELENA Getürmt? Er hat die Armee verlassen?

SCHERWINSKI Genau. Fürst Belorukow auch. *Zieht den Mantel aus.*

JELENA Diese Schufte!

SCHERWINSKI Unbeschreibliche Schweinehunde!

LARIOSSIK Und warum brennt kein Licht?

SCHERWINSKI Das Kraftwerk hat Treffer bekommen.

LARIOSSIK O weh ...

SCHERWINSKI Jelena Wassiljewna, kann ich mich bei Ihnen verstecken? Man wird jetzt nach Offizieren suchen.

JELENA Aber natürlich!

SCHERWINSKI Jelena Wassiljewna, wenn Sie wüßten, wie glücklich ich bin, daß Sie gesund und munter sind.
Es klopft.
Lariossik, fragen Sie, wer das ist.

LARIOSSIK Wer ist da?

STIMME MYSCHLAJEWSKIS Gut Freund ...
Lariossik öffnet. Ein treten Myschlajewski und Studzinski.

JELENA Gott sei Dank! Aber wo sind Aljoscha und Nikolka?

MYSCHLAJEWSKI Ruhig, ruhig, Lena. Sie kommen gleich. Keine Angst, die Straßen sind noch frei. Das Wachkommando begleitet die beiden. Ach, der ist auch schon hier? Da müßtest du doch eigentlich alles wissen.

JELENA Weiß ich auch. Ach, diese Deutschen!

STUDZINSKI Macht nichts, es kommt die Zeit, wo wir's ihnen heimzahlen. Macht nichts!

MYSCHLAJEWSKI Grüß dich, Larion!
LARIOSSIK Ach, Vitja, wie entsetzlich das alles ist!
MYSCHLAJEWSKI Ja, außerordentlich entsetzlich.
JELENA Wie sehen Sie denn aus! Wärmen Sie sich erst mal, ich stelle gleich den Samowar auf.
SCHERWINSKI *vom Kamin her* Soll ich Ihnen helfen, Lena?
JELENA Nicht nötig, ich mach's allein.
Eilt hinaus.
MYSCHLAJEWSKI Seien Sie mir gegrüßt, Herr persönlicher Adjutant. Aber warum denn ohne Achselschnüre? »Meine Herren Offiziere, fahren Sie in die Ukraine und stellen Sie Ihre Abteilungen auf« ... Und er brach in Tränen aus. An den Füßen gehört der aufgehängt!
SCHERWINSKI Was soll der possenhafte Ton?
MYSCHLAJEWSKI Wenn eine Posse gespielt wird, dann ist auch der Ton entsprechend. Du hast uns doch den Zaren versprochen und auf die Gesundheit Seiner Durchlaucht getrunken. Apropos, wo steckt denn diese Durchlaucht gegenwärtig?
SCHERWINSKI Wozu willst du das wissen?
MYSCHLAJEWSKI Das werde ich dir sagen: Wenn mir diese Durchlaucht jetzt vor die Finger käme, würde ich sie an den Füßen packen und so lange mit dem Kopf gegen das Pflaster knallen, bis ich das Gefühl vollständiger Befriedigung hätte. Und euer Stabsgeschmeiß müßte man in der Latrine ersäufen!
SCHERWINSKI Herr Myschlajewski, Sie vergessen sich!
MYSCHLAJEWSKI Diese Schufte!
SCHERWINSKI Waas?
LARIOSSIK Was soll der Streit?
STUDZINSKI Ich als der Älteste hier befehle Ihnen, dieses Gespräch sofort abzubrechen! Es ist dumm und führt zu nichts! Warum läßt du den Mann nicht in Ruhe? Oberleutnant, beruhigen Sie sich!
SCHERWINSKI Das Benehmen von Hauptmann Myschlajewski ist in letzter Zeit unerträglich. Eine Unverschämtheit geradezu! Bin ich denn an der Katastrophe

schuld? Im Gegenteil, ich habe euch alle gewarnt. Sehr fraglich, ob er ohne mich jetzt hier lebendig sitzen würde oder nicht.

STUDZINSKI Völlig richtig, Oberleutnant. Wir sind Ihnen sehr verbunden.

JELENA *tritt ein* Was ist los? Worum geht's?

STUDZINSKI Kein Grund zur Aufregung, Jelena Wassiljewna, alles wird gut. Dafür bürge ich. Gehen Sie in Ihr Zimmer.

Jelena ab.

Viktor, entschuldige dich, du hattest kein Recht, so zu reden.

MYSCHLAJEWSKI Na gut, hör schon auf, Leonid! Ich habe mich ereifert. Ist ja auch eine Gemeinheit!

SCHERWINSKI Sehr merkwürdig ...

STUDZINSKI Hört auf, wir haben ganz andere Sorgen. *Setzt sich ans Feuer.*

Pause.

MYSCHLAJEWSKI Stimmt, wo bleiben Aljoscha und Nikolka?

STUDZINSKI Langsam werde ich unruhig. Fünf Minuten warte ich noch, dann gehe ich ihnen entgegen.

Pause.

MYSCHLAJEWSKI Da hat er sich also in deiner Gegenwart aus dem Staube gemacht?

SCHERWINSKI In meiner Gegenwart. Ich war bis zum letzten Moment dort.

MYSCHLAJEWSKI Ein bemerkenswertes Schauspiel! Ich hätte sonstwas dafür gegeben, um dabeizusein! Warum hast du ihn nicht totgeschlagen wie einen Hund?

SCHERWINSKI Du hättest kommen und ihn totschlagen sollen!

MYSCHLAJEWSKI Ich hätt's gemacht, darauf kannst du dich verlassen. Hat er dir noch etwas zum Abschied gesagt?

SCHERWINSKI Hat er! Umarmt hat er mich und mir gedankt für meine treuen Dienste.

MYSCHLAJEWSKI Hat er auch Tränen in den Augen gehabt?

SCHERWINSKI Ja, hat er.

LARIOSSIK Tränen? Was Sie nicht sagen!

MYSCHLAJEWSKI Hat er dir vielleicht auch etwas zum Abschied geschenkt? Zum Beispiel ein goldenes Zigarettenetui mit Monogramm?

SCHERWINSKI Ja, er hat mir sein Zigarettenetui geschenkt.

MYSCHLAJEWSKI Donnerwetter! Sei nicht böse, Leonid, ich habe ein bißchen Angst, du könntest wieder ärgerlich werden. Eigentlich bist du kein schlechter Mensch, aber du hast so deine Eigenheiten ...

SCHERWINSKI Was willst du damit sagen?

MYSCHLAJEWSKI Tja, wie soll ich's ausdrücken ... Du solltest Schriftsteller werden ... Du hast eine blühende Phantasie ... Tränen in den Augen ... Und wenn ich nun sage, zeig mir doch mal das Etui?

Scherwinski zeigt ihm schweigend das Zigarettenetui.

Ich bin erschlagen! Tatsächlich, mit Monogramm!

SCHERWINSKI Was gehört sich in solchem Falle, Hauptmann Myschlajewski?

MYSCHLAJEWSKI Sofort. Meine Herrschaften, ich bitte ihn in Ihrer Gegenwart um Entschuldigung.

LARIOSSIK So was Schönes hab ich noch nie gesehen! Das wiegt doch bestimmt ein Pfund?

SCHERWINSKI Dreihundertsiebenundfünfzig Gramm.

Es klopft ans Fenster.

Herrschaften!

Alle stehen auf.

MYSCHLAJEWSKI Ich mag solche Späße nicht. Warum nicht durch die Tür?

SCHERWINSKI Meine Herren, wir wollen lieber die Revolver wegtun.

Versteckt das Zigarettenetui hinterm Kamin.

Studzinski und Myschlajewski treten ans Fenster, ziehen den Store etwas zur Seite und spähen hinaus.

STUDZINSKI Ach, das kann ich mir nicht verzeihen!

MYSCHLAJEWSKI Was ist das für eine Teufelei!

LARIOSSIK Ach, mein Gott! *Will hinauseilen, um Jelena zu verständigen.* Jelena ...

MYSCHLAJEWSKI Wo zum Teufel willst du hin? Bist du verrückt? Wie kannst du bloß! *Hält ihm den Mund zu.*

Alle laufen hinaus. Pause. Nikolka wird hereingetragen.

Wir müssen Lena irgendwie wegschaffen. O Gott! Wo ist denn Aljoscha? Ich gehöre zumindest totgeschlagen! Legt ihn hin, gleich auf den Fußboden.

STUDZINSKI Lieber aufs Sofa. Such die Wunde, such die Wunde!

SCHERWINSKI Der Kopf ist aufgeschlagen!

STUDZINSKI Im Stiefel ist Blut. Zieht ihm die Stiefel aus!

SCHERWINSKI Wir wollen ihn woanders hinlegen, dorthin ... Auf den Fußboden, das geht nicht, wirklich nicht ...

STUDZINSKI Lariossik, bringen Sie rasch Kissen und Decken. Legt ihn aufs Sofa.

Nikolka wird aufs Sofa gelegt.

Den Stiefel aufschneiden! Den Stiefel aufschneiden! Alexej Wassiljewitsch hat Verbandzeug in seinem Zimmer.

Scherwinski eilt hinaus.

Bringen Sie Sprit mit! Mein Gott, wie ist der bloß unter Beschuß geraten? Was mag da passiert sein? Wo ist Alexej Wassiljewitsch?

Scherwinski kommt mit Jod und Verbandzeug. Studzinski verbindet Nikolka den Kopf.

LARIOSSIK Muß er sterben?

NIKOLKA *kommt zu sich* Oh!

MYSCHLAJEWSKI Zum Verrücktwerden! Sag doch was. Ein Wort nur: Wo ist Aljoscha?

STUDZINSKI Wo ist Alexej Wassiljewitsch?

NIKOLKA Herrschaften ...

MYSCHLAJEWSKI Was?

Jelena kommt hereingestürmt.

Lena, reg dich nicht auf. Er ist hingefallen und hat sich am Kopf gestoßen. Das ist nicht weiter schlimm.

JELENA Was redest du da? Er ist doch verwundet!

NIKOLKA Nein, Lena, nein …

JELENA Und wo ist Alexej? Wo ist Alexej? *Hartnäckig.* Du warst doch mit ihm zusammen. Antworte mir: Wo ist Alexej?

MYSCHLAJEWSKI Was machen wir jetzt?

STUDZINSKI *zu Myschlajewski* Das kann doch nicht sein! Unmöglich!

JELENA Warum sagst du nichts?

NIKOLKA Lena … Gleich …

JELENA Aber lüge nicht! Sag die Wahrheit!

Myschlajewski bedeutet Nikolka zu schweigen.

STUDZINSKI Jelena Wassiljewna …

SCHERWINSKI Lena …

JELENA Aha, ich verstehe! Alexej ist tot!

MYSCHLAJEWSKI Was redest du da, Lena! Wie kommst du darauf?

JELENA Guck ihm nur ins Gesicht. Guck hin. Aber egal, wie er aussieht! Ich hab's doch gewußt, ich hab's gespürt; schon als er wegging, wußte ich, daß es so enden würde!

STUDZINSKI *zu Nikolka* Sagen Sie, was ist mit ihm?

JELENA Larion! Aljoscha ist tot.

SCHERWINSKI Holt Wasser.

JELENA Larion! Aljoscha ist tot! Gestern noch haben Sie mit ihm am Tisch gesessen, wissen Sie noch? Und jetzt ist er tot.

LARIOSSIK Jelena Wassiljewna, Liebste …

SCHERWINSKI Lena, Lena …

JELENA Und Sie? Hohe Offiziere! Hohe Offiziere! Alle kommen zurück, nur der Kommandeur wird getötet …

MYSCHLAJEWSKI Lena, hab Mitleid mit uns, was redest du da? Wir haben alle seinen Befehl ausgeführt. Wir alle.

STUDZINSKI Nein, sie hat völlig recht! Ich bin schuld! Ich hätte ihn nicht verlassen dürfen! Aber ich bin Offizier, ich werde meinen Fehler gutmachen! *Nimmt den Revolver.*

MYSCHLAJEWSKI Wohin? Halt! Bleib hier!

STUDZINSKI Hände weg!

MYSCHLAJEWSKI Was, ich soll allein hierbleiben? Du hast überhaupt keine Schuld! Gar keine! Ich habe ihn als letzter gesehen, habe ihn gewarnt und seinen Befehl ausgeführt, Lena!

STUDZINSKI Hauptmann Myschlajewski, lassen Sie mich sofort los!

MYSCHLAJEWSKI Gib den Revolver her! Scherwinski!

SCHERWINSKI Sie haben kein Recht dazu! Wollen Sie's noch schlimmer machen? Das dürfen Sie nicht! *Hält Studzinski fest.*

MYSCHLAJEWSKI Lena, rede du ihm zu! Wie konntest du bloß so etwas sagen! Nimm ihm den Revolver weg!

JELENA Ich hab's vor Kummer gesagt. In meinem Kopf dreht sich alles. Geben Sie den Revolver her!

STUDZINSKI *hysterisch* Niemand wage es, mir Vorwürfe zu machen! Niemand! Ich habe alle Befehle Oberst Turbins ausgeführt!

JELENA Niemand tut es. Ich war von Sinnen.

MYSCHLAJEWSKI Nikolka, sag doch ... Lena, sei tapfer. Wir werden ihn finden, bestimmt. Nikolka, sag uns die Wahrheit ...

NIKOLKA Der Kommandeur ist tot.

Jelena fällt in Ohnmacht.

Vorhang

Vierter Akt

Zwei Monate später. Heiligabend des Jahres 1919. Die Wohnung ist hell erleuchtet. Jelena und Lariossik schmücken den Weihnachtsbaum.

LARIOSSIK *auf der Stehleiter* Ich glaube, dieser Stern ... *Horcht geheimnisvoll.*

JELENA Was ist denn?

LARIOSSIK Nichts, mir kam es nur so vor, als ob ... Jelena Wassiljewna, glauben Sie mir, das ist das Ende. Sie haben die Stadt eingenommen.

JELENA Nicht so voreilig, Lariossik, wir wissen noch gar nichts.

LARIOSSIK Es wird nicht mehr geschossen, das ist ein sicheres Zeichen. Offen gestanden, Jelena Wassiljewna, in den letzten zwei Monaten habe ich das Schießen gründlich satt bekommen. Ich mag es nicht.

JELENA Ich teile Ihren Geschmack.

LARIOSSIK Ich glaube, dieser Stern ist hier sehr am Platze.

JELENA Steigen Sie runter, Lariossik, ich habe Angst, Sie schlagen sich den Kopf ein.

LARIOSSIK Aber nein, Jelena Wassiljewna! Der Baum ist große Klasse, würde Vitja sagen. Ich möchte einen sehen, dem die Tanne nicht gefällt. Ach, liebe Jelena Wassiljewna, wenn Sie wüßten, wie mich die Tanne an die unwiederbringlichen Tage meiner Kindheit in Shitomir erinnert ... Die Lichter ... Der grüne Baum ...

Pause. Übrigens, hier fühle ich mich viel wohler als in meiner Kindheit. Hier möchte ich nie wieder fort. Mein Leben lang möchte ich unter der Tanne zu Ihren Füßen sitzen und nie wieder weggehen.

JELENA Sie würden Langeweile bekommen. Sie sind ja ein Dichter, Larion.

LARIOSSIK Nein, was bin ich schon für ein Dichter, zum Teu... ach, Verzeihung, Jelena Wassiljewna!

JELENA Lesen Sie mir doch etwas Neues vor. Lesen Sie schon. Ihre Verse gefallen mir sehr. Sie sind begabt.

LARIOSSIK Meinen Sie wirklich?

JELENA Wirklich.

LARIOSSIK Na schön, ich lese Ihnen etwas vor. Gewidmet ist es ... Na ja, es hat eine Widmung. Nein, ich lese lieber doch nicht.

JELENA Warum nicht?

LARIOSSIK Wozu denn?

JELENA Wem ist es gewidmet?

LARIOSSIK Einer Frau.

JELENA Ein Geheimnis?

LARIOSSIK Ja. Ihnen.

JELENA Danke, Lieber.

LARIOSSIK Ach, Danke! Dafür kann ich mir nichts kaufen. Oh, Verzeihung, Jelena Wassiljewna, Vitja hat mich angesteckt. Wissen Sie, solche Ausdrücke platzen einem heraus.

JELENA Das sehe ich. Ich glaube, Sie sind in Myschlajewski verliebt.

LARIOSSIK Nein, in Sie bin ich verliebt.

JELENA In mich sollten Sie sich nicht verlieben, Larion, wirklich nicht.

LARIOSSIK Wissen Sie was? Heiraten Sie mich.

JELENA Sie sind rührend. Aber das geht nicht.

LARIOSSIK Er kommt nicht zurück! Und wie wollen Sie allein leben? Ohne Unterstützung, ohne Anteilnahme. Na ja, meine Unterstützung ist beschi... ist nicht viel wert, aber dafür werde ich Sie sehr lieben. Das ganze

Leben lang. Sie sind mein Ideal. Er kommt nicht zurück. Schon gar nicht jetzt, wo die Bolschewiken angreifen. Er kommt nicht zurück!

JELENA Nein, er kommt nicht zurück. Aber das ist es nicht. Selbst wenn er zurückkäme, würde ich nicht mehr mit ihm leben.

LARIOSSIK Er ist abgeschnitten. Als er abreiste, konnte ich Sie gar nicht anschauen. Das Herz hat mir weh getan. Schrecklich haben Sie ausgesehen. Wahrhaftig …

JELENA War's wirklich so schlimm?

LARIOSSIK Entsetzlich! Grauenhaft! Ganz mager, und das Gesicht gelb …

JELENA Was Sie sich alles ausdenken, Larion!

LARIOSSIK Oh, wirklich, hol's der Sa… Aber jetzt sind Sie schöner, viel schöner, jetzt sind Sie rosig …

JELENA Lariossik, Sie sind einmalig. Kommen Sie zu mir, ich will Sie auf die Stirn küssen.

LARIOSSIK Auf die Stirn? Na, immerhin etwas!

Jelena küßt ihn auf die Stirn.

Natürlich, wie kann man mich auch liebhaben!

JELENA Und ob man das kann. Aber ich habe einen anderen.

LARIOSSIK Was? Einen anderen? Wen denn? Sie? Sie haben einen anderen? Unmöglich!

JELENA Trauen Sie mir das etwa nicht zu?

LARIOSSIK Sie sind eine Heilige! Sie … Aber wer ist es? Kenne ich ihn?

JELENA Sehr gut sogar.

LARIOSSIK Sehr gut? Moment … Wer ist es denn? Moment, Moment! Junger Mann, Sie haben nichts gesehen. Zieh mit dem König und rühr die Dame nicht an. Ich dachte immer, ich hätte das geträumt. Verdammter Glückspilz.

JELENA Lariossik! Das war taktlos!

LARIOSSIK Ich gehe …

JELENA Wohin denn?

LARIOSSIK Zum Armenier, Wodka holen, mich besaufen.

JELENA Glauben Sie, ich lasse das zu? Larion, wir wollen Freunde sein.

LARIOSSIK Das kenne ich aus Romanen. Wenn eine Frau sagt, wir wollen Freunde sein, dann ist alles vorbei, Schluß, aus! *Zieht den Mantel an.*

JELENA Lariossik, beeilen Sie sich! Bald kommen die Gäste.

Lariossik öffnet die Tür und stößt im Flur mit dem eintretenden Scherwinski zusammen. Dieser trägt einen schäbigen Hut, einen zerlumpten Mantel und eine blaue Brille.

SCHERWINSKI Guten Tag, Jelena Wassiljewna! Guten Tag, Larion!

LARIOSSIK Ah, guten Tag, guten Tag. *Ab.*

JELENA Mein Gott, wie sehen Sie denn aus!

SCHERWINSKI Dank für das Kompliment, Jelena Wassiljewna. Ich hab's ausprobiert. Heute fahre ich mit der Droschke, da laufen schon irgendwelche Proleten die Gehsteige entlang. Einer davon sagt so herzensfreundlich zu mir: »Da, ein ukrainischer Herr! Warte nur bis morgen«, sagt er. »Morgen holen wir euch aus den Droschken raus!« Ich habe einen Blick für so etwas. Als ich ihn sah, wußte ich gleich, ich muß nach Hause und mich umziehen. Herzlichen Glückwunsch, mit Petljura ist es aus!

JELENA Was sagen Sie da?

SCHERWINSKI Heute nacht kommen die Roten. Das heißt also, Sowjetmacht und alles so was!

JELENA Und da freuen Sie sich? Man könnte Sie für einen Bolschewiken halten!

SCHERWINSKI Ich bin ein Sympathisierender! Und das Mäntelchen habe ich mir vom Hausmeister geliehen. Es ist ein parteiloses Mäntelchen.

JELENA Sofort ziehen Sie das Gelumpe aus!

SCHERWINSKI Zu Befehl! *Legt Mantel, Hut, Galoschen und Brille ab und ist nunmehr mit einem eleganten Frack bekleidet.* Sie können mir gratulieren, ich komme von meinem Debüt. Habe vorgesungen und bin angenommen worden.

JELENA Meinen Glückwunsch.

SCHERWINSKI Lena, ist niemand zu Hause? Wie geht's Nikolka?

JELENA Der schläft.

SCHERWINSKI Lena, Lena ...

JELENA Lassen Sie mich. Halt, Sie haben sich ja den Backenbart abrasiert!

SCHERWINSKI Das ist besser fürs Schminken.

JELENA So können Sie sich bequemer als Bolschewik zurechtmachen. So ein schlaues, kleinmütiges Geschöpf! Keine Angst, niemand wird Sie anrühren.

SCHERWINSKI Man soll mal versuchen, einen Mann anzurühren, der zwei volle Oktaven und noch zwei Noten darüber in der Stimme hat! Lena, darf ich mich erklären?

JELENA Erklären Sie sich.

SCHERWINSKI Lena! Alles ist zu Ende. Nikolka wird gesund. Petljura wird vertrieben. Ich habe debütiert. Jetzt fängt ein neues Leben an. Wir können uns unmöglich noch länger quälen. Er kommt nicht zurück. Er ist abgeschnitten, Lena! Ich bin nicht schlecht, wirklich nicht. Sieh dich doch an. Du bist allein. Du verwelkst ...

JELENA Wirst du dich bessern?

SCHERWINSKI Inwiefern soll ich mich denn bessern, Lena?

JELENA Leonid, ich werde deine Frau, wenn du dich besserst. Du darfst vor allem nicht mehr lügen!

SCHERWINSKI Bin ich denn ein solcher Lügner, Lena?

JELENA Kein Lügner, aber, weiß Gott, hohl wie eine Nuß. Was soll denn so etwas? Durch die Portiere hast du den Kaiser gesehen, wie er in Tränen ausgebrochen ist. Nichts davon stimmte. Diese Lange, die sollte Mezzosopran sein, und nachher stellt sich raus, sie ist bloß Verkäuferin im Café Semadeni.

SCHERWINSKI Lena, dort hat sie nur kurze Zeit ausgeholfen, als sie kein Engagement hatte.

JELENA Ich glaube, sie hatte ein Engagement!

SCHERWINSKI Lena, ich schwöre dir beim Andenken an meine seligen Eltern, zwischen uns war nichts. Ich bin doch Waise.

JELENA Das ist mir egal. Deine schmutzigen Geheimnisse interessieren mich nicht. Wichtig ist, daß du aufhörst zu prahlen und zu lügen. Ein einziges Mal hast du die Wahrheit gesagt, als du von dem Zigarettenetui sprachst, und da hat dir niemand geglaubt, bis du den Beweis geführt hast. Pfui, schäm dich.

SCHERWINSKI Gerade bei dem Zigarettenetui hab ich geschwindelt. Der Hetman hat es mir nicht geschenkt. Er hat mich nicht umarmt und auch keine Tränen in den Augen gehabt. Er hat es schlicht auf dem Tisch vergessen, und da hab ich's eingesteckt.

JELENA Du hast es vom Tisch geklaut?

SCHERWINSKI Eingesteckt. Es ist eine historische Kostbarkeit.

JELENA Mein Gott, das hat mir gerade noch gefehlt! Gib her! *Nimmt das Zigarettenetui und versteckt es.*

SCHERWINSKI Lena, die Zigaretten darin sind aber meine.

JELENA Danke deinem Herrgott, daß du es mir gesagt hast. Wenn ich es nun anderweitig erfahren hätte?

SCHERWINSKI Wie hättest du's erfahren sollen?

JELENA Barbar!

SCHERWINSKI Keineswegs. Lena, ich habe mich sehr geändert. Ich erkenne mich selbst nicht mehr wieder, Ehrenwort! Vielleicht hat das die Katastrophe bei mir bewirkt oder Aljoschas Tod. Ich bin jetzt ein anderer. Um das Materielle mach dir keine Sorgen, Lena, ich bin doch – oho! Heute habe ich vorgesungen, da sagt der Direktor zu mir: »Leonid Jurjewitsch, Sie berechtigen zu den schönsten Hoffnungen, Sie sollten nach Moskau gehen, ans Bolschoi-Theater.« Dann trat er auf mich zu, umarmte mich und …

JELENA Und was?

SCHERWINSKI Nichts weiter. Er ging durch den Korridor.

JELENA Unverbesserlich!

SCHERWINSKI Lena!

JELENA Und was machen wir mit Talberg?

SCHERWINSKI Scheidung. Scheidung. Hast du seine Adresse? Ein Telegramm, einen Brief, daß alles aus ist! Aus!

JELENA Na schön! Es ist mir zu trübselig allein. Da wird man schwermütig. Schön, ich bin einverstanden!

SCHERWINSKI Du hast gesiegt, Galiläer! Lena! *Singt* »Du wirst die Herrin der We-he-helt« ... Das »a« kommt ganz sauber!

Zeigt auf Talbergs Bild. Schmeiß das sofort raus! Ich kann es nicht sehen!

JELENA Oho, was für ein Ton!

SCHERWINSKI *zärtlich* Ich kann ihn nicht sehen, Lena. *Bricht das Bild aus dem Rahmen und wirft es in den Kamin.* Diese Ratte! Mein Gewissen ist rein und ruhig!

JELENA Das Frackhemd steht dir gut. Siehst großartig aus, nicht zu bestreiten!

SCHERWINSKI Wir gehen nicht unter.

JELENA Oh, deinetwegen mache ich mir auch keine Sorgen! Du gehst nicht unter.

SCHERWINSKI Lena, gehen wir zu dir. Ich werde singen, und du begleitest mich. Schließlich haben wir uns zwei Monate nicht gesehen. Immer waren andere dabei.

JELENA Gleich kommen wieder andere.

SCHERWINSKI Dann kommen wir wieder hierher.

Sie gehen und schließen hinter sich die Tür. Man hört Klänge eines Flügels. Scherwinski singt mit herrlicher Stimme das Hochzeitslied aus »Nero«.

NIKOLKA *kommt an Krücken herein, auf dem Kopf ein schwarzes Mützchen. Er wirkt blaß und schwach. Trägt eine Studentenjacke.* Ah, man probt! *Erblickt den Rahmen des Porträts.* Sieh an, sie haben's herausgenommen. Ich verstehe ... Das habe ich mir schon lange gedacht. *Legt sich aufs Sofa.*

LARIOSSIK *erscheint im Flur* Nikolka, du bist aufgestanden? Allein? Warte, ich bring dir gleich ein Kissen. *Bringt Nikolka ein Kissen.*

NIKOLKA Bemühe dich nicht, Larion, nicht nötig. Danke. Wie es aussieht, Larion, werde ich ein Krüppel bleiben.

LARIOSSIK Nicht doch, was redest du da, Nikolka, du solltest dich schämen.

NIKOLKA Hör mal, Larion, warum sind die anderen noch nicht da?

LARIOSSIK Sie sind noch nicht da, kommen aber bald. Weißt du, ich gehe eben die Straße entlang: Fuhrwerke, lauter Fuhrwerke, und obendrauf diese Kerle mit den rotgeschwänzten Mützen. Die Bolschewiken müssen sie tüchtig verdroschen haben.

NIKOLKA Das haben sie auch verdient!

LARIOSSIK Aber ich hab trotzdem Wodka besorgt! Ein einziges Mal im Leben hab ich Glück gehabt! Ich dachte, es würde mir nicht gelingen. Ich bin so ein Mensch! Das Wetter kann noch so herrlich sein, der Himmel klar, die Sterne glitzern, die Kanonen schießen nicht, aber wenn ich auf die Straße komme, schneit es garantiert. Heute auch – kaum bin ich draußen, da verklebt mir nasser Schnee das Gesicht. Aber ein Fläschchen hab ich bekommen. Myschlajewski wird sehen, daß ich doch was tauge. Zweimal bin ich hingefallen und mit dem Hinterkopf aufgebumst, aber die Flasche hab ich nicht losgelassen.

STIMME SCHERWINSKIS »Die Liebe wird durch dich zum Segen …«

NIKOLKA Da, hörst du? Eine erschütternde Neuigkeit: Jelena läßt sich von ihrem Mann scheiden. Sie heiratet Scherwinski.

LARIOSSIK *läßt die Flasche fallen* So schnell?

NIKOLKA Ach, Lariossik! Was machst du bloß? Ah, mir geht ein Licht auf! Du bist auch verschossen?

LARIOSSIK Nikolka, wenn von Jelena Wassiljewna die Rede ist, sind solche Wörter wie »verschossen« unangebracht, verstanden? Sie ist pures Gold!

NIKOLKA Rot ist sie, Larion, rothaarig. Das reinste Unglück! Deshalb gefällt sie ja allen. Kaum sieht sie einer, schon bringt er Blumensträuße angeschleppt. Die Blumen haben bei uns in der Wohnung rumgestanden wie Rutenbesen. Talberg war wütend darüber. Na los, sammle die Scherben ein, sonst bringt dich Myschlajewski um, wenn er kommt.

LARIOSSIK Brauchst ihm nichts zu sagen. *Sammelt die Scherben auf.*

Es klingelt. Lariossik läßt Myschlajewski und Studzinski ein. Beide sind in Zivil.

MYSCHLAJEWSKI Die Roten haben Petljura geschlagen! Seine Truppen verlassen die Stadt!

STUDZINSKI So ist es. Die Roten sind schon in Slobodka. In einer halben Stunde werden sie hier sein.

MYSCHLAJEWSKI Also haben wir morgen eine Sowjetrepublik. Aber Moment mal, das riecht ja hier nach Wodka! Wer hat schon vor der Zeit Wodka getrunken? Gesteht es nur. Was sich in diesem Gott wohlgefälligen Hause nicht alles tut! Wischt ihr den Fußboden mit Wodka auf? Aber ich weiß, wessen Werk das ist! Was du nicht alles zerschlägst! Du hast im wahrsten Sinne des Wortes goldene Hände! Was du auch anfaßt – klirr, in Scherben! Wenn es dich derart in den Händen juckt, zerschlag doch Geschirr!

Hinter der Bühne wird die ganze Zeit auf dem Flügel gespielt.

LARIOSSIK Was für ein Recht hast du, mich zu rügen! Das paßt mir nicht!

MYSCHLAJEWSKI Ja, schreien mich denn jetzt alle an? Es dauert nicht lange, dann bekomme ich noch Prügel! Dabei bin ich heute so gut gelaunt. Frieden, Larion, ich bin dir nicht böse.

NIKOLKA Warum wohl das Schießen aufgehört hat?

MYSCHLAJEWSKI Die kommen leise und höflich. Und kampflos!

LARIOSSIK Am meisten wundert mich, daß alle sich freuen, selbst die noch nicht abgeschlachteten Bourgeois. Alle haben den Petljura satt.

NIKOLKA Bin neugierig, wie die Bolschewiken aussehen.

MYSCHLAJEWSKI Wirst's schon erfahren.

LARIOSSIK Ihre Meinung, Hauptmann?

STUDZINSKI Ich weiß nicht, ich verstehe überhaupt nichts mehr. Das beste wäre, sich aufzuraffen und Petljura zu folgen. Ich kann mir nicht vorstellen, wie wir Weißgardisten mit den Bolschewiken auskommen sollen.

MYSCHLAJEWSKI Wo will den Petljura hin?

STUDZINSKI Nach Galizien. Wir könnten uns einem der Fuhrwerke anschließen.

MYSCHLAJEWSKI Und wohin dann?

STUDZINSKI Zum Don, zu Denikin, gegen die Bolschewiken kämpfen.

MYSCHLAJEWSKI Also wieder unter der Fuchtel der Generäle? Ein scharfsinniger Plan. Schade, daß Aljoscha tot ist, er könnte uns manch Interessantes von den Generälen erzählen. Aber leider lebt der Kommandeur nicht mehr.

STUDZINSKI Hör auf mit den Erinnerungen, quäl mich nicht.

MYSCHLAJEWSKI Nein, gestattet, er ist nicht mehr da, aber ich möchte zu Ende sprechen. Wieder in die Armee, wieder kämpfen? Wieder Tränen in den Augen und so? Danke bestens, ich hab die Nase voll. Besonders seit ich Aljoscha im Schauhaus gesehen habe.

Nikolka weint.

LARIOSSIK Nikolka, nicht weinen, laß doch!

MYSCHLAJEWSKI Mir reicht's! Ich bin seit neunzehnhundertvierzehn im Krieg. Für wen, für das Vaterland? Ist das ein Vaterland, wenn ich der Schande preisgegeben bin? Wieder zu den Exzellenzen? Pustekuchen. Hier!

Zeigt einen Vogel.

STUDZINSKI Drück dich gefälligst anständig aus!

MYSCHLAJEWSKI Sofort, keine Sorge. Bin ich denn ein Idiot? Nein! Ich, Viktor Myschlajewski, erkläre, daß ich mit diesen Schuften von Generälen nichts mehr zu tun habe. Schluß!

LARIOSSIK Viktor Myschlajewski ist Bolschewik geworden.

MYSCHLAJEWSKI Ja, ich bin für die Bolschewiken, wenn's recht ist!

STUDZINSKI Viktor, was redest du da?

MYSCHLAJEWSKI Ich bin für die Bolschewiken, aber gegen die Kommunisten.

STUDZINSKI Lächerlich. Du weißt ja nicht, was du sagst.

LARIOSSIK Wenn du gestattest: Das ist dasselbe, Bolschewismus und Kommunismus.

MYSCHLAJEWSKI *ihn nachäffend* »Bolschewismus und Kommunismus.« Na, dann bin ich eben auch für die Kommunisten.

STUDZINSKI Hör mal, Hauptmann, du nanntest das Wort »Vaterland«. Was ist das für ein Vaterland, wenn die Bolschewiken herrschen? Mit Rußland ist es aus. Weißt du noch, was unser Kommandeur gesagt hat? Er hatte recht: Sie sind da, die Bolschewiken!

MYSCHLAJEWSKI Die Bolschewiken? Prachtvoll! Sehr erfreut!

STUDZINSKI Aber sie werden dich mobilisieren.

MYSCHLAJEWSKI Dann schiebe ich eben wieder Dienst. Jawohl!

STUDZINSKI Warum?

MYSCHLAJEWSKI Darum! Weil Petljura – wieviel, sagtet ihr? –, weil er zweihunderttausend Mann hat! Diese zweihunderttausend brauchen das Wort »Bolschewiken« nur zu hören, schon geben sie Fersengeld und verduften. Hast's ja selbst gesehen. Wie weggeblasen! Weil die Bauern hinter den Bolschewiken stehen! Was kann ich denen allen entgegenstellen? Reithosen mit Borte? Die haben ja was gegen die Borte und greifen gleich zu den Maschinengewehren, wenn's recht ist. Vorne die Rotgardisten wie eine Mauer, hinten die Schieber und alles mögliche Hetmangeschmeiß, und ich mittendrin? Danke bestens! Nein, ich hab's satt, den Korken in der Jauchegrube zu spielen. Sollen Sie mich doch mobilisieren! Dann weiß ich wenigstens, daß ich in der russischen Armee diene. Das Volk ist nicht mit uns. Das Volk ist gegen uns. Aljoscha hatte recht.

STUDZINSKI Wie zum Teufel kann es eine russische Armee geben, wenn die Rußland erledigt haben? Die erschießen uns doch in jedem Falle!

MYSCHLAJEWSKI Und sie tun recht daran! Sie werden uns in die Tscheka holen, einsperren und abknallen. Dann haben sie ihre Ruhe und wir auch.

STUDZINSKI Ich werde gegen sie kämpfen!

MYSCHLAJEWSKI Bitte sehr, zieh dir gleich wieder die Uniform an! Los! Geh schon! Mach, daß du hinkommst zu den Bolschewiken, und rufe ihnen zu: Ich lasse euch nicht durch! Nikolka haben sie schon von der Treppe geworfen! Hast du seinen Kopf gesehen? Dir reißen sie ihn gleich ab. Und mit Recht. Laß sie in Ruhe. Das alles jetzt ist nicht unsere Sache!

LARIOSSIK Ich bin gegen die Schrecken des Bürgerkrieges. Wozu eigentlich Blutvergießen?

MYSCHLAJEWSKI Warst du im Krieg?

LARIOSSIK Ich war vom Militärdienst befreit, Vitja. Schwache Lunge. Außerdem bin ich der einzige Sohn meiner Mutter!

MYSCHLAJEWSKI Richtig, Genosse Untauglich.

STUDZINSKI Wir hatten mal eine Großmacht Rußland!

MYSCHLAJEWSKI Und wir werden wieder eine haben!

STUDZINSKI Da kannst du lange warten!

MYSCHLAJEWSKI Nicht die frühere, eine neue werden wir haben. Eine neue! Aber sag mir doch mal folgendes: Wenn sie euch am Don zusammendreschen – und ich prophezeie euch, daß sie euch zusammendreschen – und wenn euer Denikin die Kurve ins Ausland kratzt – und das prophezeie ich euch ebenfalls –, wohin dann?

STUDZINSKI Auch ins Ausland.

MYSCHLAJEWSKI Dort seid ihr so überflüssig wie das dritte Rad an einer Kanone! Wo ihr auch hinkommt, sie werden euch in die Fresse spucken, von Singapur bis Paris. Ich fahre nicht weg, ich bleibe hier in Rußland. Komme, was da wolle! Aus, basta, ich schließe die Versammlung.

STUDZINSKI Ich sehe, ich bin allein.

SCHERWINSKI *kommt hereingelaufen* Wartet, wartet, schließt die Versammlung noch nicht. Ich habe außerhalb der Reihe eine Erklärung abzugeben. Jelena Wassiljewna Talberg läßt sich von ihrem Mann, dem ehemaligen Obersten im Generalstab Talberg, scheiden und heiratet ... *Verbeugt sich und zeigt mit der Hand auf sich selbst. Auftritt Jelena.*

LARIOSSIK Aah!

MYSCHLAJEWSKI Hör auf, Larion, was sollen wir mit unserer Schneidervisage bei den Bäckerständen? Strahlende Lena, laß dich umarmen und küssen.

STUDZINSKI Ich gratuliere Ihnen, Jelena Wassiljewna.

MYSCHLAJEWSKI *folgt Lariossik, der in den Flur geflüchtet ist* Larion, komm gratulieren, das gehört sich doch nicht! Kannst ja dann wieder in den Flur gehen.

LARIOSSIK *zu Jelena* Ich gratuliere Ihnen und wünsche Ihnen Glück. *Zu Scherwinski* Ich gratuliere Ihnen ... gratuliere.

MYSCHLAJEWSKI Tüchtig, tüchtig, mein Lieber! So eine Frau zu kriegen! Englisch spricht sie, Klavier spielt sie, und einen Samowar aufstellen kann sie auch. Dich hätte ich auch gern geheiratet, Lena.

JELENA Aber ich hätte dich nicht genommen, Vitja.

MYSCHLAJEWSKI Brauchst du ja auch nicht. Ich habe dich auch so lieb. Ansonsten bin ich hauptsächlich Offizier und Junggeselle. Ich hab's zu Hause gern gemütlich, ohne Frauen und Kinder, wie in der Kaserne. Larion, gieß ein! Wir müssen anstoßen!

SCHERWINSKI Einen Moment, meine Herrschaften! Nicht diesen Wein! Ich bringe sofort anderen. Das ist ein Weinchen! Oho! *Blickt Jelena an, duckt sich* Na ja, ein Weinchen mittlerer Güte. Ganz gewöhnlicher Abrau-Durso.

MYSCHLAJEWSKI Lena, das ist dein Werk! Heirate, Scherwinski, du bist kerngesund. Nun, ich gratuliere und wünsche euch ... *Die Tür zum Flur wird geöffnet. Auftritt Talberg in Zivil mit Koffer.*

STUDZINSKI Du lieber Gott! Wladimir Robertowitsch … Wladimir Robertowitsch …

TALBERG Meine Verehrung.

Pause. Totenstille.

MYSCHLAJEWSKI Das ist ein Ding!

TALBERG Guten Tag, Lena! Ihr scheint euch zu wundern?

Pause.

Ein bißchen merkwürdig! Eigentlich hätte ich mehr Grund, mich zu wundern, wenn ich in meinem Zimmer in so ernsten Zeiten eine so lustige Gesellschaft vorfinde. Guten Tag, Lena. Was bedeutet das?

SCHERWINSKI Es bedeutet …

JELENA Warte. Meine Herren, bitte lassen Sie mich für ein Weilchen mit Wladimir Robertowitsch allein.

SCHERWINSKI Lena, ich will nicht!

MYSCHLAJEWSKI Warte, warte. Wir bringen alles in Ordnung. Schön ruhig bleiben. Sollen wir verduften, Lena?

JELENA Ja.

MYSCHLAJEWSKI Ich weiß, du bist klug. Wenn was ist, ruf mich. Mich persönlich. Na, was ist, meine Herren, gehen wir in Larions Zimmer, eine rauchen. Larion, nimm das Kissen mit und komm.

Alle gehen hinaus, Lariossik auf Zehenspitzen.

JELENA Bitte sehr.

TALBERG Darf ich um eine Erklärung bitten? Was bedeutet das Ganze? *Pause.* Was sollen die Späße? Wo ist Alexej?

JELENA Alexej ist tot.

TALBERG Unmöglich! Seit wann denn?

JELENA Seit zwei Monaten, er ist zwei Tage nach Ihrer Abreise gefallen.

TALBERG O Gott, das ist ja entsetzlich! Aber ich hatte euch gewarnt. Weißt du noch?

JELENA Ja, ich weiß es noch. Und Nikolka ist ein Krüppel.

TALBERG Das ist natürlich schlimm. Aber ich bin schließlich nicht schuld an der ganzen Geschichte. Du mußt zugeben, das ist noch lange kein Grund, eine solche, ich möchte sagen, dumme Demonstration zu veranstalten.

Pause.

JELENA Sagen Sie, wie sind Sie zurückgekehrt? Heute kommen doch schon die Bolschewiken.

TALBERG Ich bin bestens auf dem laufenden. Die ganze Hetmanaffäre hat sich als dummes Operettchen entpuppt. Die Deutschen haben uns betrogen. Aber es ist mir in Berlin gelungen, eine Kommandierung zum Don zu erhalten, zu General Krasnow. Wir müssen Kiew sofort verlassen, dürfen keine Zeit verlieren. Ich bin gekommen, dich zu holen.

JELENA Wissen Sie, ich lasse mich von Ihnen scheiden und heirate Scherwinski.

TALBERG *nach einer langen Pause* Schön! Sehr schön! Du benutzt meine Abwesenheit, um so ein abgeschmacktes Verhältnis zu arrangieren …

JELENA Viktor!

Myschlajewski tritt ein.

MYSCHLAJEWSKI Lena, habe ich deine Vollmacht, alles zu erklären?

JELENA Ja! *Ab.*

MYSCHLAJEWSKI Ich habe verstanden. *Tritt auf Talberg zu.* Na? Da! *Schlägt ihn.*

Talberg ist perplex, geht in den Flur, ab.

MYSCHLAJEWSKI Lena, komm rein!

Jelena tritt ein.

Er ist weg. Er willigt in die Scheidung ein. Wir haben uns sehr herzlich unterhalten.

JELENA Danke, Viktor! *Küßt ihn und läuft hinaus.*

MYSCHLAJEWSKI Larion!

LARIOSSIK *tritt ein* Schon weg?

MYSCHLAJEWSKI Ja.

LARIOSSIK Vitja, du bist ein Genie!

MYSCHLAJEWSKI »Ich, Igor Sewerjanin, bin ein Genie.« Mach das Licht aus, zünde den Baum an und spiele einen Marsch.

Lariossik knipst das Licht im Zimmer aus, schaltet die Lämpchen an der Tanne ein, läuft ins Nebenzimmer. Man hört einen Marsch.

Meine Herren, darf ich bitten!

Ein treten Scherwinski, Studzinski, Nikolka und Jelena.

STUDZINSKI Sehr hübsch! Gleich viel gemütlicher.

MYSCHLAJEWSKI Das ist Larions Werk. So, jetzt wollen wir euch richtig gratulieren. Larion, das genügt!

Lariossik tritt mit einer Gitarre ein und reicht sie Nikolka.

Ich gratuliere dir, Lena, mein Sonnenschein, ein für allemal. Vergiß alles andere. Na dann – auf eure Gesundheit! *Trinkt.*

NIKOLKA *schlägt die Gitarre, singt*

Du Seher, von Göttern geliebter, sag an,
Was wird mir das Leben noch bringen?
Wird bald man, auf daß sich der Feind freuen kann,
Den Trauerchoral für mich singen?
Drum lauter, ihr Sänger, verkündet den Sieg!
Wir haben gewonnen, und aus ist der Krieg!

MYSCHLAJEWSKI *singt*

Drum – auf den Rat der Volkskommissare …

Alle außer Studzinski stimmen ein

… rufen wir ein lautes »Hurra!«.

STUDZINSKI Zum Donnerwetter, schämt ihr euch denn gar nicht!

NIKOLKA *als Vorsänger*

Da tritt aus dem nächtlich umdunkelten Tann
Ein Seher der Streitmacht entgegen …

LARIOSSIK Wunderschön! Die Lichter, der Baum …

MYSCHLAJEWSKI Larion, jetzt mußt du eine Rede halten!

NIKOLKA Richtig, eine Rede!

LARIOSSIK Meine Herren, wirklich, ich kann nicht! Außerdem bin ich sehr schüchtern.

MYSCHLAJEWSKI Larion hält eine Rede!

LARIOSSIK Na gut, wenn die Gesellschaft es so will, werde ich eine halten. Aber ich bitte um Nachsicht, schließlich bin ich nicht vorbereitet. Meine Herrschaften! Wir sind uns in einer schweren, furchtbaren Zeit begegnet, und wir alle haben sehr viel durchgemacht, ich auch. Ich habe ein Lebensdrama miterlebt. Mein leckes Schiff hat lange auf den Wellen des Bürgerkriegs getanzt ...

MYSCHLAJEWSKI Schön gesagt, das mit dem Schiff.

LARIOSSIK Ja, mein Schiff ... Bis es in diesem Hafen mit den cremefarbenen Stores gelandet ist, bei Menschen, die ich herzlich liebgewonnen habe. Übrigens habe ich auch bei ihnen ein Drama mit angesehen. Na, reden wir nicht von traurigen Dingen. Die Zeiten haben sich gewandelt. Petljura ist geschlagen. Alle leben ... ja ... wir sind alle wieder beisammen. Mehr noch: Jelena Wassiljewna hat auch sehr viel Schweres durchgemacht, und sie verdient Glück, denn sie ist eine wunderbare Frau. Ich möchte ihr mit den Worten des Schriftstellers sagen: »Wir finden Ruh, wir finden Ruh ...«

Ferne Kanonenschüsse.

MYSCHLAJEWSKI Von wegen Ruh! Fünf ... sechs ... neun!

JELENA Wird schon wieder gekämpft?

SCHERWINSKI Nein. Man schießt Salut!

MYSCHLAJEWSKI Völlig richtig: Eine Sechszöllerbatterie schießt Salut.

Hinter der Bühne spielt ein Orchester, sich nähernd, die Internationale.

Hören Sie, meine Herren? Die Roten kommen!

Alle treten ans Fenster.

NIKOLKA Meine Herren, der heutige Abend ist der große Prolog zu einem neuen historischen Stück.

STUDZINSKI Für den einen ein Prolog, für den andern ein Epilog.

1926

Die Flucht

Acht Träume

Stück in fünf Akten

Unsterblichkeit, du stilles, lichtes Ufer,
Nur dir allein gilt unser Streben ganz.
Drum ruh, wer seines Lebens Lauf beendet ...

Shukowski

Personen

Korsuchina, Serafima Wladimirowna, 25 Jahre alt, Dame aus Petersburg · Golubkow, Sergej Pawlowitsch, 29 Jahre alt, Sohn eines Professors und Idealisten · Eminenz Afrikan, Erzbischof von Simferopol und Karassubasar, Oberhirte eines berühmten Heeres und zugleich der Judenschreck Machrow, Chemiker · Paissi, Mönch · Bajew, Genosse · Erster Budjonny-Reiter · Zweiter Budjonny-Reiter, mit Laterne · Tscharnota, Grigori Lukjanowitsch, 35 Jahre alt, der Herkunft nach Saporoger Kosak, Generalmajor, Kommandeur einer Kavalleriedivision in der Armee des Generals Wrangel · Barabantschikowa, eine Madame, die ausschließlich in der Phantasie des Generals Tscharnota existiert · Ljuska, die Feldzugsfrau des Generals Tscharnota · Krapilin, Ordonnanz Tscharnotas, ein Mensch, der wegen seiner Redegewandtheit umgebracht wird · Marquis de Brizard, russifizierter Franzose, Kommandeur eines Husarenregiments in der Division Tscharnotas · Husarenrittmeister, in derselben Division · Abt, gebrechlich und belesen · Mönche · Chludow, Roman Valerianowitsch, 35 Jahre alt · Golowan, Kosakenrittmeister, Adjutant Chludows · Weiße Stabsoffiziere · Stationskommandant · Stationsvorsteher · Nikolajewna, Frau des Stationsvorstehers · Olka, Tochter des Stationsvorstehers, 4 Jahre alt · Korsuchin, Paramon Iljitsch, Serafimas Mann, 45 Jahre alt · Tichi, Chef der Spionageabwehr · Skunski, Mitarbeiter der Spionageabwehr · Hadshubajew, ebenfalls · Oberbefehlshaber der Streitkräfte Südrußlands · Kosaken seiner Begleitung · Pilot · Gesichtchen in der Kasse · Artur Arturowitsch, König der Kakerlaken · Gestalt mit Melone und den Schulterklappen eines Intendanten · Türkisches Mütterchen · Schöne Prostituierte · Englische, französische und italienische Seeleute · Drei Männer mit Pfauenfedern und Harmonikas · Türkische und italienische Polizisten · Jungen (Türken und Griechen) · Muezzin · Armenische und griechische Köpfe in Fenstern · Gristschenko, Antoine, Lakai Korsuchins · Griechischer Don Juan

Der erste Traum spielt im nördlichen Taurien, Oktober 1920, der zweite Traum irgendwo auf der Krim, Anfang November 1920, der dritte und vierte Anfang November in Sewastopol, der fünfte und sechste in Konstantinopel, Sommer 1921, der siebente in Paris, Herbst 1921, der achte und letzte im Herbst 1921 in Konstantinopel.

Erster Akt

Erster Traum

Von einem Kloster träumte ich …

Unterirdisch singt dumpf ein Mönchschor: »Heiliger Vater Nikolai …«
Aus der Dunkelheit erwächst, von Kerzen auf Ikonen sparsam beleuchtet, das Innere einer Klosterkirche irgendwo im nördlichen Taurien. Ein unsicheres Flämmchen entreißt der Dunkelheit ein Stehpult, an dem Kerzen verkauft werden, daneben eine breite Bank, ein vergittertes Fenster, das schokoladenbraune Gesicht eines Heiligen, die verblichenen Flügel von Seraphen und goldene Kränze. Vor dem Fenster ein freudloser Oktoberabend mit Schnee und Regen.
Auf der Bank, zugedeckt mit einer Pferdedecke, liegt und leidet Madame Barabantschikowa. Der Chemiker Machrow, im Schafpelz, drückt sich ans Fenster und will etwas erspähen.
In dem hohen Sessel des Abts sitzt Serafima Wladimirowna Korsuchina. Sie trägt einen schwarzen Pelz. Ihr ist anzusehen, daß sie nicht gesund ist. Zu ihren Füßen sitzt auf einem Bänkchen, einen Koffer neben sich, Sergej Pawlowitsch Golubkow, ein junger Mann von Petersburger Aussehen, er trägt einen schwarzen Mantel und Handschuhe.

MÖNCHE *singen geheimnisvoll* »Heiliger Vater Nikolai, bete für uns …«

GOLUBKOW *horcht* Hören Sie, Serafima Wladimirowna? Sie singen ... Verstehe, verstehe ... Sie haben unterirdische Räume, offenbar Höhlen, wie in Kiew. Waren Sie schon mal in Kiew, Serafima Wladimirowna?

SERAFIMA Nein. Was? In Kiew? Nein.

GOLUBKOW Sonderbar und beängstigend ist das alles. Wissen Sie, manchmal ist mir, als ob ich träume, wirklich wahr. Nun sind wir schon einen Monat *senkt die Stimme* auf der Flucht, Serafima Wladimirowna, durch Dörfer und Städte, und je weiter, desto verwickelter wird unsere Flucht. Heute, als wir erstaunlicherweise in die Kirche kamen, wahrhaftig, da hab ich auf dem Koffer gesessen und mich nach Petersburg gesehnt. Ich erinnerte mich auf einmal ganz deutlich an meine Wohnung in der Karawannaja-Straße, an die grüne Lampe, die Bücher ...

SERAFIMA *flüsternd* Warum sind Sie geflohen, Sergej Pawlowitsch? Sie hätten bleiben sollen. Hüten Sie sich vor Heimweh.

GOLUBKOW O nein, nein! Das ist unumkehrbar, komme, was da wolle. Außerdem wissen Sie ja, was mir den Weg verschönt. Seit wir uns im Güterwagen unter der Laterne begegnet sind, ist ja nicht viel Zeit vergangen. Einen Monat erst irren wir herum, trotzdem ist mir, als ob ich Sie schon sehr lange kenne. Ich sehe einen Korridor von Tagen, den Ihre Augen heiligen. Solange die bei mir sind, spüre ich keine Belastung. Der Gedanke an Sie trägt mich leicht durch den Oktobernebel. Uns verbindet ja ein gemeinsames Geheimnis *senkt die Stimme,* die Lebensgefahr. Die Laterne im Güterwagen soll uns leuchten. Ich bringe Sie auf die Krim und übergebe Sie Ihrem Gatten. *Schweigt ein Weilchen.* Werden Sie sich freuen, wenn Sie ihn sehen, Serafima Wladimirowna? Sie sagen nichts? Nun, dann sage ich's Ihnen. Ich werde um Sie beruhigt sein, aber ich werde leiden.

SERAFIMA Warum?

GOLUBKOW Sie werden mir fehlen. Wissen Sie, manchmal möchte ich mir gar zu gern vorstellen können, wie er aussieht. Was für ein Mensch er ist. Sagen Sie mir, ist er klug? Ist er mutig? Vielleicht schön, gutmütig?

SERAFIMA Sie haben doch sein Photo gesehen. Er ist sehr reich.

GOLUBKOW Mehr wissen Sie nicht über ihn zu sagen? Oh, das ist traurig. Warum haben Sie dann Ihr Leben mit seinem verbunden?

SERAFIMA Ich bin eine Frau aus Petersburg. Ich habe ihn eben geheiratet.

GOLUBKOW Nun, ich denke, morgen klärt sich alles. Bis zur Krim ist es nicht mehr weit, ich bringe Sie hin und übergebe Sie ihm.

Serafima legt ihm schweigend die Hand auf die Schulter.

GOLUBKOW *streichelt ihr die Hand* Moment mal, Sie haben ja Fieber!

SERAFIMA Nein, Lappalie.

GOLUBKOW Keine Lappalie! Fieber, wahrhaftig. Das hat uns gerade noch gefehlt!

SERAFIMA Unsinn, Sergej Pawlowitsch! Das vergeht.

In der Ferne ein dumpfer Kanonenschuß. Alle horchen. Barabantschikowa bewegt sich und stöhnt.

SERAFIMA *steht auf* Hören Sie, Madame, Sie brauchen Hilfe. Ich oder mein Begleiter gehen in die Siedlung, da gibt es bestimmt eine Hebamme.

BARABANTSCHIKOWA Nein!

GOLUBKOW Ich laufe hin.

Barabantschikowa hält ihn schweigend am Mantel fest.

SERAFIMA Warum wollen Sie nicht, meine Liebe?

BARABANTSCHIKOWA *launisch* Nicht nötig!

Serafima und Golubkow gucken verständnislos.

MACHROW *vertraulich zu Golubkow* Eine rätselhafte, äußerst rätselhafte Person.

GOLUBKOW *flüsternd* Sie denken, daß sie ...

MACHROW *ausweichend* Ich denke gar nichts, nur so ... Wir haben unruhige Zeiten, mein Herr. Da kann man unterwegs allen möglichen Leuten begegnen. Eine Dame liegt da, wer hat sie hingelegt? Wozu?

Der unterirdische Gesang verstummt.

PAISSI *erscheint lautlos, sieht schwarz und verängstigt aus* Der Vater Abt läßt fragen, ob Ihre Papiere in Ordnung sind, werte Herrschaften. *Pustet alle Kerzen außer einer aus. Serafima, Golubkow und Machrow suchen unruhig in den Taschen und holen ihre Papiere hervor. Barabantschikowa streckt die Hand unter der Pferdedecke hervor und legt den Paß darauf. Man hört Schritte und Sporenklirren.*

BAJEW *kommt herein, in kurzem Halbpelz, schlammbespritzt, erregt* Der Teufel soll sie erwürgen, diese Mönche. Ein richtiges Nest! Heiliger Vater, wo ist die Wendeltreppe zum Glockenturm?

PAISSI Hier, hier …

BAJEW *zum zweiten Budjonny-Reiter* Sieh mal nach!

Zweiter Budjonny-Reiter verschwindet mit seiner Laterne hinter der Eisentür.

BAJEW *zu Paissi* War Licht auf dem Glockenturm?

PAISSI Ich bitte Sie, woher denn!

BAJEW Da hat was geblinkt. Na, wenn ich auf dem Glockenturm was finde, stell ich euch alle hier mitsamt eurem grauhaarigen Schaitan an die Wand. Spione! Hundesöhne! Ihr habt General Tscharnota ein Zeichen gegeben!

PAISSI Mein Gott, ich bitte Sie!

BAJEW *knipst eine Taschenlampe an, im Lichtkegel zeigt sich die Gruppe Serafima, Golubkow und Machrow* Wer ist denn das? Du römischer Papst hast doch behauptet, im Kloster wäre kein einziger Unbefugter? Na, jetzt werdet ihr eine Erschießung erleben!

PAISSI Ich bitte Sie! Das sind Flüchtlinge aus der Siedlung. Flüchtlinge … Sie sind zu uns geflohen!

SERAFIMA Genosse, wir haben in der Siedlung unter Beschuß gelegen. Als der Kampf zu Ende war, sind wir ins Kloster geflohen. Wo sollten wir sonst hin? *Zeigt auf Barabantschikowa.* Da, die Frau, die Wehen haben begonnen.

PAISSI *erstarrt vor Entsetzen, hält sich an der Türklinke fest, jederzeit bereit, zu entwischen; murmelt* Herrgott, laß das vorübergehen. Heiliger und ruhmreicher Großmärtyrer Dmitri, dein Gedenken feiern wir heute.

BAJEW *gibt die Taschenlampe dem ersten Budjonny-Reiter* Leuchte mal! *Nimmt Barabantschikowas Paß, liest.* Barabantschikowa ... verheiratet ... Wo ist Ihr Mann?

Barabantschikowa stöhnt laut und kläglich.

Einen schönen Platz und eine schöne Zeit haben Sie sich ausgesucht zum Gebären! *Wirft den Paß hin und wendet sich Machrow zu.* Papiere!

MACHROW Hier sind die Papiere! Ich bin Chemiker aus Mariupol.

BAJEW Chemiker! Chemiker-Botaniker! Wie kommst du in die Frontzone, Botaniker? Hast dich wohl gelangweilt bei den Freiwilligen in Mariupol?

MACHROW Ich wollte Lebensmittel einkaufen, Gurken ...

BAJEW Gurken?

Auf der Eisentreppe poltern Schritte. Zweiter Budjonny-Reiter kommt hereingelaufen.

Was gibt's?

ZWEITER BUDJONNY-REITER Genosse Bajew! *Flüstert ihm etwas ins Ohr.*

BAJEW Was spinnst du da! Woher denn?

ZWEITER BUDJONNY-REITER Ich sag die Wahrheit ... Es ist ganz dunkel, Genosse Kommandeur.

BAJEW Na schön. Marsch! *Beide Budjonny-Reiter verschwinden. Bajew wirft die Papiere hin und will gehen. Als er an Paissi vorbeikommt, redet er ihn an.* Die Mönche mischen sich also nicht in den Bürgerkrieg ein?

PAISSI Nein, nein.

BAJEW Sie beten nur? Und für wen, du verdammter Halunke? Für den Schwarzen Baron oder für die Sowjetmacht? Hä? Na schön, auf baldiges Wiedersehen, ihr Chemiker. Uch, weißbärtiges Lauseei! *Droht allen zum Abschied mit dem Revolver und verschwindet. Vor dem Fenster ein dumpfes Kommando, Getrappel. Dann ist alles still, als wäre nichts gewesen. Paissi bekreuzigt sich oft und gierig, zündet die Kerzen an und verschwindet.*

MACHROW Wie die aussehen ... In Uniform, sieh mal an. Nicht umsonst heißt es: Sie haben ein Zeichen auf den Händen oder auf der Stirn. Der Stern ist ein fünfzackiger ...

GOLUBKOW Was ist hier geschehen? *Flüsternd zu Serafima.* Hier müssen doch schon die Weißen sein. Diese Gegend ist in ihrer Hand. *Laut.* Ein Kampf ... Wieso ist das passiert?

BARABANTSCHIKOWA *plötzlich* Das ist passiert, weil General Kraptschikow ein Arsch ist und kein General! *Lange Pause, zu Serafima.* Pardon, Madame.

GOLUBKOW *mechanisch* Wieso?

BARABANTSCHIKOWA Wieso? Ihm ist depeschiert worden, daß rote Reiterei aufgetaucht ist, und der verdammte Halunke verschiebt das Dechiffrieren auf den nächsten Morgen und spielt statt dessen Preference.

GOLUBKOW Wirklich?

BARABANTSCHIKOWA Sechs ohne Trümpfe hat er angesagt.

MACHROW Oho, wirklich eine interessante Person!

GOLUBKOW *aufhorchend* Entschuldigung, sind Sie Kommunistin?

BARABANTSCHIKOWA Das fehlte noch!

GOLUBKOW Entschuldigung, Sie scheinen gut informiert zu sein. Man hat mir gesagt, daß der Stab von General Tscharnota hier in Kurtschulan liegt, stimmt das?

BARABANTSCHIKOWA In Kurtschulan? Du bist gut informiert! *Giftig.* Sympathisieren Sie vielleicht mit den Weißen? Wollen Sie sich zu ihnen durchschlagen?

SERAFIMA Sergej Pawlowitsch!

GOLUBKOW Nein, ich möchte nur wissen, was vorgeht.

BARABANTSCHIKOWA Tscharnota war hier! Warum auch nicht! Er war hier und ist weg.

GOLUBKOW Und wo ist er hin?

BARABANTSCHIKOWA In den Sumpf.

MACHROW Und woher haben Sie die umfangreichen Informationen, meine Dame?

BARABANTSCHIKOWA Du bist sehr neugierig, Erzbischof.

MACHROW Warum nennen Sie mich Erzbischof?

BARABANTSCHIKOWA Ach, lassen wir das!

Paissi kommt hereingelaufen, schleicht sich ans Fenster, löscht alle Kerzen bis auf eine.

GOLUBKOW Was gibt's?

PAISSI Ach, mein Herr! Wir wissen selber nicht, wen uns der Herrgott noch schickt und ob wir die Nacht erleben. *Verschwindet in den Fußboden hinein.*

GOLUBKOW Regen Sie sich nicht auf, Serafima Wladimirowna.

SERAFIMA Ich bin's schon gewohnt, ich rege mich nicht auf. *Man hört das dumpfe Trappeln vieler Hufe.*

MACHROW Da kommen welche. *Bekreuzigt sich heimlich. Vor dem Fenster tanzt eine Flamme.*

SERAFIMA Es brennt wohl?

GOLUBKOW *guckt hin* Nein, das ist eine Fackel! *Drückt sich ans Fenster, späht, dreht sich dann um, seine Augen glitzern.* Ich verstehe gar nichts. Weiße Truppen, Serafima Wladimirowna! Ich schwör's bei Gott, Weiße! Offiziere mit Schulterklappen! *Schreit.* Es ist soweit! Verstehen Sie, Serafima Wladimirowna, Weiße! Wir haben die Front überschritten!

BARABANTSCHIKOWA *setzt sich auf, in die Pferdedecke gehüllt, sagt mürrisch* He, du Intelligenzler, halt den Mund! Hier ist nicht Petersburg, sondern Taurien, ein tückisches Land. Schulterklappen! Wenn du dir Schulterklappen anmachst, heißt das noch lange nicht, daß du ein Weißer bist. Und wenn ich mir einen roten Stern an den Kopf stecke, dann wirst du vor mir tanzen und die Internationale singen. Und wenn sich die Abteilung nur verkleidet hat, was dann? *Plötzlich ein sanfter Glockenschlag, der weitertönt wie eine Baßsaite.*
Da läuten sie. Die Mönche sind doch Idioten! *Zu Golubkow* Sind es viele?

GOLUBKOW Sehr viele! Da kommen noch mehr angeritten!

BARABANTSCHIKOWA Was für Hosen?

GOLUBKOW Rote! Und da kommen noch welche, die haben blaue Hosen mit roten Streifen.

BARABANTSCHIKOWA Mit roten Streifen ... Zum Teufel mit dir. Biesen vielleicht? *Man hört ein schnarrendes Kommando von de Brizard: »Erste Schwadron ... absitzen!« Lärm. Barabantschikowa horcht, wechselt die Farbe.* Was ist das? Das kann doch nicht wahr sein! *Zu Golubkow* Ich sage dir, jetzt kannst du Hurra rufen! *Wirft die Pferdedecke und die Lumpen ab und springt auf. Es ist Tscharnota. Er trägt einen Tscherkessenrock mit zerdrückten silbernen Generalsschulterklappen. Er steckt den Revolver in die Tasche, läuft zum Fenster, schlägt die Scheibe ein, stößt einen Pfiff aus, schreit.* Grüß euch, Husaren, grüß euch, Donkosaken! Oberst de Brizard, zu mir!

Serafima, Golubkow und Machrow stehen starr. Die Tür geht auf, und als erste kommt Ljuska hereingelaufen. Sie trägt ein Schwesternhäubchen, eine Lederjacke und hohe Stiefel mit Sporen.

LJUSKA Grischa! Grischa! *Fällt Tscharnota um den Hals.* Das kann doch nicht wahr sein! Ich traue meinen Augen nicht! *De Brizard kommt hereingelaufen, in kurzem Halbpelz und roter Hose, gefolgt von dem Rittmeister und Krapilin, der die Fackel hält.*

Sehen Sie, meine Herren! Er lebt! Er hat sich in Sicherheit gebracht! *Läuft zum Fenster, schreit.* Regimenter, herhören! General Tscharnota ist den Roten entwischt.

DE BRIZARD Euer Exzellenz! Grischa! *Küßt sich mit Tscharnota.*

LJUSKA Wir haben schon eine Totenmesse für dich lesen lassen. Wie hast du dich gerettet?

TSCHARNOTA Ich wähnte mich schon im Grab und sah den Tod so nahe vor mir wie dein Häubchen. Wir hatten in Kurtschulan Karten gespielt, mit Kraptschikow, sechs ohne Trümpfe. Da hör ich Maschinengewehrfeuer. Budjonny, wie vom Himmel gefallen! Den ganzen Stab haben sie abgeknallt, ich hab mich freigeschossen, bin zum Fenster hinaus und durch die Gärten zum Lehrer Barabantschikow. Gib mir deine Papiere, Lehrer! Der Hundesohn hatte mächtig Schiß. Ich bin im Schutz der Dunkelheit hierher gekrochen. Da seh ich, er hat mir die Papiere seiner Frau gegeben, Madame Barabantschikowa, und eine Schwangerschaftsbescheinigung! Bei den Mönchen wurden gerade die Zellen durchsucht. Da hab ich gesagt, zum Umziehen ist keine Zeit, legt mich in die Kirche, wie ich bin. Da hab ich gelegen und Wehen gehabt. Auf einmal hör ich: Sporen klirren …

LJUSKA Wer?

TSCHARNOTA Bajew, Kommandeur eines Budjonny-Regiments!

LJUSKA Ach …

TSCHARNOTA Ich denk mir, wo klirrst du hin, Genosse Bajew? Unter dieser Pferdedecke liegt dein Tod! Du brauchst nur meine Schulter zu berühren und die Decke wegzuziehen! Dann beerdigen sie dich mit Musik, Kommandeur. Er hat die Decke nicht angerührt!

LJUSKA Ah! *Kreischt.*

TSCHARNOTA So … *Zu Golubkow* Siehst du, Petersburger? Hast du schon mal einen Kavalleriegeneral gebären sehen? Das wirst du auch nie wieder sehen!

DE BRIZARD Einen Orden für Madame Barabantschikowa!

TSCHARNOTA Und für mich eine Kubanmütze und einen Säbel!

RITTMEISTER Bitte, Euer Exzellenz. *Gibt Tscharnota seinen Jatagan.*

TSCHARNOTA Danke, Rittmeister! *Nimmt von Krapilins Kopf die Kubanmütze, setzt sie auf und geht hinaus, gefolgt von Ljuska und dem Rittmeister.* Ich grüße euch, Stamm der Kosaken! Grüß euch, Stanizler!

Gebrüll wie eine Woge – Schwadronen und Hundertschaften schreien »Hurra«.

DE BRIZARD *zu Krapilin* Los, leuchte mal! Woher kommen diese Leute? Ich will kein gesprenkelter Teufel sein, wenn ich nicht spaßeshalber hier im Kloster jemanden aufhänge. Ich hätte ihm die Decke weggezogen! *Zu Machrow* He, Sozialist! Dich haben die Roten wohl in der Eile vergessen. Dich brauch ich gar nicht nach den Papieren zu fragen, deine Haare weisen dich aus! Krapilin!

PAISSI *wächst aus dem Fußboden* Ich bitte Sie, Exzellenz. Das ist Seine Eminenz Afrikan!

DE BRIZARD Was sagst du da, du schwarzgeschwänzter Satan? Mehr Licht, Krapilin! Was sehe ich? Euer Eminenz, wie kommen Sie denn hierher?

AFRIKAN Ich bin nach Kurtschulan gefahren, um das Korps vom Don zu segnen, da haben mich die Gottlosen bei einem Überfall gefangen. Schönen Dank dem Abt, er hatte mich mit Papieren versehen.

DE BRIZARD Ich bitte um Entschuldigung. Und wer ist das?

AFRIKAN Ich weiß es nicht, Oberst. Gott mag sie kennen!

DE BRIZARD *zu Serafima* Frau, Papiere!

GOLUBKOW Das ist …

SERAFIMA Ich bin die Frau des stellvertretenden Handelsministers in der Regierung des Generals Wrangel. Mein Name ist Serafima Wladimirowna Korsuchina. Ich war in Petersburg steckengeblieben, mein Mann ist schon auf der Krim. Jetzt fliehe ich zu ihm. Hier sind die Familienpapiere, und hier ist mein Paß. *Gibt ihm die Papiere.*

DE BRIZARD Verdammt! Mille excuses, madame!* *Zu Golubkow* Und Sie, Zivilistenknilch? Papiere! Im übrigen würde es mich nicht wundern, wenn Sie der Oberprokurator des heiligen Synod wären!

GOLUBKOW Entschuldigung, ich bin kein Knilch. Und auch kein Oberprokurator. Ich bin der Sohn des berühmten Professors Golubkow. Privatdozent am Lehrstuhl für Philosophie. Ich fliehe von Petersburg zu den Weißen, denn dort kann man nicht mehr leben. Und ich begleite Serafima Wladimirowna.

* Tausend Entschuldigungen. (frz.)

DE BRIZARD Sehr angenehm. Die reinste Arche Noah!

Eine eiserne Luke im Fußboden öffnet sich, heraus steigt als erster der gebrechliche Abt, gefolgt vom Chor der Mönche mit Kerzen.

ABT *zu Afrikan* Euer Eminenz! *Zu den Mönchen* Brüder! Uns sind an einem Tag zwei Freuden widerfahren. Oh, Tag des Glanzes! Der Sieg und die Rückkehr des christlichen Heeres und die Errettung seiner Eminenz aus den Händen der gottlosen Sozialisten.

Man reicht ihm den Krummstab und den Mantel mit dem Brustbild. Afrikan ist aufgeregt, er fügt sich, die Mönche hüllen ihn in den Mantel.

Eminenz, nimm wieder diesen Stab! Gedenke, Eminenz, der heiligen Schrift: O Praesul! Attrahe peccantes, rege justo, punge vagantes* ... *Murmelt* Nimm diesen Stab, befestige mit ihm die Glaubensgemeinde, und herrsche, denn dir ist das Wort gegeben, Gott dafür zu lobpreisen am Tag des Gerichts.

MÖNCHE *singen mit kristallklaren Tenören* Ton despoton kai archeraisa!**

AFRIKAN Blicke vom Himmel, Herrgott, siehe und besuche deinen Weinberg, laß dein Auge auf ihm ruhen ...

TSCHARNOTA *erscheint in der Tür, gefolgt von Ljuska und Krapilin, der die Fackel hält. Erschüttert* Sagt mal, ihr heiligen Väter, ihr seid wohl nicht bei Trost? Verdammt! *Bekreuzigt sich verwirrt.* Schon gut ...

DE BRIZARD *leidend* Grischa, ist das wirklich Afrikan?

TSCHARNOTA Er ist es! Chemiker-Botaniker! Ich habe Sie sofort erkannt, Euer Eminenz, als Sie noch zugedeckt waren. Aber: ihr heiligen Mönche, diese Zeremonie ist jetzt ganz unangebracht! Na, der Chor und alles ...

AFRIKAN Brüder! Geht für einige Zeit hinaus.

Die Mönche verschwinden im Fußboden.

* O Gebieter! Ziehe an die Sündigen, führe die Gerechten, stärke die Schwankenden. (lat.)

** Herrscher und Erzbischof. (griech.)

TSCHARNOTA *zu Afrikan* Die Roten werden gleich hier sein!

AFRIKAN Was, schon wieder?

ABT Was reden Sie da! Gott der Allmächtige wird nicht dulden, daß die heilige Stätte ein zweites Mal verhöhnt wird!

AFRIKAN Euer Exzellenz, ich bitte gehorsamst, mich über die Lage an der Front in Kenntnis zu setzen.

TSCHARNOTA Warum nicht, bitte sehr. Die Kavallerie von Budjonny schneidet uns vom Hinterland ab. Von der Krim.

AFRIKAN Von der Krim?

GOLUBKOW Von der Krim?

TSCHARNOTA Die Karte!

DE BRIZARD *zu Krapilin* Leuchte!

TSCHARNOTA *beugt sich über die Karte* Ach, Kraptschikow, Kraptschikow, als General bist du hoffnungslos! Wo steckst du jetzt, Kraptschikow, du könntest dich freuen über dein Werk, über die geschlagene Division, über den niedergemetzelten Stab!

DE BRIZARD Aus Kurtschulan wurde gemeldet, daß er gefallen ist.

ABT Gott hab ihn selig. In den Bergsiedlungen ...

TSCHARNOTA In den Siedlungen soll ihn der Teufel in Preference schlagen!

LJUSKA Ach, zum Teufel mit Kraptschikow! Sitzen wir wirklich im Sack?

TSCHARNOTA Ja, Ljuska! *Gerät plötzlich in Wut.* Das verdammte Gebimmel soll aufhören! Wie die Totenglocke für die Kosaken, das lockt doch bloß Budjonny an! Ich habe ihn schon einmal gesehen!

Paissi verschwindet in den Erdboden hinein, die Glocke verstummt.

Sorgenvoll über der Karte Habt ihr in Kurtschulan nach einer offenen Stelle gesucht?

DE BRIZARD Da ist alles dicht!

TSCHARNOTA Amur, du weißverschneites Grab! *Nimmt de Brizard beiseite, flüstert* Warte, warte! Hör zu ... Warte ... Nein ... Warte. Gibt es bei Almanaika eine Furt?

DE BRIZARD *blickt auf die Karte* Ja.

TSCHARNOTA Warte, ich verstehe. Du nimmst also dein Regiment und gehst nach Almanaika. Mach möglichst viel Lärm und Gesang, und bei Almanaika ballerst du mit Maschinengewehren! Dann kommst du sofort nach Babi Gai zurück und setzt über, auch wenn das Wasser bis an den Hals geht.

DE BRIZARD Verstehe, Euer Exzellenz!

TSCHARNOTA *flüstert* Ich gehe mit dem Saporoger und dem Don-Regiment zu den Molokanen-Gehöften und komme etwas später als du auf die Nehrung Arabat! Dort treffen wir zusammen.

DE BRIZARD Verstehe, Euer Exzellenz. *Ruft zum Fenster hinaus* Husarenregiment, aufsitzen! Sänger nach vorn!

Hinter der Bühne Lärm und dumpfe Kommandos.

ABT Was ist los? Das Weiße Heer verläßt uns?

TSCHARNOTA Ja, heiliger Vater!

ABT Herr Jesus!

AFRIKAN Euer Exzellenz, gehen Sie auf die Krim?

TSCHARNOTA Es gibt ein Gerücht, Eminenz, wonach die ganze Armee auf die Krim geht. Unter die Obhut von Chludow.

AFRIKAN Warum denn? Was ist geschehen?

TSCHARNOTA Wir sind vom Pech verfolgt.

LJUSKA Ein Gespenst geht um in Kurtschulan, ein Gespenst geht um im Hinterland!

TSCHARNOTA Das Korps folgt mir auf dem Fuße ... Viel Glück! Wir müssen abhauen, Euer Eminenz! Sonst kommt es noch zu der delikaten Situation, daß Budjonny uns ans Meer quetscht!

AFRIKAN Also muß ich mit Ihnen fahren?

TSCHARNOTA Anders kommen Sie nicht davon, Eminenz!

AFRIKAN *verwirrt* Wo ist mein Halbpelz?

Paissi läuft herbei, hilft Afrikan hastig, den Mantel auszuziehen und den Halbpelz anzuziehen.

ABT Und die Bruderschaft, Euer Eminenz? Und das Kloster?

AFRIKAN Der allgnädige Herrgott möge ihnen Schutz und Schirm sein. Wo ist das Fuhrwerk? *Verschwindet.*

DE BRIZARD *reicht Tscharnota eine Feldflasche* Auf den Weg.

TSCHARNOTA Merci! *Trinkt.*

GOLUBKOW *kommt zu sich* Was ist los? Was geht vor? *Zu Tscharnota* Gestatten Sie mir die Frage, was bedeutet das? Nehmen die Roten diese Gegend wieder ein?

TSCHARNOTA *zu de Brizard* Wer ist die Dame?

DE BRIZARD Die Frau des stellvertretenden Ministers Korsuchin.

TSCHARNOTA *zu Golubkow* Und wer sind Sie?

GOLUBKOW Privatdozent Golubkow aus Petersburg. Wir fliehen auf die Krim. Jetzt sind wir in diese Situation geraten.

TSCHARNOTA Ja, die Situation ... Herr Golubkow, die Roten werden die Gegend für lange Zeit besetzen.

GOLUBKOW Serafima Wladimirowna, haben Sie gehört?

SERAFIMA *im Sessel des Abts, dumpf* Was? Ja, ich höre. *Ihr Gesicht wird rosig, auf den Wangen treten Flecke hervor, sie ist sichtlich nicht gesund.*

LJUSKA *zu de Brizard* Marquis, geben Sie mir einen Schluck.

DE BRIZARD Aber gern! *Reicht ihr die Feldflasche.*

GOLUBKOW Serafima Wladimirowna, wie fühlen Sie sich? Haben Sie Fieber? *Verzweifelt* Ja, Fieber! Mein Gott, was tun? Serafima Wladimirowna, nehmen Sie sich für einen Moment zusammen. Hören Sie, die ziehen ab.

SERAFIMA Na wenn schon ... Ach, ja ...

GOLUBKOW Das hat uns gerade noch gefehlt!

LJUSKA *geht zu Serafima* Sie sind Frau Korsuchina? Erlauben Sie mir, mich vorzustellen. Lucy Korsakowa. *Zeigt auf Tscharnota.* Mein Mann. Aber ich nenne mich Ljuska. Das haben mir die roten Teufel auf dem Feldzug beigebracht. *Rötet sich von dem Kognak.*

SERAFIMA Sehr angenehm.

LJUSKA Wenn Sie nicht den Roten in die Hände fallen wollen, rate ich Ihnen, jetzt mit uns zu fahren. Wir fliehen auf die Krim!

GOLUBKOW Serafima Wladimirowna, hören Sie mich an. Wir müssen mitfahren, wie sie sagt. *Zu Ljuska* Darf ich mich vorstellen – Sergej Golubkow.

LJUSKA Freut mich sehr, Korsakowa. *Zu Serafima* He, Sie haben ja Fieber!

GOLUBKOW Serafima Wladimirowna, wirklich, wir müssen die Frage schnellstens klären. *Zu Tscharnota* Herr General, ich bitte Sie, nehmen Sie uns mit. Frau Korsuchina ist offensichtlich krank. Haben Sie ein Lazarett bei sich?

TSCHARNOTA Sie haben auf der Universität studiert?

GOLUBKOW Ja.

TSCHARNOTA Auf mich machen Sie den Eindruck eines völlig ungebildeten Menschen. Und wenn Sie bei Babi Gai eine Kugel in den Kopf kriegen? Dann soll Ihnen das Lazarett helfen, was? Intelligenzler! *Zu de Brizard* Oberst, es ist Zeit!

DE BRIZARD Zu Befehl! Euer Exzellenz, wenn Sie gestatten, nehme ich die Dame mit!

LJUSKA Na, bei Almanaika geraten wir unter Beschuß, dann haben wir das Vergnügen! Lieber mit dem Saporoger Regiment. Ich werde mich um sie kümmern. Ein Jammer, wenn sie den Roten in die Hände fällt!

DE BRIZARD Ich kann mich auch um sie kümmern.

TSCHARNOTA Laß das, Graf!

DE BRIZARD *zu Serafima* Ich verstehe Ihr Zögern nicht, Madame. Erlauben Sie mir, mich vorzustellen: Kommandeur des Husarenregiments, Marquis de Brizard. Sie scheinen sich nicht im klaren zu sein, was vorgeht. Die Roten können jeden Moment das Kloster einnehmen, dann ziehen sie Ihnen das Fe... Pardon, die Haut ab, Madame, Ihnen und den Mönchen.

ABT Heilige Jungfrau, schütze uns! *In den Fußboden hinein* Brüder, betet!

MÖNCHE *im Schoß der Erde* Heiliger Vater Nikolai, bete für uns!

SERAFIMA *dumpf* Ich danke Ihnen, meine Herren. Machen Sie sich keine Sorgen. Wissen Sie was, Sergej

Pawlowitsch, ich bleibe vielleicht hier im Kloster und lege mich hin. Ich fühle mich tatsächlich schlecht.

GOLUBKOW *entsetzt* Serafima Wladimirowna, was reden Sie da! Raffen Sie Ihre letzten Kräfte zusammen. Dort ist die Krim ... Sie können nicht hierbleiben. Was soll ich tun, meine Herren?

SERAFIMA Fahren Sie ohne mich.

GOLUBKOW Nein, das ist undenkbar.

DE BRIZARD *blickt auf die Armbanduhr, zum Fenster hinaus* Regiment, im Schritt ...

Pause.

Halt! *Zu Golubkow* Ihre Dame ist krank. *Zu Serafima* Verstehen Sie, gnädige Frau ... Aber ich bin kein Meister im Reden. Krapilin, du kannst das besser, rede der Dame zu!

KRAPILIN Jawohl. Sie müssen mitfahren!

DE BRIZARD *zum Fenster hinaus* Regiment! Im Schritt – marsch. *Das Husarenregiment vor dem Fenster setzt sich in Bewegung und singt: »Fliege, fliege, stolzer Falke!«* Halt! Krapilin, du bist redegewandt, rede der Dame zu!

KRAPILIN Jawohl. Sie müssen mitfahren!

DE BRIZARD Na, wie Sie wollen, ich fahre! *Zum Fenster hinaus* Marsch!

Verschwindet. Das Regiment vor dem Fenster singt: »Fliege, fliege stolzer Falke, fliege hoch und in die Ferne!«

GOLUBKOW Serafima Wladimirowna, stehen Sie auf, stehen Sie auf. Besinnen Sie sich. Wir müssen auf die Krim, zu Ihrem Mann.

SERAFIMA Ja, mein Mann. Ich bin durstig und will nach Petersburg.

GOLUBKOW Was ist das?

LJUSKA *siegesbewußt* Das ist Flecktyphus! Jawohl. Doch nein, sie tut mir leid. General. Gib Befehl, daß sie mitgenommen wird!

TSCHARNOTA *blickt auf die Armbanduhr, zum Fenster hinaus* Don-Regiment, Abmarsch!

Vor dem Fenster reitet das Don-Regiment klirrend ab und singt: »Grün ist unsere Heimatstätte, das Getreide wogt im Wind!«

Zu Krapilin Leg die Burka ab, hol dir vom Troß einen Uniformmantel.

KRAPILIN *gibt Paissi die Fackel und legt die Burka ab* Zu Befehl, Euer Exzellenz!

TSCHARNOTA Einhüllen, hinaustragen!

Krapilin und Golubkow hüllen Serafima in die Burka.

GOLUBKOW *zu Ljuska* Um Gottes willen, kümmern Sie sich um sie.

LJUSKA Natürlich. Tragt sie hinaus!

Krapilin und Golubkow tragen Serafima hinaus, gefolgt von Paissi mit der Fackel und Ljuska. Alle verschwinden.

ABT *reckt die Arme über Kreuz* Weißer General, willst du wirklich nicht das Kloster verteidigen, das dir Obdach und Rettung gegeben hat?

TSCHARNOTA Warum setzt du mir zu, Väterchen? Binde den Glocken die Zunge fest! Setz dich in den Keller! Leb wohl! *Verschwindet.*

Vor dem Fenster braust das Regiment vorbei. Gesang: »Drei Dörfer, zwei Weiler ...«

PAISSI *erscheint ohne Fackel, schwarz, verängstigt* Vater Abt, Vater Abt, was sollen wir tun? Die Roten kommen doch gleich! Und wir haben für die Weißen geläutet! Sollen wir die Märtyrerkrone auf uns nehmen?

ABT *wehmütig* Geh, Paissi, steig auf den Glockenturm, halte Ausschau, vielleicht siehst du was.

Paissi nimmt eine Kerze und verschwindet hinter der Eisentür. Der Wind trägt Teile des Liedes herbei: »Fliege hoch und in die Ferne.«

MÖNCHE *singen im Keller* »Heiliger Vater Nikolai ...«

ABT Paissi, was ist?

PAISSI *aus der Höhe* Es ist dunkel, Vater Abt, nichts zu sehen.

ABT *wehmütig vor einer Ikone* O Praesul! Attrahe peccantes, rege justos ... Ach, Hirte, Hirte, es ist unwürdig, daß du deine Schäflein verläßt!

Das Kloster erlischt, verfließt mit der Dunkelheit, und der erste Traum ist zu Ende.

Ende des ersten Akts

Zweiter Akt

Zweiter Traum

Meine Träume werden immer schwerer ...

Der Wartesaal einer großen Bahnstation im Norden der Krim. Im Hintergrund ungewöhnlich breite Fenster. Vor den Fenstern eine schwarze Nacht mit hellblauen elektrischen Monden.

Es herrscht ein für Anfang November auf der Krim ungewöhnlicher tierischer Frost. Die Siwasch-Buchten, der Tschongar und der Perekop sind gefroren. Die Fenster der Station sind vereist, und über die vereisten Spiegel laufen von Zeit zu Zeit wie Schlangen die Lichtreflexe von vorüberfahrenden Zügen. Schwarze Kanonenöfchen heizen den Raum. Auf den Tischen brennen elektrische und Petroleumlampen.

Im Hintergrund über dem Ausgang zum Hauptbahnsteig unter der oberen Lampe eine Schrift: »Operationsabteilung«. Eine gläserne Trennwand, darin eine grüne Lampe und zwei Schaffnerlaternen wie die grünen Augen eines Ungeheuers. Neben der gläsernen Trennwand auf der dunklen abgeblätterten Wand ein weißer Jüngling, der mit einer Lanze einen geschuppten Drachen besiegt. Der Jüngling ist Georg der Siegreiche, und vor ihm brennt ein buntes ewiges Lämpchen.

Der Saal ist voll von Generalstabsoffizieren. Die meisten von ihnen tragen Baschlyks und Ohrenklappenmützen.

Unzählige Feldtelefone, Stabskarten mit Fähnchen, im Hintergrund Schreibmaschinen. Auf den Telefonen flackern fort-

während bunte Signallichter, und die Telefone singen mit zarten Stimmen.
Der Frontstab liegt seit drei Tagen und Nächten in der Station und ist in dieser Zeit nicht zum Schlafen gekommen, sondern arbeitet wie eine Maschine. Nur ein erfahrener Beobachter könnte die Unruhe in den Augen all der Menschen sehen. Angst und Hoffnung sind in diesen Augen, wenn sie dahin blicken, wo früher das Büfett erster Klasse war.
Dort sitzt, von allen andern durch einen hohen Büfettschrank getrennt, auf einem hohen Hocker an einem Schreibpult Roman Valerianowitsch Chludow.
Dieser Mann hat ein Gesicht, weiß wie Elfenbein, seine Haare sind schwarz und von einem unzerstörbaren Offiziersscheitel geteilt. Chludow hat eine Stupsnase wie Zar Paul, ist rasiert wie ein Schauspieler und wirkt jünger als seine Umgebung, hat aber alte Augen.
Er trägt einen schlechten Soldatenmantel, um den sich ein Riemen schlingt wie bei einer Frau oder dem Schlafrock eines Gutsbesitzers. Seine Schulterklappen sind aus Stoff, darauf ist nachlässig ein Generals-Zickzack genäht. Eine schmutzige Schirmmütze in Tarnfarben mit einer trüben Kokarde, die Hände in Handschuhen. An Chludow ist keine Waffe zu sehen.
Dieser Mann ist krank, ganz krank, von Kopf bis Fuß. Er verzieht das Gesicht, zuckt, wechselt gern die Intonation. Er stellt sich selbst Fragen und beantwortet sie gern selbst. Wenn er ein Lächeln zeigen will, gerät es zum Zähneblecken. Er flößt Angst ein.
Neben Chludow sitzt an einem Tisch mit mehreren Telefonen schreibend der verläßliche und in Chludow verliebte Kosakenrittmeister Golowan.

CHLUDOW *diktiert Golowan* »Komma. Aber Frunse wollte während der Manöver nicht den Gegner spielen, den wir uns vorgestellt hatten. Punkt. Das ist kein Schachspiel und auch nicht das unvergeßliche Zarskoje Selo. Punkt. Unterschrift – Chludow.« Das war's.

GOLOWAN *gibt das Geschriebene einem anderen* Chiffrieren, abschicken.

Auf einem der Telefone leuchtet das rote Signal.

ERSTER STABSOFFIZIER *von dem roten Signal beleuchtet, stöhnt ins Telefon* Ja, ich höre! Budjonny? Budjonny? *Sein Blick erlischt.*

ZWEITER STABSOFFIZIER *stöhnt ins Telefon* Taganasch, Taganasch! *Sein Blick erlischt.*

DRITTER STABSOFFIZIER *stöhnt ins Telefon* Nein, Karpowa-Schlucht!

GOLOWAN *von dem Signal beleuchtet, gibt Chludow den Hörer* Euer Exzellenz.

CHLUDOW *nimmt den Hörer, horcht* Ja! Ja! Nein! Ja! *Gibt Golowan den Hörer zurück.* Den Kommandanten zu mir.

GOLOWAN Den Kommandanten.

Seine Stimme: »Den Kommandanten!« Das Echo läuft hinter die Gläser der Trennwand: »Den Kommandanten, den Kommandanten!«

Der Kommandant, ein bleicher, schielender, verwirrter Offizier mit roter Schirmmütze läuft zwischen den Tischen hindurch und baut sich vor Chludow auf.

CHLUDOW Seit einer Stunde warte ich auf den Panzerzug »Offizier« nach Taganasch. Was ist los? Was ist los?

KOMMANDANT *mit toter Stimme* Der Stationsvorsteher, Euer Exzellenz, hat mir gesagt, daß der Panzerzug nicht durchkommt.

CHLUDOW Tragödien! Tragödien! *Zum Kommandanten* Schaffen Sie mir den Stationsvorsteher her.

KOMMANDANT *im Laufen mit schluchzender Stimme* Ich könnte den Hundesohn erwürgen! Was mach ich nur?

CHLUDOW *zu Golowan* Die Tragödien fangen an. Der Panzerzug ist lahmgelegt, er kommt nicht durch! *Klingelt dreimal.*

An der Wand flammt eine Schrift auf: »Spionageabwehr«. Auf das Klingeln tritt Tichi aus der Wand, in Zivil, bleibt bei Chludow stehen, still und aufmerksam. Chludow spricht ihn an.

Niemand liebt uns! Niemand! Daher die Tragödien wie im Theater.

Tichi bleibt still.

Zischt wütend Kommt Kohlengas aus dem Ofen?

GOLOWAN Zu Befehl, nein, kein Gas!

Vor Chludow erscheinen der Kommandant und der Bahnhofsvorsteher.

CHLUDOW *zum Bahnhofsvorsteher* Sie haben behauptet, daß der Panzerzug nicht durchkommt?

BAHNHOFSVORSTEHER *spricht und bewegt sich, ist aber schon seit vierundzwanzig Stunden ein toter Mann* Jawohl, Euer Exzellenz. Jawohl. Die physische Kraft fehlt, es ist nicht möglich. Sie haben von Hand rangiert und alles verstopft. Ein Stau.

CHLUDOW Aus dem zweiten Ofen kommt also Gas?

VIERTER STABSOFFIZIER *murmelt* Sofort! Schmeißt ihn doch raus!

STATIONSVORSTEHER Kohlengas ...

CHLUDOW Sie haben doch sicherlich den Befehl des Genossen Trotzki an die Eisenbahner studiert. Wie heißt es dort? »Der Sieg bahnt sich den Weg auf den Schienen.« Sehr treffend gesagt. Haben Sie keine Angst, sprechen Sie offen mit mir. Jeder Mensch hat seine Überzeugungen und sollte sie nicht verhehlen. Listiger Kerl!

STATIONSVORSTEHER *redet Unsinn* Euer Exzellenz ... Wofür denn? Einem Altgedienten ... Ich habe Kinderchen. Unterm Zaren Nikolaus Alexandrowitsch ... Olka und Pawlik, meine Kinder. Dreißig Stunden hab ich nicht geschlafen, weiß Gott! Ich bin mit dem Vorsitzenden der Staatsduma Michail Rodsjanko persönlich bekannt. Aber ich sympathisiere nicht mit ihm. Ich habe Kinder.

CHLUDOW Ehrlicher Mensch, was? Nein! Es braucht Liebe. Liebe. Ohne Liebe ist im Krieg nichts auszurichten. *Vorwurfsvoll zu Tichi* Man liebt mich nicht! *Trocken* Pioniere her! Schieben, rangieren. In fünfzehn Minuten steht der Panzerzug am Ausfahrtsignal nach Taganasch. Wenn der Befehl in dieser Zeit nicht ausgeführt wird, stelle ich den Kommandanten vor ein militärisches Feldgericht. Der Stationsvorsteher wird am Ausfahrtsignal nach Taganasch aufgehängt mit einem Schild: »Sabotage«.

In der Ferne spielt in diesem Moment ein Blasorchester einen zarten Walzer. Nach diesem Walzer haben früher Gymnasiastinnen getanzt.

STATIONSVORSTEHER *schwach* Euer Exzellenz, meine Kinder gehen noch nicht mal zur Schule.

Kommandant und Tichi führen den Stationsvorsteher weg.

CHLUDOW Ein Walzer?

VIERTER STABSOFFIZIER General Tscharnota kommt, Euer Exzellenz.

GOLOWAN *gibt ihm den Hörer* Euer Exzellenz!

STATIONSVORSTEHER *wird hinter der Glaswand lebhaft, schreit ins Telefon* Christofor Fjodorowitsch! In Gottes Namen beschwör ich dich: Schick alle Züge von Gleis vier und fünf hintereinanderweg nach Taganasch! Pioniere kommen! Rangier das Gleis irgendwie frei. Ich bin in Not! Ich beschwör dich in Gottes Namen!

NIKOLAJEWNA *erscheint bei dem Stationsvorsteher* Was ist los, Wassja?

STATIONSVORSTEHER Ach, ein Unglück, Nikolajewna! Die Familie gerät ins Unglück! Hole Olka auf die Station! So wie sie ist!

NIKOLAJEWNA Olka? Olka? *Verschwindet.*

Der Walzer bricht ab. Die Tür zum Bahnsteig öffnet sich, herein läuft Tscharnota. Er trägt eine Burka und eine Papacha und ist mit Schnee gepudert. Geht zwischen den Tischen hindurch. Baut sich vor Chludow auf.

TSCHARNOTA Vom Tschongarer Engpaß, Euer Exzellenz, ist die Sammeldivision befehlsgemäß zur Stelle!

Pause. Chludow sieht ihn schweigend an.

Euer Exzellenz, was geht vor? Euer Exzellenz, wie rücken wir ab? *Fällt plötzlich auf die Knie, nimmt die Papacha ab.* Roman, du bist im Generalstab! Was machst du? Roman, hör auf!

CHLUDOW *kalt* Wenn Sie sich nicht auf der Stelle bedecken, erschieße ich Sie.

Tscharnota steht auf, setzt die Papacha auf. Schweigt.
Den Troß mit den Verwundeten, alles hierlassen! Sie reiten im Trab zur Karpowa-Schlucht, beziehen Stellung neben General Barbowitsch und unterstellen sich ihm!

TSCHARNOTA Zu Befehl. *Steht, schweigt.*

Vor den Fenstern schweres Pufferknallen, einzelne Stimmen.

DE BRIZARD *stürmt zur Tür herein, gefolgt von Ljuska, die ihn zurückhalten will* Entschuldigung, Entschuldigung! *Sein Kopf ist mit weißem Mull verbunden.*

LJUSKA Wo wollen Sie hin, Marquis, das geht nicht! Was machen Sie?

DE BRIZARD Entschuldigung, Entschuldigung!
Die Stabsoffiziere geraten in unruhige Bewegung. Richtig, so muß es sein! Es lebe der Gebieter von Tschongar, General Chludow! *Trällert aus »Pique Dame«* »Die Gräfin ging zum Stelldichein …«

CHLUDOW *kalt* Was gibt's?

TSCHARNOTA Der Kommandeur des Husarenregiments, Oberst de Brizard, wurde bei Almanaika am Kopf verwundet, er kann nicht mehr kommandieren!

CHLUDOW Evakuieren.

LJUSKA *flüstert zu Tscharnota* Bin ich vielleicht eine Zuchthäuslerin? Soll ich mich zerreißen? Erst Serafima, dann der! Ich lasse alles stehen und liegen, steige in den Zug und fahre nach Sewastopol. Wo gehst du hin?

TSCHARNOTA *matt* Zur Karpowa-Schlucht.

LJUSKA Ich fahre mit! Zum Teufel mit den Verwundeten und Verletzten. Ich kann nicht mehr! Merci! Marquis, Marquis, kommen Sie!

Golowan und Ljuska führen de Brizard weg. Unter den Stabsoffizieren Bewegung.

DE BRIZARD Entschuldigung, Entschuldigung, wohin, wohin?

LJUSKA *im Gehen zu ihm* Marquis, hören Sie, Sie fahren jetzt nach Sewastopol, nach Sewastopol.

Verschwindet mit de Brizard. Man hört das leidende Heulen des Panzerzugs, der rasselnd näher rollt.

STATIONSVORSTEHER *betet vor Georg dem Siegreichen* Herrgott, beschütze mich! Herrgott!

NIKOLAJEWNA *dringt durch die Trennwand, trägt Olka, die in ein graues Tuch gewickelt ist* Hier ist sie, Olka, hier ist sie!

STATIONSVORSTEHER Ja, ja! *Ins Telefon* Christofor Fjodorowitsch, hast du ihn hier? Ich danke dir! Danke! *Nimmt Olka bei der Hand und läuft zu Chludow, gefolgt vom Kommandanten und von Nikolajewna.*

Tichi geht lautlos in die Wand.

CHLUDOW *zum Stationsvorsteher* Na, mein Bester? Ist er durch?

STATIONSVORSTEHER Er ist durch, Euer Exzellenz!

CHLUDOW Wozu das Kind?

STATIONSVORSTEHER Mein Kind, Olka! Ein begabtes Mädchen. Ich diene schon zwanzig Jahre und habe zwei Tage und Nächte nicht geschlafen.

CHLUDOW Ja, das Mädchen. Spielt wohl mit dem Reifen, was? *Holt einen Bonbon aus der Tasche.* Nimm, Mädchen! Das Rauchen hat mir der Arzt verboten. Meine Nerven sind zerrüttet. In Sewastopol sind sie einverstanden, daß Chludow es mit den Nerven hat. Aber Bonbons helfen nicht, darum rauche ich wie ein Schlot. Scharlatane sind das in Sewastopol! Nimm, Mädchen, ein Karamelbonbon.

STATIONSVORSTEHER Nimm, Olka, nimm! Der General ist nett.

NIKOLAJEWNA Nimm, Olka, nimm! Sag – merci, Euer Exzellenz, merci! *Der Stationsvorsteher jagt mit einer Geste Nikolajewna und Olka weg, sie verschwinden.*

KOMMANDANT Euer Exzellenz, aus Kerman kommt ein Sonderzug.

CHLUDOW Ja, ja.

Kommandant und Stationsvorsteher laufen hinter die gläserne Trennwand.

STATIONSVORSTEHER *stöhnt ins Telefon* Kerman, Kerman!

Vierter Stabsoffizier läuft herein, gibt Chludow eine Visitenkarte.

CHLUDOW Vorlassen.

Wieder hört man den Walzer, der sich entfernt.

VIERTER STABSOFFIZIER *öffnet eine Seitentür* Kommen Sie!

Zur Tür herein kommt Paramon Iljitsch Korsuchin. Er sieht sehr jüdisch aus, glattrasiert und schön, nur sein Mund erinnert etwas an ein Krötenmaul. Er ist etwa 45 Jahre alt, trägt eine Brille mit breiter Fassung, einen sehr teuren Pelz, eine Bojarenmütze, Handschuhe und eine Aktentasche.

Kommen Sie bitte.

KORSUCHIN *zu Chludow* Ich habe die Ehre, mich vorzustellen. Stellvertreter des Ministers für Handel und Industrie, Korsuchin.

Chludow salutiert ihm schweigend.

Ich komme direkt aus der Sitzung des Ministerrats und bin zu Ihnen ins Hauptquartier abkommandiert, Euer Exzellenz, um drei sehr wichtige Fragen zu klären.

CHLUDOW Ich höre.

KORSUCHIN Der Ministerrat, Euer Exzellenz, hat mich bevollmächtigt, mich nach dem Schicksal der fünf in Simferopol verhafteten Arbeiter zu erkundigen, die auf Ihren Befehl in Ihr Hauptquartier gebracht wurden.

CHLUDOW So. Haben Sie sie nicht gesehen? Ach ja, Sie sind ja vom Westbahnsteig hereingekommen. Rittmeister Golowan, zeigen Sie dem Herrn stellvertretenden Minister die Verhafteten.

GOLOWAN *steht auf* Folgen Sie mir bitte.

Unter der allgemeinen Aufmerksamkeit des Hauptquartiers führt Golowan den verwunderten Korsuchin zum Haupteingang im Hintergrund, öffnet ihn und zeigt nach oben. Korsuchin zuckt zusammen und kehrt mit Golowan zu Chludow zurück.

CHLUDOW Ist die erste Frage beantwortet? Ich warte auf die zweite.

KORSUCHIN *aufgeregt* Die zweite betrifft unmittelbar mein Ministerium, darum bin ich zu Ihnen abkommandiert. Hier auf der Station sind Güterwagen steckengeblieben. Ich bitte Euer Exzellenz, zu erlauben, daß sie schleunigst nach Sewastopol abgefertigt werden.

CHLUDOW *sanft* Um was für eine Fracht handelt es sich?

KORSUCHIN Pelzwaren für den Export nach Frankreich.

CHLUDOW *lächelnd* Ach, Pelze für den Export! Ich bitte Sie um genaue Information, in welchen Zügen sich die Fracht befindet.

KORSUCHIN *gibt ihm ein Papier* Bitte sehr.

CHLUDOW Rittmeister Golowan! Die hier angegebenen Züge auf ein Kopfgleis, Petroleum darüber und anzünden! *Golowan nimmt das Papier und verschwindet.*
Sanft Kürzer. Ihre dritte Frage?

KORSUCHIN *erstarrt* Die Lage an der Front?

CHLUDOW *gähnt* Nun, wie kann die Lage an der Front schon sein? Ein einziges Durcheinander. Man schießt mit Kanonen! Dem Frontbefehlshaber wird ein Ofen mit Kohlengas vor die Nase gestellt, General Wrangel schickt mir Kubankosaken als Geschenk, und das sind barfüßige Strolche. Kein Restaurant, keine Mädchen! Eine einzige Trübsal. Wir sitzen auf Hockern wie Papageien. *Ändert plötzlich den Ton, zischt* Die Lage … Fahren Sie nach Sewastopol, Herr Korsuchin, und sagen Sie Bescheid, die Etappenhengste sollen die Koffer packen! Sobald es Morgen ist, übergebe ich Budjonny Dshankoi! Und sagen Sie Bescheid, daß die französischen Nutten keine Zobelpelze kriegen! Keine Pelzwaren, Etappengesindel! *Ändert den Ton, sanft* Legen Sie die Bezeichnung »Gesindel« nicht falsch aus, Herr Stellvertreter. Ich rede von dem Gesindel in Sewastopol!

VIERTER STABSOFFIZIER *im Grabesschweigen des Hauptquartiers* Als die französischen Minister dem Papst einen Besuch abstatteten …

KORSUCHIN Unerhört. *Sieht sich gehetzt um.* Ich werde die Ehre haben, dem Oberbefehlshaber Meldung zu machen.

CHLUDOW *höflich* Tun Sie das.

KORSUCHIN *weicht zurück, geht zur Seitentür, fragt unterwegs den vierten Stabsoffizier* Welcher Zug geht jetzt nach Sewastopol?

Niemand antwortet ihm. Man hört einen Zug einfahren.

STATIONSVORSTEHER *tritt halbtot vor Chludow* Der Sonderzug aus Kerman ist eingetroffen.

CHLUDOW Meine Herren Offiziere!

Vor den Fenstern huschen die Lichter von Salonwagen vorbei, ein Pfiff, der Zug hält. Die Türen werden geöffnet. Als erste erscheinen zwei Begleitkosaken mit rosa Baschlyk. Das ganze Hauptquartier steht auf. In der Tür erscheint der Oberbefehlshaber. Er trägt eine auf den Hinterkopf geschobene Papacha, einen fersenlangen Uniformmantel, einen kaukasischen Säbel, die Schulterklappen eines Generalleutnants, Stulpenhandschuhe und ist sehr mager. Sein Gesicht zeigt Müdigkeit, Tapferkeit, Schlauheit und Unruhe. Hinter ihm bringen Kosaken vier eingerollte Fahnen herein. Dann zeigt sich Eminenz Afrikan, er segnet das Hauptquartier.

OBERBEFEHLSHABER Guten Tag!

STABSOFFIZIERE *flüstern raschelnd wie ein Wald* Guten Tag, Euer Exzellenz.

CHLUDOW Ich bitte Euer Exzellenz, vertraulich rapportieren zu dürfen.

OBERBEFEHLSHABER Ja! Das Hauptquartier stellt die Arbeit ein. Alle verlassen den Raum! Die Fahnen vorübergehend hinaustragen. *Zu Afrikan* Eminenz, ich habe vertraulich mit General Chludow zu sprechen.

AFRIKAN Viel Glück, viel Glück!

Alle gehen hinaus mit Ausnahme eines Stabsoffiziers im Hintergrund, der, bald in der Dunkelheit verschwindend, bald von Signalen beleuchtet, ins Telefon stöhnt: »Tiun ... Ja ... Panzerzug Tiun!«

OBERBEFEHLSHABER Ich höre.

CHLUDOW Der Gegner hat Juschun eingenommen. Die Bolschewiken sind auf der Krim!

OBERBEFEHLSHABER *finster* Die Polen! Ach ... Die Polen!

CHLUDOW Auch die Franzosen, Euer Erlaucht, auch die Franzosen!

OBERBEFEHLSHABER Ach, General, jetzt ist nicht die Zeit, über Ihr Lieblingsthema zu sprechen. *Durchmißt mit lan-*

gen Schritten die Bühne, dann ruft er zur Tür hinaus Eminenz!

Afrikan kommt unruhig herein.

Euer Eminenz, von den westeuropäischen Mächten im Stich gelassen, von den tückischen Polen betrogen, können wir in dieser schrecklichen Stunde nur noch auf Gottes Gnade hoffen. Beten Sie, Eminenz!

AFRIKAN *vor Georg den Siegreichen* Allmächtiger Gott, wofür sendest du deinen Kindern, dem christlichen Heer, diese neue Prüfung? Mit uns ist die Kreuzeskraft, sie wird den Feind mit den gesegneten Waffen schlagen. *Der Stationsvorsteher bebt vor Angst.*

Zum Oberbefehlshaber Sei tapfer, ruhmreicher General, mit dir ist das Licht und die Macht und der Sieg, sei mutig, denn du bist Pjotr, was soviel bedeutet wie Stein. *Segnet auch Chludow.* Auch du, treuer Sohn deines Vaterlands …

CHLUDOW Den Siwasch hat der Herrgott zufrieren lassen. Was geht da vor, Euer Eminenz? Sie werfen sich ihm zu Füßen, und wir müssen es büßen auf dem Perekop! Frunse hat den Siwasch überquert wie ein Parkett! Gott muß sich von uns abgewandt haben. Georg der Siegreiche lacht!

AFRIKAN Was reden Sie, ruhmreicher Kriegsmann?

OBERBEFEHLSHABER. Ich verbitte mir diesen Ton! Sie sind offenbar krank, General, und ich bedauere, daß Sie nicht im Sommer ins Ausland gefahren sind, um sich behandeln zu lassen, wie ich Ihnen geraten habe.

CHLUDOW *wütend* Und unter wessen Befehl, Exzellenz, hätten die barfüßigen Soldaten auf dem Perekop ohne Unterstände, ohne Beton, ohne Schutzdächer den Befestigungswall halten sollen? Unter wessen Befehl hätte Tscharnota an diesem Abend mit Musik den Streifzug von Tschongar zur Karpowa-Schlucht unternommen? Wer hätte den Befehl zum Aufhängen gegeben, Exzellenz?

OBERBEFEHLSHABER *finster* Was soll das?

AFRIKAN Herrgott, blicke auf sie, erleuchte und stärke sie, denn das Reich zerfällt und wird verwüstet!

OBERBEFEHLSHABER Was geschieht mit den Fahnen? Ich habe sie mitgebracht, um sie der bunten Division zu übergeben.

CHLUDOW Die Übergabe ist unmöglich. Und der Aufenthalt Eurer Exzellenz hier ist nicht länger denkbar. Sie müssen nach Sewastopol zurückkehren.

OBERBEFEHLSHABER *dumpf* Das Ende?

CHLUDOW Das Ende.

OBERBEFEHLSHABER Eminenz, beten Sie!

Afrikan fällt vor der Ikone auf die Knie und betet lautlos.

OBERBEFEHLSHABER *holt ein Kuvert hervor und gibt es Chludow* Ich fahre jetzt nach Sewastopol. Bitte öffnen Sie sofort!

CHLUDOW Ach, schon fertig? Das ist gut. Läßt du deinen Knecht gehen, Eminenz? Zu Befehl. *Ruft* Den Zug!

STATIONSVORSTEHER *stürzt hinter der Trennwand ans Telefon, stöhnt in den Hörer* Kerman, den Stab für den Sonderzug! Kerman!

CHLUDOW *ruft* Operationsabteilung! Wache!

Das ganze Hauptquartier kommt herein, auch die Wache. Als letzter stürzt vom Bahnsteig de Brizard herein und baut sich vor dem Oberbefehlshaber auf.

DE BRIZARD Guten Tag, Euer Kaiserliche Majestät!

OBERBEFEHLSHABER Was bedeutet das?

VIERTER STABSOFFIZIER Der Marquis de Brizard hat eine Kopfverletzung.

CHLUDOW *wie im Traum* Tschongar, Tschongar …

OBERBEFEHLSHABER In meinen Zug, zu mir in den Palast!

DE BRIZARD *wird von Stabsoffizieren hinausgeführt* Entschuldigung, Entschuldigung! *Verschwindet.*

OBERBEFEHLSHABER Der Frontbefehlshaber … *Das Hauptquartier salutiert.* … wird Ihnen meinen Befehl übermitteln! *Zuckt zusammen.* Der Herrgott möge uns allen die Kraft und den Verstand geben, die Erschütterungen in Rußland zu überleben und zu bewältigen. Ich teile allen

mit, daß wir ein anderes Land als die Krim nicht haben.
Dreht sich um und verschwindet in Begleitung Afrikans und der Wache.
Drei grüne Laternen huschen vorüber. Ein Pfiff. Die Salonwagenfenster gleiten vorbei. Alles verschwindet.

CHLUDOW *öffnet das Kuvert. Liest. Bleckt die Zähne* Pilot zu mir! *Der Pilot, eingemummt wie ein Eskimo, vereist, kommt herein.*
Fliegen Sie zu General Barbowitsch, zur Karpowa-Schlucht, landen Sie, übergeben Sie den Befehl – vom Gegner lösen, im Trab nach Jalta und auf die Schiffe!
Durch das Hauptquartier geht ein Rascheln, gefolgt von Grabesstille.

PILOT Zu Befehl, Euer Exzellenz! *Verschwindet.*

CHLUDOW *zum Hauptquartier* Eine Ordonnanz zu General Kutjopow – sofort vom Gegner lösen und forciert nach Sewastopol, eine weitere zu Fostikow – mit den Kubankosaken nach Feodossija, eine zu Kalinin – mit den Donkosaken nach Kertsch, Tscharnota nach Sewastopol! Ich übergebe die Krim!
Ein Rascheln: »Amen, amen … Noworossisk wiederholt sich. Wenn nur genügend Schiffe da sind.« Karten werden eingerollt, die Telefone verschwinden. Im Hintergrund Hektik. Ein Zug ist eingefahren, irgendwo klirrt Glas.

GOLOWAN *kommt herein* Die Züge sind angezündet!

CHLUDOW *ruhig* Warum der Lärm?

GOLOWAN Die Soldaten zerschlagen den Sewastopoler Zug. Sie haben Salven abgefeuert.
Die Tür zum Bahnsteig geht immerfort auf und zu. Es herrscht keine Ordnung mehr. Das Häuflein Stabsoffiziere um Chludow löst sich allmählich auf. Die Tür wird aufgerissen, herein kommt Serafima in einer Burka, gefolgt von dem völlig verstörten Golubkow und dann Krapilin. Golubkow versucht, Serafima am Arm wegzuziehen.

GOLUBKOW Serafima Wladimirowna, besinnen Sie sich! Das ist doch Wahnsinn. Die Frau hat Typhus.

KRAPILIN Jawohl, Typhus!

SERAFIMA *trocken und tönend* Wer ist hier Roman Chludow?

Nach dieser absurden Frage tritt Stille ein.

CHLUDOW Macht nichts, laßt sie durch! Chludow bin ich!

GOLUBKOW Hören Sie nicht auf sie, sie ist krank!

SERAFIMA Wir sind aus Petersburg auf der Flucht. Immerzu fliehen wir! Wohin? Unter den Schutz Chludows! Immer wieder erscheint er mir im Traum: Chludow. *Lächelt.* Nun werde ich gewürdigt, ihn zu sehen. Soweit das menschliche Auge reicht, überall schwarze Säcke! *Stille.* Bestie, Schakal!

GOLUBKOW *verzweifelt* Sie hat Typhus. Wir sind mit dem Zug von Taganasch gekommen!

Chludow klingelt. Herein kommen Tichi und Hadshubajew. Hadshubajew trägt einen Tscherkessenrock.

SERAFIMA Na und? Sie kommen! Von der Nehrung Arabat, und sie werden euch alle umbringen.

In der Gruppe der Stabsoffiziere ein Flüstern: »Aha, eine Agentin!«

GOLUBKOW Was reden Sie denn! Sie ist die Frau des stellvertretenden Ministers Korsuchin! Sie phantasiert! Im Zug ist sie krank geworden. Wir sind mit der Division von General Tscharnota gekommen! Sie ist sich nicht bewußt, was sie redet!

CHLUDOW Das ist gut. Wenn sich bei uns alle bewußt wären, was sie reden, würde man kein wahres Wort mehr hören.

GOLUBKOW Sie ist Frau Korsuchina!

CHLUDOW Moment mal! Frau Korsuchina? *Zu Tichi* Wenn er noch nicht weg ist, holt ihn sofort her. Die Pelzwaren? Wenn sie wirklich seine Frau ist, Korsuchin aufhängen! Ich übernehme die Verantwortung! Das ist ja ein Glücksfall! *Tichi gibt Hadshubajew ein Zeichen, der verschwindet.* Pelzwaren! Pelzwaren!

TICHI *sanft zu Serafima* Wie ist ihr Vor- und Vatersname?

GOLUBKOW Serafima Wladimirowna.

Die Seitentür öffnet sich, Hadshubajew führt Korsuchin herein. Der ist totenblaß, ihm schwant Böses. Als er Serafima erblickt, zuckt er zusammen und sieht sich um. Da ist er! Gott sei Dank! Paramon Iljitsch! Er ist ihr entgegengereist! Endlich!

CHLUDOW Diese Frau …

TICHI *leise* Verzeihung, Exzellenz, lassen Sie mich. *Freundlich zu Korsuchin* Ihre Gattin Serafima Wladimirowna ist von Petersburg zu Ihnen gekommen.

KORSUCHIN *dreht sich um, sieht Chludow in die Augen, wittert Böses* Ich kenne keine Serafima Wladimirowna. Diese Frau sehe ich zum ersten Mal im Leben. Ich erwarte niemanden aus Petersburg! Das ist Erpressung!

SERAFIMA *wirft ihm einen trüben Blick zu* Ja, ich sehe diesen Lumpen zum erstenmal!

GOLUBKOW *verzweifelt* Paramon Iljitsch, was machen Sie? Das ist der Tod!

CHLUDOW Ein aufrichtiger Mensch, was? Pelzwaren! *Zischt* Raus! *Korsuchin verschwindet.*

GOLUBKOW Ich flehe Sie an, befragen Sie uns.

CHLUDOW *zu Tichi* Beide festnehmen, verhören!

TICHI Ich nehme sie mit nach Sewastopol. Ich fahre jetzt gleich los.

Hadshubajew nimmt Serafima beim Arm.

GOLUBKOW Sie sind doch gebildete Menschen!

SERAFIMA *legt Golubkow den Kopf auf die Schulter, murmelt* Ein Mensch hat sich unterwegs gefunden. Immerhin … *Serafima und Golubkow werden hinausgeführt.*

Ach, Krapilin, du redegewandter Mensch, warum setzt du dich nicht für uns ein? Sagst du dich auch los?

Serafima und Golubkow verschwinden.

KRAPILIN *baut sich vor Chludow auf* Sie hat recht! Ein Schakal, wie er im Buch steht! Mit Aufhängen ist kein Krieg zu gewinnen! Warum hast du Bestie die Soldaten auf dem Perekop abschlachten lassen? Ein Mensch hat sich gefunden, eine Frau, der tun die Gehenkten leid! Dir entkommt man nicht, nein. Gleich wirst du wieder einen Menschen schnappen und in den Sack stecken! Ernährst du dich von Aas?

STABSOFFIZIERE *erleichtert* Aha!

GOLOWAN *unruhig* Erlauben Sie mir, die Kanaille wegzuschaffen, Exzellenz.

CHLUDOW Nein. In seiner Rede klingen vernünftige Gedanken über den Krieg an. Rede, Soldat!

STIMME *unzufrieden* Ich versteh diese Szene nicht, ich verstehe den Frontbefehlshaber nicht.

CHLUDOW *zu der Stimme* Wer redet da ohne Erlaubnis mit mir? *Schweigen.*

TICHI *leise* Ein Brett.

Ein breites helles Brett wird hereingebracht, und Tichi schreibt mit Kohle etwas darauf.

CHLUDOW Wie ist dein Name, Soldat?

KRAPILIN *schwingt sich auf in tödliche Höhen* Wozu? Mein Name ist unbekannt. Krapilin, Ordonnanz. Aber du wirst sterben, du Schakal, du wirst sterben, du wilde Bestie, in der Gosse wirst du krepieren, bleib nur sitzen auf deinem Hocker und warte auf Budjonny! *Lächelt.* Doch nein, du wirst fliehen, abhauen nach Konstantinopel! Tapfer bist du nur, wenn du eine Frau oder einen Schlosser aufhängst!

CHLUDOW *überzeugend* Du irrst dich, Soldat, ich habe den Knüppeldamm über den Tschongar mit Musik überquert und bin dort zweimal verwundet worden.

KRAPILIN Auf deine Musik und deine Verwundungen spucken sämtliche Gouvernements. *Kommt plötzlich zu sich. Zuckt zusammen, fällt auf die Knie, spricht kläglich.* Euer Exzellenz, erbarmen Sie sich Krapilins, ich war nicht bei mir!

CHLUDOW Nein. Du bist ein schlechter Soldat. Der Anfang war gut, aber aufgehört hast du wie ein Schwein! Du kniest vor mir? Das Brett! Ich kann ihn nicht mehr sehen!

Tichis Helfer werfen einen schwarzen Sack über Krapilin, und er verschwindet.

Abfahrt, meine Herren, ich fahre allein! *Zu Golowan* Rittmeister, kümmere dich um einen Waggon für mich und um die Wache.

Alle verschwinden.

Allein. Nimmt den Hörer ab und spricht Verbindung? Hier der Frontbefehlshaber. Richten Sie dem Kommandanten des Panzerzugs »Offizier« aus, er soll so weit wie möglich auf der Strecke fahren und feuern. *Pause. Wütend.* Er soll Freund und Feind und Unbeteiligte zum Abschied in die Erde stampfen! Er soll die Gleise aufreißen und nach Sewastopol fahren.

Legt den Hörer auf, sitzt allein, zusammengekrümmt auf dem Hocker. In der Ferne das Geheul des Panzerzugs. Woran leide ich? Bin ich krank?

Eine Geschützsalve des Panzerzugs. Sie ist so schwer, daß man sie kaum hört, aber das elektrische Licht geht sofort aus, und die vereisten Fensterscheiben zerspringen. Der Bahnsteig ist jetzt zu sehen. Die Salve hat die Menschen von ihm weggefegt. Man sieht die bläulichen elektrischen Monde. An einem davon, an dem eisernen Mast, hängt ein langer schwarzer Sack und daran das Brett mit der Aufschrift: »Ordonnanz Krapilin ist ein Bolschewik.« Chludow, im Halbdunkel allein, blickt ihn an.

Ja, ich bin erkrankt, weiß aber nicht woran.

Olka erscheint im Halbdunkel, sie ist in dem Durcheinander herausgelaufen und tappt nun in Filzstiefeln durch den Saal.

STATIONSVORSTEHER *sucht im Halbdunkel und murmelt schläfrig* Nikolajewna, du dumme Gans! Olka, wo ist Olka? *Schleicht auf die Bühne.* Olka, wo willst du hin, du Dummchen? *Nimmt Olka auf die Arme.* Komm zu Papa auf die Arme, schau dort nicht hin. *Glücklich, daß er nicht bemerkt wurde, verschwindet er in der Dunkelheit.*

Ende des zweiten Akts

Dritter Akt

Dritter Traum

Die Nadel beleuchtet den Weg Golubkows.

Traurige Beleuchtung. Sie wirkt wie Dämmerlicht Anfang November. Ein Arbeitszimmer der Spionageabwehr in Sewastopol. Ein Fenster geht auf die Straße. Ein gemütlicher Schreibtisch, ein seidenes Sofa, in der Ecke Stöße von bolschewistischen Zeitungen.

HADSHUBAJEW *bei der schwarzen Portiere* Komm rein!
Golubkow kommt herein, im Mantel, in der Hand die Fellmütze. Er ist bleich.

TICHI *sitzt am Schreibtisch, in Zivil* Nehmen Sie bitte Platz.

GOLUBKOW *leise* Ich danke Ihnen. *Setzt sich auf den Stuhl vor dem Schreibtisch.*

TICHI Sie scheinen ein gebildeter Mensch zu sein.
Golubkow räuspert sich schüchtern.
Ich bin sicher, Sie begreifen, wie wichtig es für uns und folglich für die Regierung ist, die Wahrheit zu wissen. Über die Spionageabwehr werden dumme und häßliche Gerüchte verbreitet. In Wirklichkeit erfüllt unsere Behörde die schwere und saubere Pflicht, die Staatsmacht zu schützen. Stimmen Sie mir zu?

GOLUBKOW Ich hatte noch nicht …

TICHI Haben Sie Angst vor mir?

GOLUBKOW *überlegt* Ja.

TICHI *sanft* Aber warum denn? Ist Ihnen etwas Böses zugefügt worden auf der Fahrt nach Sewastopol?

GOLUBKOW O nein, nein, das kann ich nicht sagen!

TICHI Also warum? Nehmen Sie eine Papirossa. Sie rauchen doch?

GOLUBKOW Ich danke Ihnen. *Raucht, aufgeregt.* Ich flehe Sie an, sagen Sie mir, was ist mit ihr?

TICHI Nach wem fragen Sie?

GOLUBKOW Nach ihr ... Serafima Wladimirowna, die mit mir verhaftet wurde. Ich schwöre Ihnen, das ist geradezu absurd. Sie hatte einen Anfall, es ist lächerlich, Sie sind doch ein gebildeter Mensch!

TICHI Sie sind aufgeregt. Rauchen Sie, beruhigen Sie sich. Auf sie komme ich etwas später zu sprechen. *Raucht.* Ach, die russischen Intelligenzler! Wenn Sie den Wunsch hätten, alles zu durchdenken, was vorgeht, würden wir beide nicht in diesen scheußlichen Wänden in Sewastopol sitzen. Durchaus möglich, daß wir beide in Petersburg wären und uns an die Studentenzeit erinnerten. Ich habe ja auch dort studiert. *Ändert plötzlich den Ton, sein Gesicht wird wütend.* Du Lump, weißt du, vor wem du sitzt? Mit Papirossa? *Schlägt nach Golubkows Papirossa, die fällt wie ein Stern zu Boden.* Aufstehen, Hände an die Hosennaht!

GOLUBKOW *entsetzt* Mein Gott!

TICHI Hör zu, du Aaskerl, wie ist dein richtiger Name?

GOLUBKOW Ich bin bestürzt ... Mein richtiger Name ist Golubkow. *Tichi zieht einen Revolver, zielt auf Golubkow. Golubkow hält die Hände vors Gesicht.*

TICHI Haben sie dir bei der Spionageabwehr schon mal eine Maniküre verpaßt? Nicht? Nun, ich verpasse dir eine. Wir haben eine spezielle Nadel, die machen wir heiß, dann putz ich dir damit die Fingernägel. Begreifst du, daß du in meinen Händen bist? Daß dir niemand zu Hilfe kommt? Begreifst du das?

GOLUBKOW Ja.

TICHI Na also, dann sind wir uns einig. Du wirst die reine Wahrheit sagen. Bei der ersten Lüge werde ich dich foltern. Die Spionageabwehr weiß alles, vor ihr gibt es keine Geheimnisse!

GOLUBKOW Ich schwöre ...

TICHI Halt den Mund! Geantwortet wird nur auf Fragen!

GOLUBKOW Ja.

TICHI *steckt den Revolver ein, nimmt eine Feder, gelangweilt* Nehmen Sie Platz. Bitte Ihren Vor-, Vaters- und Nachnamen.

GOLUBKOW Sergej Pawlowitsch Golubkow.

TICHI Ihre soziale Stellung?

GOLUBKOW Ich bin der Sohn eines Professors und von Beruf Privatdozent.

TICHI *schreibt gelangweilt* Ihr ständiger Wohnsitz?

GOLUBKOW Petersburg.

TICHI Warum sind Sie aus Sowjetrußland in den Machtbereich der Weißen gekommen?

GOLUBKOW Ich will schon lange auf die Krim, denn in Petersburg herrscht Hunger, ich kann da nicht mehr arbeiten. Auf dem Bahnhof habe ich Serafima Wladimirowna kennengelernt, die ebenfalls auf der Flucht hierher war, und bin mit ihr zu den Weißen gefahren.

TICHI *ruft* Hadshubajew!

HADSHUBAJEW *wie aus der Erde gewachsen* Hier!

TICHI *schreibt gelangweilt, sagt zu Hadshubajew* Mach die Nadel heiß und bring Wein.

HADSHUBAJEW Zu Befehl. *Verschwindet.*

GOLUBKOW *aufgeregt* Was wollen Sie tun? Was wollen Sie tun? Ich sage doch die Wahrheit!

TICHI Ihre Nerven sind zerrüttet, Herr Golubkow. Ich schreibe, wie Sie sehen, und tue sonst nichts. Sagen Sie weiterhin die Wahrheit. Warum ist die Frau, die sich Serafima Korsuchina nennt, zu den Weißen gekommen?

GOLUBKOW Ich weiß genau, daß sie wirklich Serafima Korsuchina ist. Sie ist die Frau des stellvertretenden Ministers hier in der Weißen Regierung. Er war vor ihr zu den Weißen geflohen und hat sie nachkommen lassen.

TICHI Auf welche Weise ist es ihr gelungen, durch Sowjetrußland zu fahren?

GOLUBKOW Ihr Mann Korsuchin hat ihr von der Krim durch einen Boten falsche Papiere auf den Namen der sowjetischen Lehrerin Laschkarewa geschickt, die dienstlich in die Stadt Bachmut fährt.

TICHI *zieht eine Schreibtischschublade auf, holt Papiere heraus, zeigt sie Golubkow* Diese?

GOLUBKOW *blickt hin* Ja. Und das ist der echte Paß, Korsuchina. Sie sind es.

TICHI *verwahrt die Papiere wieder* Ist sie schon lange in der Kommunistischen Partei?

GOLUBKOW *erregt* Das kann nicht sein, unmöglich!

Hadshubajew kommt herein und bringt auf einem Tablett eine lange Nadel, die ein phosphoreszierendes weißes Licht ausstrahlt, und eine Flasche Wein mit zwei Gläsern.

TICHI Geh!

Hadshubajew ab.

Nimmt die Nadel am Holzgriff und hält sie so, daß sie Golubkows Gesicht beleuchtet, sagt leise, aber drohend Du wirst jetzt alles aufschreiben, was du ausgesagt hast, und wenn du stockst, berühre ich dich mit der Nadel. Hast du die Warnung verstanden?

GOLUBKOW Ja.

TICHI Schreib hier, auf eine neue Seite, hier. *Diktiert* Ich, der Endesunterzeichnete Sergej Pawlowitsch Golubkow, habe im Verhör bei der Spionageabwehr des Hauptquartiers des Frontbefehlshabers am 31. Oktober 1920 alten Stils folgendes ausgesagt …

Golubkow schreibt mit unbewegter Miene.

Diktiert Serafima Wladimirowna Korsuchina, die Frau des stellvertretenden Ministers Paramon Iljitsch Korsuchin, Komma, Mitglied der Kommunistischen Partei, ist aus Petersburg in den Raum der bewaffneten Kräfte im Süden Rußlands gekommen, um kommunistische Propaganda zu verbreiten und Verbindung mit dem Untergrund der Stadt Sewastopol aufzunehmen, Punkt. Rot unterstreichen. *Diktiert* Ich sage das alles aus, um der Spionageabwehr bei ihrem Kampf gegen die Bolschewiken zu helfen. Vollständige Unterschrift, Vor-, Vaters- und Nachname, Sergej Pawlowitsch Golubkow, Privatdozent an der Universität Sankt-Petersburg. Datum. Das wär's. *Verwahrt das Blatt im Schreibtisch.* Sind Sie müde? Trinken Sie Wein! Sie sind ein gebildeter Mensch, Herr Golubkow, und ich erspare es mir, Sie zu warnen, was Sie erwartet, wenn Sie plaudern.

Die Nadel beginnt zu erlöschen, sie leuchtet jetzt rot. Es gibt zwei Möglichkeiten. Entweder Sie bleiben hier bei den Roten auf der Krim, oder Sie gehen zu den Weißen. Im ersten Fall, wenn Sie plaudern, schicke ich dieses Dokument nach Sowjetrußland. Es wird einen sehr unangenehmen Eindruck auf die Bolschewiken machen. Im Ausland rate ich Ihnen erst recht ab, Ihrer Zunge freien Lauf zu lassen, denn im Ausland werde ich sein! Ich danke Ihnen für Ihre aufrichtige Aussage, Herr Golubkow. Von Ihrer Unschuld bin ich überzeugt. *Ruft* Hadshubajew!

HADSHUBAJEW *kommt herein* Hier!

TICHI Führe den Verhafteten auf die Straße und laß ihn gehen. Er ist frei.

HADSHUBAJEW Komm.

GOLUBKOW *bleibt in der Tür stehen* Wo soll ich denn jetzt hin? *Geht ohne Mütze hinaus. Hadshubajew folgt ihm.*

TICHI *ruft* Oberleutnant Skunski!

SKUNSKI *kommt herein, ungewöhnlich finster* Hier.

TICHI *gibt ihm Golubkows Geständnis* Schätze mal, wieviel zahlt Korsuchin dafür?

SKUNSKI *finster, macht auf dem Tisch Licht, liest das Papier* Hier vor dem Schiff fünfzehntausend Dollar, in Konstantinopel weniger. Außerdem braucht man auch das Geständnis der Frau.

TICHI Bitte sorge unter irgendeinem Vorwand dafür, daß Korsuchin erst eine halbe Stunde später das Schiff betreten kann, und schaff mir seine Frau her. In was für einem Zustand ist sie?

SKUNSKI In einem hellen Zwischenstadium. Bloß es muß schnell gehen. Die Kavallerie ist bald auf der Landungsbrücke, um verladen zu werden.

TICHI Na schön, her mit ihr!

SKUNSKI *in der Tür* Hadshubajew, die verhaftete Frau Korsuchina! *Ab.*

Pause. Hadshubajew führt Serafima herein. Sie trägt einen Soldatenmantel lose über den Schultern, atmet schwer und lächelt unbegreiflicherweise. Hadshubajew ab.

TICHI Nehmen Sie bitte Platz!

Serafima setzt sich hin, steht dann wieder auf und geht durchs Zimmer.

Sie sind krank, darum will ich Sie nicht aufhalten. Sagen Sie, seit wann sind Sie Mitglied der Kommunistischen Partei?

SERAFIMA *bleibt stehen, lächelt* Ich dachte, Sie würden mich gleich umbringen, statt dessen reden Sie Unfug. Lächerlich! Wozu bin ich bloß hierhergefahren!

TICHI Ihr Komplize hat ausgesagt, daß …

Dumpf ein Walzer, er kommt näher, vor dem Fenster das Trappeln unzähliger Hufe.

SERAFIMA Ein Walzer!

TICHI Ihr Komplize Golubkow hat ausgesagt, daß Sie hergekommen sind, um Propaganda zu betreiben.

SERAFIMA Mein Komplize? Sie ermüden mich! *Geht zur Seite und legt sich plötzlich schwer atmend auf das kleine Sofa.* Verlassen Sie alle das Zimmer und lassen Sie mich schlafen.

TICHI Stehen Sie auf, lesen Sie! *Zeigt ihr das Papier.*

SERAFIMA *mit schmalen Augen* Ja! *Spannt sich, liest.* Petersburg, die Lampe … Er ist wohl krank? *Schreit* Blödsinn! Lächerlich! *Nimmt das Papier, knüllt es zusammen, preßt es in den Fäusten, horcht, läuft ans Fenster, zerschlägt die Scheibe, schreit dumpf* Hilfe, Hilfe! Hier geschieht ein Verbrechen! Tscharnota!

TICHI *beunruhigt* Hadshubajew, hierher!

Hadshubajew läuft herein.

Hol sie her!

Man hört Schritte, es klopft. Hadshubajew stürzt sich auf Serafima, die Tür geht auf, darin erscheint Tscharnota in Burka und Papacha, hinter ihm weitere Burkas. Hadshubajew läßt Serafima los.

SERAFIMA *kriecht auf Knien zu Tscharnota* Tscharnota, erschlag du mich! Da! *Gibt ihm das Papier.*

Skunski erscheint in der Tür.

TICHI *zu Tscharnota* Ich ersuche Sie, den Dienstraum der Spionageabwehr auf der Stelle zu verlassen!

TSCHARNOTA Nein, nichts da. Exzellenz, ich muß mit ihr sprechen. Serafima, haben sie dich festgenommen? Warum schreist du?

TICHI Ich ersuche Sie, sofort den Raum zu verlassen. Oberleutnant, rufen Sie die Wache!

SERAFIMA Tscharnota, schlag ihn tot!

TSCHARNOTA Warum schreist du? Hast du Fieber? Was machen Sie mit der Frau? *Zu Skunski* Ich zeig Ihnen gleich die Wache!

TICHI Oberleutnant, machen Sie das Licht aus.

Das Licht geht aus, Tichis Stimme in völliger Dunkelheit. Na, das wird Sie teuer zu stehen kommen, General Tscharnota!

Ende des Traums

Vierter Traum

Also zogen aus die Kinder Israel ...

Dämmerung. Arbeitszimmer im Großen Palast in Sewastopol. Der Raum sieht merkwürdig aus. Eine Portiere am Fenster ist zur Hälfte abgerissen. An der Wand ein heller Fleck an der Stelle, wo die große Kriegskarte gehangen hat. Auf dem Fußboden Holzkisten. Daneben ein Büschel Heu. Der Fußboden ist mit Papierschnipseln übersät. Im Kamin Feuer. Davor sitzt unbeweglich de Brizard mit verbundenem Kopf.

Die Tür geht auf, und der Oberbefehlshaber kommt schnell herein.

OBERBEFEHLSHABER Sie wärmen sich?

DE BRIZARD *erhebt sich mechanisch* Jawohl, Euer Exzellenz.

OBERBEFEHLSHABER Was macht Ihr Kopf?

DE BRIZARD Er schmerzt nicht, Euer Exzellenz. Der Arzt hat mir Pyramidon gegeben.

OBERBEFEHLSHABER So, Pyramidon? Setzen Sie sich.

DE BRIZARD Zu Befehl. *Setzt sich mechanisch.*

OBERBEFEHLSHABER *setzt sich in einen anderen Sessel* Pyramidon, sagen Sie?

Pause.

Finden Sie, daß ich Alexander von Mazedonien ähnlich sehe?

DE BRIZARD *nicht verwundert* Euer Exzellenz, ich habe lange kein Bild Seiner Majestät gesehen.

OBERBEFEHLSHABER Von wem sprechen Sie?

DE BRIZARD Von Alexander von Mazedonien, Euer Exzellenz.

OBERBEFEHLSHABER Majestät? Hm ... Hören Sie, Oberst, Sie fahren jetzt, ich halte Sie nicht länger auf.

DE BRIZARD Wohin befehlen Sie zu fahren?

OBERBEFEHLSHABER Zum Schiff! Sie haben Ihre Pflicht redlich getan. Im Ausland kümmere ich mich um Sie, und es ist möglich und sogar gewiß, daß das Vaterland Sie noch brauchen wird.

DE BRIZARD Rußland fällt also dem Pöbel anheim, Euer Exzellenz.

Pause.

Es würde mich sehr glücklich machen, wenn im Falle unseres Sieges Sie – der einzige, der würdig ist, die Zarenkrone zu tragen – sie im Kreml empfingen! Ich würde Euer Kaiserlicher Majestät salutieren!

OBERBEFEHLSHABER *stirnrunzelnd* Marquis, Sie dürfen die Frage jetzt nicht so scharf stellen. Sie haben extreme Ansichten. Also, ich danke Ihnen, fahren Sie!

DE BRIZARD Zu Befehl, Euer Exzellenz. *Geht zur Tür, dreht sich um, singt geheimnisvoll.* »Die Gräfin ging zum Stelldichein ...«

OBERBEFEHLSHABER Wache!

Ein Wachsoldat erscheint wie aus der Erde gewachsen. Hier ist die Liste. Die restlichen Besucher werden automatisch alle drei Minuten bei mir eingelassen, einer nach dem anderen! Ich werde sie empfangen, soweit ich es schaffe. Schicken Sie einen Kosaken, der Oberst de Brizard auf mein Schiff begleitet. Und lassen Sie dem Schiffsarzt von mir ausrichten, daß Pyramidon Scheiße ist und kein Medikament.

WACHSOLDAT Zu Befehl, Euer Exzellenz! *Ab.*

OBERBEFEHLSHABER *nachdenklich am Kamin* Alexander von Mazedonien ... Diese Halunken!

Die Tür geht auf, herein kommt Korsuchin.

Sieht ihn an Sie?

KORSUCHIN Stellvertretender Minister Korsuchin.

OBERBEFEHLSHABER Ah! Sie kommen wie gerufen. Ich wollte Sie schon holen lassen. Herr Korsuchin, sehe ich aus wie Alexander von Mazedonien?

Korsuchin ist verblüfft.

Ich frage Sie im Ernst. Sehe ich so aus? *Nimmt ein Zeitungsblatt vom Kamin und hält es Korsuchin hin.* Sie sind der Chefredakteur dieser Zeitung? Also sind Sie für alles verantwortlich, was darin steht. Das ist doch Ihre Unterschrift – Paramon Korsuchin? *Liest vor.* »Der Oberbefehlshaber schreitet wie Alexander von Mazedonien den Bahnsteig ab ...« Was soll dieser horrende Blödsinn? Hat es zu Alexanders Zeiten schon Bahnsteige gegeben? Und ich bin ihm ähnlich? Weiter! *Liest vor.* »Beim Anblick seines fröhlichen Gesichts muß sich jeder Wurm des Zweifels zerstreuen ...« Ein Wurm ist keine Gewitterwolke und kein Bataillon und kann sich nicht zerstreuen. Und ich soll fröhlich sein? Herr Korsuchin, wo haben Sie diese blöde und käufliche Bande her? Und warum gibt das Handelsministerium eine Zeitung heraus? Sie haben Subsidien in Millionenhöhe erhalten und drucken dieses schändliche Zeug zwei Tage vor der Katastrophe! Wissen Sie, was die polnischen Zeitungen geschrieben haben, als Budjonny sich Warschau näherte? »Das Vaterland ist in Gefahr!« In Konstantinopel stelle ich Sie vor Gericht! Nehmen Sie Pyramidon, wenn Ihnen der Kopf weh tut. Mistkerl!

Hinter der Wand schrillt das Telefon. Der Oberbefehlshaber geht hinaus, knallt die Tür zu.

KORSUCHIN *verpustet* Alle Lehren, die Sie erhalten sollten, Herr Korsuchin, haben Sie erhalten. Geschieht Ihnen recht! Irrsinniges Land! Na, ich bin auch gut! *Nachdenklich* Die Güter sind verladen, die Gelder überwiesen, also weshalb schleppt mich der Teufel in den Palast, um mich bei einem Besessenen über einen anderen zu beschweren? Es scheint, als ob sich mein Gehirn zu trüben beginnt. Wirklich, ich brauche Pyramidon. Was ist das bloß? Meine Frau ist tot! Gott hab sie selig. Soll ich mir ihretwegen das Leben nehmen? Alexander von Mazedonien ist ein Grobian! Entschuldigen Sie, Paris ist nicht Sewastopol. Vor mir liegt Europa, ein sauberes, kluges, ruhiges Leben. Nun denn, leb wohl, einige, unteilbare RSFSR, und sei verflucht jetzt und für alle Zeiten …

AFRIKAN *ist lautlos eingetreten* Amen!

KORSUCHIN Ach …

AFRIKAN *segnet ihn* Im Namen des Vaters und des Sohnes und des Heiligen Geistes … Herr Korsuchin? Was nicht alles geschieht! Ist der Oberbefehlshaber hier?

KORSUCHIN Ja.

AFRIKAN In welcher Verfassung?

KORSUCHIN Mir geht's ganz gut.

AFRIKAN *mit einem Blick auf die Kisten* Herrgott, Herrgott! »Also zogen aus die Kinder Israel von Raemses gen Sukkot, 600 000 Mann zu Fuß ohne die Kinder …«

Korsuchin schleicht zur Tür.

»… Und es zog auch mit ihnen viel Pöbelvolk und Schafe und Rinder, sehr viel Vieh.«

Korsuchin stößt in der Tür auf den eintretenden Chludow und verschwindet.

CHLUDOW *mit Fellmantel und ziviler Pelzmütze* Völlig richtig!

AFRIKAN Euer Exzellenz! In was für Kleidern? Wo ist denn der Herr Korsuchin? Er war doch eben noch ...

CHLUDOW Entwichen. Guten Tag! *Zuckt.* Haben Sie mir die Bibel ins Hauptquartier geschickt?

AFRIKAN Aber gewiß!

CHLUDOW Es hat sich mir eingeprägt! »Da ließest du deinen Wind blasen, und das Meer bedeckte sie, und sie sanken unter wie Blei im mächtigen Wasser ...« So heißt es doch? Auf wen ist das gesagt, Euer Eminenz? Na? Ich hab's erraten, wenn auch zu spät. Warum sitzen Sie hier rum?

AFRIKAN »Rumsitzen«? Roman Valerianowitsch, verlieren Sie nicht die Achtung vor meinem Rang. Ich warte auf Seine Exzellenz.

CHLUDOW Wer da wartet, wird den Erfolg haben! Das ist im Stil Ihrer Bibel. Ich habe im Zug darin gelesen. Schon die sechste Nacht nicht geschlafen, da lese ich eben. Also werden Sie den Erfolg haben! *Winkt Afrikan mit verschmitzter und geheimnisvoller Miene ans Fenster.*

AFRIKAN Was gibt's da?

CHLUDOW Hören Sie?

AFRIKAN Ich werde nicht klug daraus.

CHLUDOW Ein Maschinengewehr ... da-da-da-da ...

AFRIKAN Wer ist das?

CHLUDOW Das ist eben die Frage!

AFRIKAN Wohl die grünen Partisanen?

CHLUDOW Oder die Roten!

AFRIKAN Roman Valerianowitsch, ist es die Möglichkeit?

CHLUDOW Bei Gott ist kein Ding unmöglich ... »Ich will nachjagen ...« Mein Gedächtnis ist doch gut, oder? Und er verbreitet das Gerücht, ich wäre unnormal! Zwei Nächte hab ich über dem heiligen Buch gesessen und alles behalten. »Ich will nachjagen und erhaschen und den Raub austeilen und meinen Mut an ihnen kühlen;

ich will mein Schwert ausziehen, und meine Hand soll sie verderben.« *Geheimnisvoll* Wirklich, wir sitzen hier, zitieren die heilige Schrift, und inzwischen nähert sich Budjonny im Trab Sewastopol. Stellen Sie sich das vor! *Pfeift auf zwei Fingern.* Ha! Bitte sehr! Der Geistliche ist im Palast sitzengeblieben! *Summt die »Internationale«.* Knallt den Geistlichen ab, an die Wand mit dem Geistlichen!

Sehr weit weg im Dunst ein roter Schein.

Da, schauen Sie! An Bord, Euer Eminenz, an Bord! *Afrikan bekreuzigt sich vielfach und verschwindet.* Weg ist er. *Überlegt in der gleichen Pose.*

OBERBEFEHLSHABER *kommt herein* Ah, Gott sei Dank, ich warte ungeduldig auf Sie, General!

Chludow nimmt die Mütze ab, verbeugt sich.

OBERBEFEHLSHABER Sind alle weg?

CHLUDOW Ja.

OBERBEFEHLSHABER Wohlbehalten?

CHLUDOW Barbowitschs Kavallerie ist bei Karassubasar gezaust worden. Stockdunkel. Die Grünen waren nicht sehr viele, sie sind aus der Dunkelheit vorgeprescht. Aber alle haben es geschafft bis in die Häfen. Ich war der letzte. Hinter mir waren nur noch Pioniere, um die Gleise zu zerstören.

OBERBEFEHLSHABER Warum sind Sie in Zivil?

CHLUDOW Es ist bequemer. Dann erkennt mich keiner. Ich habe mich im Abteil in die Ecke gedrückt: Ich hab keinem was getan, und mir hat keiner was getan. Im übrigen war es duster wie in einer Küche, Euer Exzellenz.

OBERBEFEHLSHABER In einer Küche? Was? Ich danke Ihnen, General. Fahren Sie zum Schiff. Sie müssen sich im Ausland behandeln lassen. Hier war es natürlich nicht möglich, Ihnen gute Bedingungen zu bieten. Was ist in der Küche?

CHLUDOW Das war in meiner Kindheit. Einmal kam ich bei Dunkelheit in die Küche, da wimmelte der Herd von Kakerlaken. Ich habe ein Streichholz angerissen, da sind sie alle weggelaufen. Das Streichholz ging aus. Ich hörte, wie sie mit raschelnden Pfoten wieder angelaufen kamen, schurr-schurr. Bei uns genauso – Dunkelheit und Rascheln. Ich stehe da und denke: Wo laufen sie hin? Wie in den Eimer? Vom Küchentisch, plumps! Aber ... Aber ich bin wie ein Pfeil durch den Nebel geflogen.

OBERBEFEHLSHABER General, ich danke Ihnen für alles, was Sie mit Ihrem gewaltigen strategischen Talent für die Verteidigung der Krim getan haben. Ich danke Ihnen und halte Sie nicht länger auf. Ich fahre jetzt ins Hotel »Kist« und von da aufs Schiff.

CHLUDOW Ins »Kist«? Näher zum Wasser?

OBERBEFEHLSHABER Wenn Sie sich vergessen, lasse ich Sie verhaften!

CHLUDOW Ich habe diese Möglichkeit vorausgesehen und warne Sie, im Foyer ist meine Wache. Das gäbe einen gewaltigen Skandal. Ich bin beliebt.

OBERBEFEHLSHABER Nein, das ist keine Krankheit! Nein! Schon ein Jahr lang tarnen Sie mit Hanswurstelei Ihren gräßlichen Haß auf mich!

CHLUDOW Das will ich nicht verhehlen. Ich hasse Sie!

OBERBEFEHLSHABER Aus Neid?

CHLUDOW O nein! Ich hasse Sie, weil Sie mich mit Ihren Franzosen in das Ganze reingezogen haben. Sie werden begreifen, wie sehr ein Mensch hassen kann, der weiß, daß nichts dabei herauskommt, und trotzdem handeln muß. Wo sind die französischen Streitkräfte? Wo ist das russische Imperium? Sehen Sie zum Fenster hinaus! Ich hasse Sie, weil Sie der Grund für meine Krankheit sind! *Leiser* Aber ich bin wie ein Pfeil durch den Nebel geflogen, und jetzt ist sowieso nicht die Zeit ... Sie und ich, wir gehen ins Nichts.

OBERBEFEHLSHABER Ich würde Ihnen raten zu bleiben. Das ist für Sie die beste Methode, ins Nichts zu gehen.

CHLUDOW *schmunzelnd* Das ist eine Idee! Aber das müßte ich mir gut überlegen, und dafür ist zu wenig Zeit.

OBERBEFEHLSHABER Nun, überlegen Sie! Sie können gehen, ich halte Sie nicht, General.

CHLUDOW Du jagst deinen treuen Diener weg? Imperator Peter der Vierte! »Mich, der in steten Kämpfen für dich viel Blut vergossen hat wie Wasser ...«

OBERBEFEHLSHABER *knallt den Stuhl auf den Fußboden* Clown!

CHLUDOW Alexander von Mazedonien war ein Held, aber wozu den Stuhl zerbrechen?

OBERBEFEHLSHABER *gerät bei den Worten »Alexander von Mazedonien« in Wut* Auf der Stelle, auf der Stelle, wenn Sie ... *Plötzlich schmettert dumpf ein feindliches Trompetensignal, und wie aus der Erde gewachsen ist plötzlich ein Wachsoldat da.*

WACHSOLDAT Euer Exzellenz, die Kavallerieschule ist aus Simferopol eingetroffen. Alles ist bereit.

OBERBEFEHLSHABER *sofort ruhiger* Ja? Gut, ich komme gleich!

WACHSOLDAT *in der Tür* Die Kisten mitnehmen!

Wachsoldaten kommen herein und tragen die Kisten hinaus.

OBERBEFEHLSHABER Also, auf Wiedersehen, General. Unser Gespräch beenden wir in Konstantinopel. Fahren Sie?

CHLUDOW Wenn Sie gestatten, bleibe ich noch ein Weilchen sitzen. Ich bin müde.

OBERBEFEHLSHABER Bitte sehr. Der ganze Palast steht Ihnen zur Verfügung. Aber ich erinnere Sie daran, daß Budjonny schon in Karassubasar ist! *Ab.*

Man hört Schritte und ein seltsames Klopfen, dann wird allmählich alles still und leer.

CHLUDOW *zieht den Fellmantel aus und zeigt sich in Feldbluse mit silbernen Schulterklappen, zahlreichen Abzeichen auf der Brust, Reithose in Tarnfarbe und Ledergamaschen. Er setzt sich an den Kamin, den Rücken zur Tür.* Kein Mensch mehr da. Sehr schön. *Steht nach einer Pause auf und öffnet unruhig die Tür. Man sieht eine endlose Flucht dunkler und verlassener Zimmer.*

Horcht He, jemand da? Nein. Soll ich bleiben? Nein. Das würde mein Problem nicht lösen. Nein, das ist noch nicht bedacht. *Sagt über die Schulter zu jemandem* Gehst du oder nicht? Ist doch Unsinn. Ich kann durch dich hindurchgehen, so wie ich gestern als Pfeil durch den Nebel geflogen bin. *Geht durch etwas hindurch.* Jetzt habe ich dich zerquetscht! *Schreit.*

He! Ich hab dir doch gesagt, treib dich hier nicht herum! Nein! Nein! *Setzt sich mit dem Rücken zur Tür an den Kamin und überlegt schweigend.*

Die Tür öffnet sich, herein kommt Golubkow, im Mantel, ohne Mütze.

GOLUBKOW Um Gottes willen, erlauben Sie mir, für einen Moment hereinzukommen.

CHLUDOW *dreht sich nicht um* Bitte, kommen Sie herein.

GOLUBKOW Ich weiß, daß es eine Frechheit ist, aber ich habe zwei Stunden gewartet, und man hat mir versprochen, daß ich bei Ihnen vorgelassen werde. Nun sind alle weg, und da bin ich hereingekommen. Ich bitte Sie sehr, mich anzuhören, Euer Exzellenz!

CHLUDOW Was wollen Sie von mir?

GOLUBKOW Ich habe mich erkühnt, zu Ihnen zu eilen, Euer Exzellenz, um Ihnen schreckliche Verbrechen bei der Spionageabwehr zu melden. Ich will mich beschweren über ein bestialisches Verbrechen, dessen Urheber General Chludow ist. *Memoriert einstudierte Worte.* Bleiben Sie nicht taub und schützen Sie uns, Euer Exzellenz!

Chludow dreht sich um und sieht Golubkow an. Golubkow erkennt ihn und weicht zurück.

CHLUDOW Sehr interessant. Ich sehe zum ersten Mal einen lebendigen Menschen, der sich über mich beschwert. Ich hoffe doch, Sie sind nicht aufgehängt worden? Was wollen Sie von mir?

Golubkow schweigt.

Sie machen einen angenehmen Eindruck. Ich hab Sie irgendwo schon mal gesehen. Also bitte, was wollen Sie?

GOLUBKOW Die Spionageabwehr in Sewastopol …

CHLUDOW Nein, die Spionageabwehr lassen Sie gefälligst aus dem Spiel. Was für Beschwerden haben Sie gegen Chludow? *Pause.*

Seien Sie kein Feigling. Machen Sie mal eine Ausnahme.

GOLUBKOW Gut. Vorgestern haben Sie auf der Station eine Frau verhaften lassen ...

CHLUDOW Richtig! Ja! Ich erinnere mich! Ich erkenne Sie. Erlauben Sie, bei wem wollten Sie sich über mich beschweren?

GOLUBKOW Beim Oberbefehlshaber.

CHLUDOW Der ist nicht da! Dort! *Zeigt aufs Fenster.*

Im Fenster flimmern Lichter, und man sieht einen fernen Schein. Für immer ins Nichts versunken! Zu spät. Keiner mehr da, bei dem man sich über Chludow beschweren kann! Sehen Sie mir in die Augen! Aufrichtiger Mensch, was? *Spricht ins Telefon* Foyer? Rittmeister Golowan. Hör mal, Rittmeister, nimm dir die Wache und ab zur Spionageabwehr! Dort sitzt auf meinen Befehl die Frau von Korsuchin. *Zu Golubkow* Der Name?

GOLUBKOW Serafima Wladimirowna.

CHLUDOW *ins Telefon* Serafima Wladimirowna. Wenn sie noch nicht erschossen ist, sofort unversehrt zu mir! *Legt den Hörer auf.*

GOLUBKOW Wenn sie noch nicht erschossen ist ... Wissen Sie, was Sie gesagt haben? Sie ist erschossen! Aber wenn Sie das getan haben ... *Weint.*

CHLUDOW Hören Sie auf zu heulen! Wenn Sie einen Männermantel tragen, benehmen Sie sich auch wie ein Mann!

GOLUBKOW Gut, ich werde das tun. Aber wenn sie nicht mehr lebt, bring ich Sie um! Mein Ehrenwort!

CHLUDOW *lasch* Warum nicht, vielleicht ist das der beste Ausweg. Doch nein! Ich habe heute schon darüber nachgedacht, und ich sehe, daß es den Knoten nicht lösen würde. Still! *Golubkow legt den Kopf auf die Arme und schweigt.*

Spricht über die Schulter zu jemandem Wenn du mein Begleiter geworden bist, Soldat, dann sprich auch mit mir. Dein Schweigen bedrückt mich, obwohl ich mir vorstelle, daß deine Stimme schwer und ehern sein muß wie meine Bürde. Oder laß mich in Ruhe! Folge mir nicht auf den Fersen wie ein Verräter. Du mußt wissen, daß ich ein Mensch mit starkem Willen bin und mich nicht dem ersten Gespenst ergebe! Versteh doch, du bist ins Rad geraten, es hat dich zerquetscht und deine Knochen zerbrochen. Und wenn alles in Ordnung wäre, hättest du nicht gewagt, dich im großen Palast herumzutreiben, meine allgegenwärtige redegewandte Ordonnanz! Aber nichts ist in Ordnung, ach, gar nichts!

GOLUBKOW Mit wem sprechen Sie?

CHLUDOW Ich? Mit wem? Das werden wir gleich wissen. *Schneidet mit der Hand durch die Luft.* Mit niemandem. Mit mir selbst. Ja ... Wo waren wir stehengeblieben? Was bedeutet sie Ihnen? Ihre Geliebte?

GOLUBKOW Nein! Nein! Sie ist für mich der beste Mensch auf der Welt. Wir sind uns zufällig begegnet. Aber ich bin ein kläglicher Wahnwitziger. Warum, warum hab ich sie damals im Kloster beredet, dem Teufel in die Klauen zu fahren? Sie war doch krank. Was bin ich doch für ein Jämmerling!

CHLUDOW Vielleicht irren Sie sich? Wenn Sie ihr zufällig begegnet sind, können Sie sie noch gar nicht richtig kennen. Die Frauen heutzutage taugen allesamt nichts!

GOLUBKOW Unterstehen Sie sich, so zu reden! Ich bring Sie um!

CHLUDOW Warum jammern Sie jetzt? Seien Sie still! Warum zappeln Sie mir vor den Füßen? Warum hat der Teufel Sie hergeschleppt? Jetzt, wo die Maschine kaputt ist, kommen Sie und verlangen von mir, was ich Ihnen nicht geben kann! Sie ist nicht mehr da und kommt nicht wieder! Man hat sie erschossen!

GOLUBKOW Bösewicht, Bösewicht, gedankenloser Bösewicht!

CHLUDOW Sie bedrängen mich von zwei Seiten: Der eine lebt und redet dummes Zeug, der andere ist die schweigende Ordonnanz! Bin ich vielleicht ein Eisensockel, bei dem man zwei Wachtposten aufstellt? Oder meine Seele hat sich zweigeteilt, und ich höre die Wörter verschwommen wie durch das Wasser, in dem ich versinke wie Blei. Er, er, der Verfluchte, hängt an meinen Füßen und zieht mich hinunter, und die Finsternis ruft mich zu sich. Ach ... verstehe, das ist das Gewissen!

GOLUBKOW Nein, ich habe alles verstanden! Du bist verrückt! Jetzt begreife ich alles. Das Eis auf dem Tschongar, die schwarzen Säcke, der Frost! Schicksal! Wofür quälst du mich? Warum habe ich nur meine Serafima nicht geschützt! Da ist er, ihr blinder Mörder. Aber was soll ich mit ihm machen, wenn sein Verstand sich getrübt hat?

CHLUDOW Ritter! Komischer Kerl! *Wirft ihm den Revolver hin.* Seien Sie so liebenswürdig, erschießen Sie einen Kranken! *Ins Leere* Laß mich in Ruhe, mir reicht's, ich gehe!

GOLUBKOW Nein, ich kann nicht auf dich schießen. Du bist jämmerlich und furchtbar und abscheulich! Du hast getötet!

CHLUDOW Was ist das für eine Komödie? Danken Sie Gott, daß Sie nicht aufgehängt wurden! Haben Sie gehört, was sie zum Frontbefehlshaber gesagt hat?

GOLUBKOW Belüge dich wenigstens jetzt nicht selbst, du verrückte Bestie! Du hast eine kranke Frau wegen nichts umgebracht!

CHLUDOW He, ist da wer? Rittmeister Golowan, wo stecken Sie? He ... *Murmelt* Er kommt, er kommt. Er ist ein besonnener Mann, er wird mir alles berichten, und dann löst sich der erste Knoten, und du kannst mich endlich gehen lassen. *Schritte nähern sich in der leeren Zimmerflucht, Golowan kommt herein.*

Ist sie erschossen?

GOLOWAN Nein, keineswegs!

GOLUBKOW Nicht? Nicht! Wo ist sie? Wo?

CHLUDOW Still! *Zu Golowan* Warum haben Sie sie nicht mitgebracht?

Golowan wirft einen Blick auf Golubkow.

Sprechen Sie in seiner Gegenwart.

GOLOWAN Zu Befehl! General Tscharnota ist heute nachmittag um drei während des Marschs seiner Division zum Hafen in die Räume der Spionageabwehr eingedrungen, hat unter Androhung von Waffengewalt die verhaftete Frau Korsuchina befreit und mitgenommen.

GOLUBKOW Wohin? Wohin?

CHLUDOW Nicht so laut! *Zu Golowan* Wohin?

GOLOWAN Ich weiß es nicht.

CHLUDOW Ich hatte befohlen, es zu wissen!

GOLOWAN Jawohl. Ich werde es melden, sobald ich es erfahren habe. Aber ich kann es erraten.

CHLUDOW Erraten Sie!

GOLOWAN *mit einem mißvergnügten Blick auf Golubkow* Die Division General Tscharnotas ist um halb fünf auf die »Witjas« verladen worden. Um fünf ist die »Witjas« auf Reede gegangen und nach fünf in die offene See ausgelaufen.

CHLUDOW Genug. Danke. *Zu Golubkow* Also, sie lebt! Ihre Serafima lebt.

GOLUBKOW Ja, ja, sie lebt!

CHLUDOW Rittmeister Golowan, nehmen Sie die Wache und die Fahne und begeben Sie sich an Bord der »Swjatitel«. Ich komme nach.

GOLOWAN *aufhorchend* Ich erlaube mir ...

CHLUDOW Ich bin bei Verstand! Ich komme nach, keine Bange, ich komme!

GOLOWAN Zu Befehl! *Ab.*

CHLUDOW Na?

GOLUBKOW Ja, ja, ja! Ich beschwöre Sie, nehmen Sie mich mit nach Konstantinopel! Ich muß sie holen!

CHLUDOW Besinnen Sie sich! Überlegen Sie einen Moment. *Winkt Golubkow ans Fenster.* Dort liegt Konstantinopel! Bleiben Sie hier. Die Bolschewiken werden Sie nicht töten.

GOLUBKOW *blindlings* Ja, ja, ja! Konstantinopel! Sie werden mich nicht los! Nehmen Sie mich mit! Da, die Lichter! Sehen Sie doch!

CHLUDOW Oh, verdammt, verdammt! Du bist mir eine verdammte Last auf meinem Weg!

GOLUBKOW Chludow, fahren wir los!

CHLUDOW Sei still. *Verstummt.* Na bitte! Einen habe ich zufriedengestellt, jetzt kann ich frei mit dir reden. *Spricht über die Schulter.* Was willst du, soll ich bleiben? Nein. Er wird blaß. Entfernt sich. Hüllt sich in Dunkelheit und verschwindet. Also fahren wir!

GOLUBKOW *wehmütig* Chludow, du bist krank. Das sind doch Fieberphantasien! Chludow, wir müssen uns beeilen, die »Swjatitel« läuft aus, wir kommen zu spät!

CHLUDOW Verdammt! Serafima? Konstantinopel? Gut, fahren wir! *Nimmt seinen Fellmantel und läuft mit Golubkow durch die Zimmerflucht, die Dunkelheit verschluckt sie.*

Ende des vierten Traums und des dritten Akts

Vierter Akt

Fünfter Traum

Janitschar fällt zurück!

Eine sonderbare Symphonie. In dem Gedudel türkischer Weisen erklingt auf einmal das russische Lied »Abschied«. Rufe von Straßenhändlern, Straßenbahngeratter und Autohupen.
Auf der Bühne leuchtet Konstantinopel in der vorabendlichen Sonne. Man sieht ein ragendes Minarett und Hausdächer.
Ein ungewöhnliches Gebäude wie ein Karussell mit der Aufschrift:

HALT!
ERSTMALIG IN KONSTANTINOPEL!
SENSATION A CONSTANTINOPLE!
KAKERLAKENRENNEN!
COURSES DES CAFARDS!!
RACES OF COCK-ROACHS!!
EIN RUSSISCHES VERGNÜGEN
MIT ERLAUBNIS DER INTERNATIONALEN POLIZEI

Das Karussell ist mit den Fahnen aller Länder außer der Deutschlands geschmückt.
Zwei Kassen mit den Aufschriften: »WETTEN EINFACH« und »WETTEN DOPPELT«. Darüber: »Beginn 17 Uhr«. Seitlich ein Restaurant unter freiem Himmel, umgeben von schwindsüchtigen und staubigen Lorbeerbäumen in Kübeln.
Eine goldene Schrift:

Eine russische Delikatesse – DÖRRFISCH.
Portion 50 Piaster.

Über dem Restaurant ein gewaltiger Krebs im Frack, der einen Kakerlak umarmt. Darunter die Schrift: »BIER«. Hinter dem Karussell in der Gluthitze eine schmale Gasse mit fieberhaftem Treiben. Eine Menschenmenge: Türkinnen mit Umhang und Lackschuhen, Türken mit rotem Fez, ausländische Seeleute in Weiß und elegante Europäer. Jungen springen herum. Russen in Zarenuniform promenieren. Es klingeln die Glöckchen von Limonadeverkäufern, in kleinen Läden werden Kokosnüsse feilgeboten. Eselchen tragen gewaltige Körbe mit Gemüse. Hitze. Wo die Gasse auf das Karussell trifft, steht Tscharnota im Tscherkessenrock ohne Schulterklappen, trotz der Hitze leicht angetrunken, mit finsterer Miene, und bietet Gummiteufelchen, Gebäck und irgendwelche hüpfenden Figürchen auf einem Bauchladen an.

TSCHARNOTA Geht nicht kaputt, schlägt nur Purzelbaum! Kaufen Sie einen roten Kommissar für Ihre geehrten türkischen Kinderchen, diese Engelchen! Madame, madame! Achetez! Pour votre enfant!*

TÜRKISCHES MÜTTERCHEN Ah! Wieviel kostet das? Combien?

TSCHARNOTA Cinquante piastr,** madame. Cinquante, nur fünfzig!

TÜRKISCHES MÜTTERCHEN Oh, nein! Das ist zu teuer! *Geht weiter.*

TSCHARNOTA *ruft ihr nach* Madame, vierzig! Quarante! Ach, verbrennen sollst du! Du hast ja nie Kinder gehabt! Scher dich in den Harem! Verschwinde! Mein Gott, ist das ein widerliches Volk!

*Konstantinopel summt. Bässe singen: »Kaimaki! Kaimaki!« Zitronenverkäufer singen im Tenor: »Ambulassi! Ambulassi!« Ein Junge mit einem Zeitungspacken: »Presse du soire***!« Glühende Hitze. In der Kasse mit der Aufschrift »WETTEN EINFACH« erscheint Gesichtchen.*

* Kaufen Sie! Für Ihr Kind! (frz.)
** Fünfzig Piaster. (frz.)
*** Abendzeitung. (frz.)

TSCHARNOTA *zum Gesichtchen* Maria Konstantinowna, Maria Konstantinowna!

GESICHTCHEN Was gibt's, Grigori Lukjanowitsch?

TSCHARNOTA Ich hätte eine Bitte. Kann ich nicht auf Kredit eine Einfachwette auf Janitschar plazieren?

GESICHTCHEN Das geht nicht, Grigori Lukjanowitsch.

TSCHARNOTA Was denn, bin ich vielleicht ein Konstantinopeler Gauner oder Falschmünzer? Kennen Sie mich nicht? Sie könnten doch wohl einem General vertrauen, der sein Handelsgeschäft neben der Rennbahn hat!

GESICHTCHEN Das stimmt schon ... Fragen Sie Artur Arturowitsch.

TSCHARNOTA Artur Arturowitsch!

ARTUR *springt oben aus dem Karussell wie ein Kasperle aus der Versenkung. Er trägt eine Frackweste und knöpft mühsam den Kragenknopf zu* Was gibt's? Wer ruft mich? Womit kann ich?

TSCHARNOTA Ich möchte Sie um etwas ...

ARTUR Nein. *Verschwindet.*

TSCHARNOTA Was für eine Frechheit! Warum verschwindest du, bevor ich ausgesprochen habe?

ARTUR *zeigt sich wieder* Ich weiß ja, was Sie sagen werden!

TSCHARNOTA Nämlich?

ARTUR Viel interessanter ist, was ich sagen werde.

TSCHARNOTA Nämlich?

ARTUR Kredit gibt es nicht! *Verschwindet.*

TSCHARNOTA Rindvieh!

Ins Karussell gehen drei Männer mit Harmonikas, auf dem Kopf Mützen mit Pfauenfedern, in rotem Hemd und Samtweste. Das Restaurant betreten zwei französische Matrosen.

ERSTER FRANZÖSISCHER MATROSE Garçon, un bock!*

KELLNER A l'instant, monsieur!** *Eilt davon.*

ZWEITER FRANZÖSISCHER MATROSE *liest* Dörr-fisch ... Oh, ces russes! Garçon, un Dörrfisch!***

* Kellner, ein Bock! (frz.)

** Sofort, Monsieur! (frz.)

*** Oh, diese Russen! Kellner, einen Dörrfisch! (frz.)

KELLNER A l'instant, monsieur! *Eilt davon.*

GESICHTCHEN Auf Ihnen kriecht eine Wanze, Grigori Lukjanowitsch, machen Sie die ab!

TSCHARNOTA Zum Teufel mit ihr, wozu abmachen? Das bringt überhaupt nichts. Ach, diese Stadt! Was hab ich nicht alles für Städte gesehen, aber ...

ZWEITER FRANZÖSISCHER MATROSE *spuckt Dörrfisch aus* Ah, mais c'est degoutant!*

ERSTER FRANZÖSISCHER MATROSE *lacht* Garçon, un bock!

TSCHARNOTA Diese Verbündeten! Ein kultivierter Mensch und ißt keinen Dörrfisch! Bier will doch gesalzen sein! Wer trinkt denn Bier ohne Salz? Verbündete!

Die französischen Matrosen streuen lachend Salz ins Bier.

Ja, ich habe viele Städte gesehen, bezaubernde Städte, Weltstädte!

GESICHTCHEN Welche Städte haben Sie gesehen, Grigori Lukjanowitsch?

TSCHARNOTA Mein Gott, Charkow, Belgorod, Kiew! Ach, Kiew ist eine Stadt! Wunderschön, Maria Konstantinowna! Auf den Bergen leuchtet das Lawra-Kloster, und der Dnepr, der Dnepr, diese unbeschreibliche Farbe! Das Gras! Der Heugeruch! Die Berghänge! Die Täler! Die Schluchten! Die Sonne beginnt zu wärmen, die Maschinengewehre sind glühend heiß, und die Läuse! Die Laus ist ein Insekt!

GESICHTCHEN Pfui, was reden Sie, Grigori Lukjanowitsch!

TSCHARNOTA Wieso denn? Man muß doch über die Insekten Bescheid wissen! Die Laus ist ein kämpferisches Tier, die Wanze dagegen ein Schmarotzer! Die Laus läuft schwadronsweise in Marschordnung. Die Laus umzingelt einen, also wird es gewaltige Kämpfe geben. *Wehmütig.* Artur!

ARTUR *zeigt sich im Frack* Was schreien Sie so?

TSCHARNOTA Ich seh dich an und bin hingerissen, Artur. Du bist ja schon im Frack. Du bist ein Spiel der Natur,

* Das schmeckt ja scheußlich! (frz.)

König der Kakerlaken! Du hast's gut. Eure ganze Nation hat es gut!

ARTUR Wenn Sie schon wieder mit Ihrem Antisemitismus anfangen, rede ich nicht mit Ihnen!

TSCHARNOTA Was schert es dich? Du hast doch gesagt, du bist ein Ungar!

ARTUR Trotzdem!

TSCHARNOTA Ich sag ja: Ihr Ungarn habt es gut. Hören Sie, Artur Arturowitsch: Ich habe mich entschlossen, mein Unternehmen zu liquidieren. *Zeigt auf seinen Bauchladen.*

ARTUR *von oben* Fünfzig.

TSCHARNOTA Fünfzig was?

ARTUR Piaster.

TSCHARNOTA Willst du mich veralbern? Das Stück kostet fünfzig!

ARTUR Dann mach doch weiter!

TSCHARNOTA Du willst mir also weiterhin das Blut aussaugen?

ARTUR Ich dränge mich nicht auf.

TSCHARNOTA Uch, hast du ein Glück, Artur! Du bist mir nicht in Nordtaurien in die Hände gefallen!

ARTUR Hier ist gottlob nicht Nordtaurien!

TSCHARNOTA Kauf mir die Patronentaschen ab!

ARTUR Für die Patronentaschen und den Bauchladen zwei Lire fünfzig.

TSCHARNOTA Uch! Da hast du! *Macht die Patronentaschen von dem Tscherkessenrock ab und gibt sie Artur mitsamt dem Bauchladen.*

ARTUR *holt Geld hervor* Bitte!

Die Uhr über dem Karussell schlägt fünf.

Maestro! Die Kassen!

Die Kassen werden geöffnet, an einem Fahnenmast geht die russische Trikolore hoch. Im Karussell spielt das Harmonikaorchester einen mitreißenden Zarenmarsch. Vor dem Eingang zum Kakerlakenrennen sammelt sich Publikum.

TSCHARNOTA *zum Gesichtchen* Maria Konstantinowna, zwei Lire fünfzig auf Janitschar. *Bezahlt die Wettscheine.*

Durch die Tür strömt Publikum ins Innere, vor allem Seeleute. Arturs Unternehmen ist sehr beliebt. Hinein strömt eine Gruppe Italiener von einem Kreuzer, gefolgt von Engländern von dem Schlachtschiff »Vizekönig von Indien«, in ihrer Begleitung die schöne Prostituierte. Gauner internationalen Typs und abgerissene russische Soldaten. Ein gewaltiger Neger geht vorüber. In der Gasse, wie das Schicksal selbst, ein geheimnisvoller Mönch in einer Soutane, mit Tonsur. Der Marsch dröhnt, vor den Kassen Schlangen, Stimmengewirr. Stimmen im Restaurant: »Un bock! Un bock!«

KELLNER A l'instant, monsieur! *Eilt davon.*

Es erscheint ein türkischer Polizist mit Fez und ein italienischer mit Dreispitz.

Artur in Frack und Zylinder steht in malerischer Pose auf dem Karussell. Der Marsch verstummt.

ARTUR Messieurs-dames! Das Rennen ist eröffnet! Noch nie hat die Welt dieses russische Hofvergnügen gesehen! Kakerlakenrennen! Der Lieblingsspaß der seligen Kaiserin in Zarskoje Selo! Races of cock-roachs! Courses des cafards! Corso del piattola! L'amusement préféré de la défunte Impératrice de la Russie a Tzarskoe Selo! *Ein russischer Monarchist: »Du spinnst ja, du Strolch, laß die Kaiserin aus dem Spiel!«*

ITALIENISCHER POLIZIST Zitto! Silencio!*

Stimmen: »Silencio!«

ARTUR Erstes Rennen! Es laufen: Erstens Schwarze Perle! Zweitens der Favorit – Janitschar!

ITALIENISCHE MATROSEN *applaudieren* Evviva Ianitcharre!**

ENGLISCHE MATROSEN *schreien* Away! Away!***

Ein gellender Pfiff. Ins Innere drängt sich eine verschwitzte, aufgeregte Gestalt mit Melone und den Schulterklappen eines russischen Intendanten.

* Still! Ruhe! (ital.)
** Es lebe Janitschar! (ital.)
*** Nieder! (engl.)

GESTALT *heiser* Bin ich zu spät? Sind sie schon gelaufen?

Stimme: »Kommst noch zurecht!«

ARTUR Drittens Hexe! Viertens »Nicht weinen, Kindchen!« Ein graugefleckter Kakerlak! Fünftens Käferchen!

Stimme: »Der ist ganz dunkel!«

ARTUR Sechstens Hooligan! Siebtens Knopf!

Stimme: »Schiebung!«

ENGLISCHE MATROSEN Schiebung! It is a swindle! It is a swindle! A trap!*

ARTUR I beg your pardon! Not at all!** Nichts dergleichen! Die Kakerlaken laufen mit ihren Reitern aus Papier auf dem offenen Brett. Keine Chance! Die Kakerlaken leben in einem versiegelten Kasten unter der Aufsicht eines Kasaner Zoologieprofessors, der den Bolschewiken mit knapper Not entkommen ist! Also, es geht los! Maintenant nous commençons!*** *Verschwindet.*

Die Menge der Wettlustigen strömt ins Karussell, eine Girlande von Jungen hängt an der Mauer. Im Karussell Stimmengewirr. Dann Todesstille. Dann spielt das Harmonikaorchester »Es scheint der Mond«. Durch die Musik das Rascheln der Kakerlakenpfötchen. Eine Stimme im Karussell: »Sie laufen!«

GRIECHISCHER JUNGE *tanzt wie ein Teufelchen auf der Mauer* Sie laufen, sie laufen!

Stimme im Karussell: »Janitschar fällt zurück!« Stimmenlärm im Karussell.

TSCHARNOTA *lehnt an der Kasse, aufgeregt* Fällt zurück? Das kann nicht sein!

Stimme im Karussell: »Nicht weinen, Kindchen, nicht weinen, Kindchen!« Andere Stimme: »Lauf, lauf, lauf!« unruhig Totschlagen müßte man Artur!

Gesichtchen schiebt sich unruhig aus der Kasse. Im Karussell eine Applausexplosion, dann gellendes Pfeifen. Die Polizisten werden unruhig.

* Das ist Schwindel! (engl.)
** Ich bitte um Verzeihung! Überhaupt nicht! (engl.)
*** Gleich fangen wir an! (frz.)

TÜRKISCHER POLIZIST Oh, diese Russen! Gleich gibt's eine Prügelei!

GESTALT *springt aus dem Karussell* Schiebung! Artur hat Janitschar mit Bier besoffen gemacht!

TSCHARNOTA Ach, dieser Hundesohn!

ARTUR *stürmt aus dem Karussell. Beide Frackschöße sind abgerissen, der Zylinder ist plattgequetscht. Schreit* Maria Konstantinowna, rufen Sie die Polizei!

Italienischer Polizist verschwindet. Gesichtchen knallt den Kassenschalter zu und läuft weg.

ITALIENISCHE MATROSEN *laufen aus dem Karussell, jagen Artur nach* Ladro! Scroccone! Truffatore!*

SCHÖNE PROSTITUIERTE *saust aus dem Karussell* Schlagt ihn! Dieser Halunke! Ingannatore!**

ENGLISCHE MATROSEN *laufen mit Siegesgeschrei heraus* Hip hip hurra! Long live Knopf!***

SCHÖNE PROSTITUIERTE *springt auf einen Tisch im Restaurant, schreit* Brüder! Fratelli! Die Bootsleute von der »Vizekönig von Indien« haben Artur bestochen, um auf Knopf wetten zu können! Der Favorit zappelt mit den Pfoten, er ist blau wie ein Veilchen, wann wäre Janitschar je zurückgefallen! Oh, you rabble!****

ARTUR *verzweifelt* Wo hätte man je einen betrunkenen Kakerlak gesehen? Je vous demande un peu, où est-ce que vous avez vu un cafard soûl? Police! Police! Au secours![x] Ella sbaglia, signore![xx] Elle est toquee!![xxx]

SCHÖNE PROSTITUIERTE Mensonge![xxxx] Das ganze Publikum hat auf Janitschar gesetzt! Schlagt den Gauner!

* Dieb! Schmarotzer! Spitzbube! (ital.)
** Schurke! (ital.)
*** Lang lebe Knopf! (engl.)
**** Abschaum! (engl.)
[x] Ich frage Sie, wo hätte man je einen betrunkenen Kakerlak gesehen? Polizei! Polizei! Hilfe! (frz.)
[xx] Sie irrt sich, mein Herr! (ital.)
[xxx] Sie ist nicht normal! (frz.)
[xxxx] Lüge! (frz.)

ITALIENISCHER MATROSE *packt Artur an der Gurgel* Ah, cattivo soggetto!* Ah!

ARTUR *gequält* Sie bringen mich um …

ENGLISCHER BOOTSMANN *zum Italiener* Stop! Keep back! Or else I'll smash you!** *Versetzt dem Italiener einen Schlag, von dem dieser zu Boden stürzt.*

ITALIENISCHE MATROSEN Ah! A soccorso, fratelli!***

SCHÖNE PROSTITUIERTE Brüder, schlagt die vom »Vizekönig von Indien«! Italiener, zu Hilfe! Oh, bloody rook!**** Gebt Ihnen Fußtritte!

Die Engländer bereiten sich methodisch auf den Kampf vor, sie brechen im Restaurant Stuhlbeine ab. Sie ergreifen Champagnerflaschen, Glas geht zu Bruch. Die Italiener erbleichen und ziehen ihre Messer. Beim Anblick der Messer läuft das Publikum schreiend auseinander.

GRIECHISCHER JUNGE *tanzt auf der Mauer* Die Engländer werden geschlachtet, die Engländer werden geschlachtet!

Die Karussellwand fliegt nach einer Seite, das Publikum läuft zur anderen, und plötzlich kommt Gesichtchen aus der Gasse gelaufen. Hinter ihr keilt sich pfeifend eine Reihe italienischer Polizisten mit Revolver zwischen die Engländer und Italiener. In der Dunkelheit stürzt das Karussell ein. Es wird still, und ein neuer Traum kommt …

Sechster Traum

Madrid ist eine spanische Stadt.

Ein Hof mit einer Zypresse. Ein zweigeschossiges Haus mit einer Galerie. In der Wand ein Wasserbecken mit Hahn. Tropfen klatschen ins Wasser. An der Pforte eine steinerne Bank. Oberhalb

* Halunke! (ital.)
** Halt! Zurück! Oder ich zerquetsch dich! (engl.)
*** Zu Hilfe, Brüder! (ital.)
**** Verdammter Gauner! (engl.)

des Häuschens eine menschenleere Gasse. Die Sonne senkt sich hinter der Balustrade des Minaretts, das den Hof überragt. Erste violette Abendschatten, doch es ist sehr schwül. Konstantinopel klingt dumpf und angenehm, und ein schmelzender Tenor singt auf tatarisch: »Ai, wai, limonad, sussa ika i scharga!«

TSCHARNOTA *kommt herein und setzt sich auf die Bank* Verdammter Knopf! Nun bin ich endgültig verloren. Sie frißt mich auf! Ob ich fliehe? Doch wohin könnten Exzellenz schon fliehen? Hier ist nicht Taurien, und Fliehen gehört sich nicht. Ai, wai, limonad! *Entschließt sich endlich, den Hof zu betreten.*

Sogleich öffnet sich eine Tür zur Galerie, und aus dem Zimmer kommt Ljuska. Ihr Kleid ist nicht zugeknöpft. Sie ist hungrig. Davon glänzen ihre Augen, und ihr Gesicht zeigt eine überirdische, doch vergängliche Schönheit.

LJUSKA Ach! Seien Sie gegrüßt, Exzellenz. Bonjour, Madame Barabantschikowa!

TSCHARNOTA Grüß dich, Ljuska!

LJUSKA Sie kommen ja so früh. Ich an Ihrer Stelle wäre noch bis zum späten Abend herumgebummelt.

Pause.

Um so mehr, als Sie genau wissen, daß in diesem Hause das letzte Mal gestern nachmittag um fünf Nahrung eingenommen wurde! Mehr als vierundzwanzig Stunden! Aber in Ihrem ausdrucksvollen Gesicht stehen gute Nachrichten geschrieben, und der Bauchladen ist weg! Ha! Er ist weg! Haben Sie etwa so erfolgreich gehandelt, General, daß Sie den Laden gleich mit verkauft haben? Welche Erklärung sollte es sonst geben? Auch die Patronentaschen sind weg. Mir scheint, ich begreife langsam, was passiert ist. Kurzum – argent sur le visage*. Ich bitte um Geld! *Finster* Und ein bißchen plötzlich! Serafima und ich haben

* Geld im Gesicht. (frz.)

seit gestern nichts gegessen. Seien Sie so liebenswürdig!

TSCHARNOTA Wo ist Serafima?

LJUSKA Unwichtig! Sie wäscht. Und das ist nicht weiter schwierig. Zwei Hemden für zwei Personen. Gib Geld!

TSCHARNOTA Eine Katastrophe, Ljuska.

LJUSKA Wirklich? Was für eine neue Katastrophe hat den armen deklassierten General heimgesucht? *Scharf* Wo sind die Patronentaschen?

TSCHARNOTA Ljuska, ich wollte sie verkaufen, weißt du, da hab ich sie in den Bauchladen gelegt, und den hab ich auf dem Basar einen Moment abgestellt, und da ...

LJUSKA Gestohlen?

TSCHARNOTA Ja.

LJUSKA Ein Mann mit schwarzem Bart, was?

TSCHARNOTA *schwach werdend* Wieso denn mit schwarzem Bart?

LJUSKA *hitzig* Solch einer klaut immer auf dem Basar. Also wirklich gestohlen?

Tscharnota nickt.

Dann hör mir zu! Weißt du, was du bist, Grischa?

TSCHARNOTA Was denn?

LJUSKA Ein Zuhälter!

TSCHARNOTA *erbleichend* Wie kannst du es wagen?

Serafima kommt mit einem Eimer heraus und hört zu. Die Streitenden bemerken sie nicht.

LJUSKA Ich wage es! Der Bauchladen wurde von meinem Geld gekauft!

TSCHARNOTA Du bist meine Frau, das Geld gehört uns beiden!

LJUSKA Der Ehemann verkauft Teufel, und die Frau ...

Macht eine zynische Geste.

Serafima bekommt Flecke im Gesicht.

TSCHARNOTA Was soll das?

LJUSKA Warum stellst du dich dumm? Was hast du denn gedacht? Als ich letzte Woche mit dem Franzosen in Bebek war, glaubst du, wir haben da Psalmen gesungen?

Du hast mich gefragt, wo ich die fünf Lire her hatte. Davon haben wir eine Woche lang gelebt – du, ich und Serafima! *Serafima stellt den Eimer auf die Erde und will etwas sagen, legt aber nur die Hand an die Brust.*

Aber das ist noch nicht alles, meine teure Barabantschikowa. Der Bauchladen und die Patronentaschen sind nicht auf dem Basar geblieben, sondern beim Kakerlakenrennen! Heute war Janitschar gehandicapt. Maquerau!*

Pause.

So, dann wollen wir mal Bilanz ziehen. General Tscharnota, der tapfere Ritter des Säbelordens, hat während der Evakuierung die Spionageabwehr zerschlagen. Im Ausland ist diese Heldentat vor Gericht gekommen, er hat sich mit General Wrangel zerstritten, ist dafür, wie es sich gehört, aus der Armee geworfen worden und wie ein räudiger Hund in der Gosse gelandet.

TSCHARNOTA Was denn, willst du mir vorwerfen, daß ich eine Frau vor dem Tode bewahrt habe? Willst du mir Serafima vorwerfen?

LJUSKA Nein! Den Vorwurf will ich Serafima machen! *Kommt in Fahrt.* Soll doch die unschuldige Serafima seufzen nach ihrem verschollenen Golubkow, sollen sie und der glanzvolle General auf Kosten der lasterhaften Ljuska leben!

SERAFIMA Ljuska!

LJUSKA *läuft rot an* Horchen paßt irgendwie nicht zu dir, Serafima Wladimirowna.

SERAFIMA Laß doch, Ljuska! Es ist sehr gut, daß ich das zufällig gehört habe. Warum hast du mir das mit den fünf Lire nicht schon früher gesagt?

LJUSKA Tu doch nicht so, Serafima! Bist du blind oder noch nicht erwachsen?

SERAFIMA Untersteh dich, so zu reden! Ich lüge niemals! Ich habe nichts geahnt! Sie hat recht, Tscharnota! Na, Ljuska, an mir soll's nicht liegen! Ich kann auch anschaffen!

* Kuppler! (frz.)

TSCHARNOTA Serafima!

LJUSKA Keinen Edelmut bitte! Keine Eitelkeit! Das ist nicht nötig!

SERAFIMA Na schön, streiten wir uns nicht! *Setzt sich auf den Rand des Wasserbeckens.* Klären wir die Lage ...

LJUSKA Die Lage ist klar wie eine Apfelsine! Morgen schmeißen uns die Griechen aus der Wohnung. Zu fressen ist nichts da. Alles verkauft! *Kommt wieder in Fahrt.* Nein, ich kann mich nicht beruhigen! Er bringt mich zur Weißglut. *Zu Tscharnota* Antworte, hast du verloren?

TSCHARNOTA Ja.

LJUSKA Ach, du ...

TSCHARNOTA Ich kann nicht Teufel verkaufen! Ich habe Krieg geführt! Ich bin Generalmajor!

LJUSKA Wollt ihr mal einen Generalmajor sehen, liebe Leute?

SERAFIMA Ljuska, hör doch auf, laß! Zwei Lire, was hätten die uns schon helfen können?

Alle drei verstummen.

Wirklich, ein böses Verhängnis verfolgt mich. Tausende von Werst bin ich geflohen, und wozu?

LJUSKA Lyrik!

SERAFIMA Phantastische Unglücksfälle türmen sich übereinander. Ich bin einem Menschen begegnet, und er ist verschwunden. Kurzum ...

TSCHARNOTA *plötzlich zu Ljuska* Du warst mit dem Franzosen zusammen?

LJUSKA Geh doch zum Teufel! Auch noch eifersüchtig! Wie gefällt euch das? Hör mal, Serafima, sei mir nicht böse, ich muß diesen Weg sowieso gehen! Ich will nicht hungrig herumsitzen, und Prinzipien habe ich keine!

TSCHARNOTA Und das will die Tochter eines Gouverneurs sein?

SERAFIMA Nicht so laut! Streitet euch nicht, meine Kinder! Gleich bringe ich das Abendessen! *Geht auf die Galerie, setzt einen Hut auf.*

LJUSKA Hör auf, Serafima, laß die Finger davon, das ist nicht deine Sache.

SERAFIMA Nein, Ljuska, laß mich mal machen!

In der Ferne spielt ein Leierkasten das Lied »Abschied«, krächzt dann einen Marsch.

LJUSKA Tscharnota kann seinen Revolver verkaufen!

TSCHARNOTA Serafima, ich verkaufe alle meine Sachen, auch die Hose, aber nicht den Revolver. Ohne den kann ich nicht leben!

LJUSKA Stimmt, er ersetzt dir den Kopf. Dann ernähr dich eben auf Kosten einer Frau.

TSCHARNOTA Bring mich nicht in Versuchung, tu das nicht!

LJUSKA Wenn du mich auch nur mit dem Finger anrührst, vergifte ich dich in der Nacht, daß du's nur weißt!

SERAFIMA Hört doch auf. Grischa, wenn du mich auch nur ein bißchen lieb hast, solltest du um unserer gemeinsamen Not willen ...

TSCHARNOTA Ich mag dich, Serafima.

SERAFIMA Dann sei still, verstanden?

TSCHARNOTA Verstanden.

SERAFIMA Ich komm bald wieder! *Ab.*

Der Leierkasten spielt, schon näher, den »Abschied«. Die Sonne ist hinter dem Minarett verschwunden. Es wird Abend.

LJUSKA *ruft* Serafima!

TSCHARNOTA Serafima!

Pause.

LJUSKA *schüttelt die Fäuste* Uch, scheußliche Stadt! Uch, Wanzen! Uch, der Bosporus! Und du? *Ruft langgedehnt* Serafima! *Pause.*

Aber wenn ich jemanden hasse, dann mich, dich und alle Russen! Mist! Ausgestoßene! Schandmenschen! *Verschwindet auf der Galerie.*

TSCHARNOTA Nach Paris oder Berlin? Wohin? Vielleicht nach Madrid? Madrid ist eine spanische Stadt ... Bestimmt auch so ein Loch! *Hockt sich hin, wühlt unter der*

Zypresse, findet einen Stummel. Was sind die Griechen doch für ein geiziges Volk, bis zum Mundstück rauchen sie auf! *Zündet den Stummel an und geht langsam weg.*

Die Pforte öffnet sich, herein kommt Golubkow. Er trägt einen roten Fez, eine englische Militärjoppe und Wickelgamaschen. Auf dem Rücken schleppt er einen Leierkasten, den er jetzt abstellt. Er spielt den »Abschied«, dann einen Marsch.

TSCHARNOTA *von der Galerie* Du Türkenfresse, hör auf, mir an der Seele zu zerren!

GOLUBKOW *hört auf zu spielen, blickt nach oben* Was? Gri... Grigori Lukjanowitsch?

TSCHARNOTA *guckt* Was? Wer ist das? Privatdozent, du?

GOLUBKOW *greift sich ans Herz, setzt sich auf den Rand des Beckens* Gefunden.

TSCHARNOTA *läuft zu ihm* Mich? Ja, mich hast du gefunden. Ich hab dich für einen Türken gehalten! Grüß dich! *Sie küssen sich.* Wie siehst du denn aus? Ach, bist älter geworden! Wir dachten, du bist in Rußland geblieben! Wo warst du das halbe Jahr?

GOLUBKOW Im Gefängnis hab ich gesessen. Sie haben uns alle eingesperrt wegen Chludow.

TSCHARNOTA Wo?

GOLUBKOW Im Lager Tschilingis! Dort hab ich den Typhus gekriegt, sie haben mich freigelassen, und da bin ich sofort nach Konstantinopel geeilt. Zusammen mit Chludow. Den haben sie zum Soldaten degradiert.

TSCHARNOTA Mit dem Leierkasten? Ich hab ja schon manches gesehen, aber noch keinen mit Leierkasten!

GOLUBKOW Das ist für mich ganz bequem. Ich gehe von Hof zu Hof und kann so suchen! Sag mir schnell, ist sie tot?

TSCHARNOTA Ach, Serafima? Wieso tot? Sie ist hier, quicklebendig!

GOLUBKOW Endlich gefunden!

TSCHARNOTA Sie lebt! Nur sind wir in einer schwierigen Lage, Dozent. Es ist alles zusammengebrochen! Unsere Lage ist ausweglos!

GOLUBKOW Wo ist Serafima Wladimirowna?

TSCHARNOTA Die kommt. Sie ist nach Pera gegangen, um sich Männer zu angeln.

GOLUBKOW Was?

TSCHARNOTA Was glotzt du mich so an? Wir krepieren in Konstantinopel: keine Patronentaschen, kein Geld!

GOLUBKOW So was macht sie? Du lügst! *Setzt sich auf den Beckenrand.* Nach Pera ist sie gegangen?

TSCHARNOTA Ich habe einen halben Tag nicht geraucht. Hast du Geld?

GOLUBKOW *mechanisch* Geld? Ja. Sechs Para. Nach Pera?

TSCHARNOTA Ich selbst würde alles hinschmeißen ... Es zieht mich nach Madrid! Ich habe die ganze Nacht von Madrid geträumt. Aber sechs Para helfen nicht weiter, mein Lieber. Dafür kriegst du nicht mal ein Oka Brot. Wo ist Chludow?

GOLUBKOW Hier in Konstantinopel. Er ist krank. Er wird mich hier abholen kommen.

TSCHARNOTA Du bist selber krank! Seltsam, wie ihr verbunden seid. *Stimmen. Die Pforte öffnet sich, herein kommt Serafima, gefolgt von griechischem Don Juan in rohseidenem Anzug. Er ist mit Einkäufen behängt und hat in jeder Hand eine Flasche.*

SERAFIMA O nein, nein! Das wird sehr gemütlich. Wir werden sitzen und plaudern. Allerdings leben wir nicht sehr üppig.

GRIECHISCHER DON JUAN *mit starkem Akzent* Das ist sehr nett! Ich fürchte nur, Madame zu behelligen.

SERAFIMA *sieht Golubkow an, erkennt ihn nicht* Darf ich die Herren bekannt machen ... Grigori Lukjanowitsch Tscharnota.

GRIECHISCHER DON JUAN Sehr angenehm!

SERAFIMA *erkennt Golubkow* Mein Gott!

Golubkow steht mit verzerrtem Gesicht auf, geht zu dem Griechen und ohrfeigt ihn. Der Grieche läßt die Einkäufe fallen, ist perplex. Ein Fenster öffnet sich, darin erscheint ein armenischer Kopf.

ARMENISCHER KOPF O Gott, ein scheußliches Volk, diese Russen. *Ljuska erscheint auf der Galerie, guckt.*

GRIECHISCHER DON JUAN Was bedeutet das?

SERAFIMA Mein Gott, diese Schande!

TSCHARNOTA Herr Grieche …

GRIECHISCHER DON JUAN *traurig, errät* Aha, Räuber. Ich sitze in der Falle, das ist eine Spelunke.

SERAFIMA Verzeihen Sie mir, Monsieur. Das ist ein schreckliches Mißverständnis.

Alle Fenster öffnen sich, darin zeigen sich griechische und armenische Köpfe.

TSCHARNOTA *zieht den Revolver, wendet sich zischend den Fenstern zu* Sofort weg vom Fenster!

Die Köpfe verschwinden, die Fenster werden geschlossen.

GRIECHISCHER DON JUAN *wehmütig* O Gott!

GOLUBKOW *geht auf ihn zu* Du kaufst …

GRIECHISCHER DON JUAN *zieht die Brieftasche hervor* Hier hast du Geld und die Uhr, tapferer Mensch! Mein Leben ist teuer! Ich habe Familie, ein Geschäft! Ach, meine Kinder sind noch klein! Ich werde der Polizei nichts sagen, guter Mensch, preise Gott den Allmächtigen …

GOLUBKOW Stecken Sie sofort Ihr Geld ein und verschwinden Sie!

GRIECHISCHER DON JUAN *verwirrt* Ach, Konstantinopel, ach, Stambul! Was ist aus dir geworden … *Dreht sich um und geht.*

GOLUBKOW *hysterisch* Nimm deine Einkäufe mit!

Der Grieche dreht sich um und will die Päckchen einsammeln, aber dann sieht er Golubkows Gesicht, läuft davon und verschwindet. Pause.

TSCHARNOTA Tja …

LJUSKA Herr Golubkow, wir haben erst vor einer Stunde von Ihnen gesprochen. Wir dachten, Sie sind in der RSFSR. Dabei sind Sie hier! Ihr Auftritt war ja glänzend. *Lacht.* Ach, die Russen! Ach, danke! Ach, diese herrliche Intelligenz, in Galata soll sie in der Gosse verfaulen!

Tscharnota, mach das Päckchen auf, ich spüre mit dem Herzen, daß da Schinken drin ist!

GOLUBKOW Ich bringe jeden um, der das Päckchen anfaßt!

LJUSKA Wieso denn? Tscharnota, beruhige den jungen Idealisten. Mach's auf, ich bin hungrig!

TSCHARNOTA Nein, Ljuska, ich mach's nicht auf!

LJUSKA Ach, so ist das! *Zu Golubkow* Junger Mann, haben Sie Geld?

GOLUBKOW Nein. Ich gehe mit dem Leierkasten und suche immerzu.

LJUSKA Sie sind ein frecher Kerl! Na, mein Entschluß ist gefaßt! *Geht über die Galerie ins Zimmer.*

Pause.

GOLUBKOW Ach, Serafima Wladimirowna! Nun habe ich Sie gefunden, und was machen Sie mit sich? Ich habe Sie für ein halbes Jahr nur verlassen, ich bin Ihnen nachgeeilt. Und was machen Sie hier mit sich? Ich hatte Typhus, so wie Sie. Sehen Sie, mein Kopf ist rasiert ... Ich habe im Gefängnis gesessen, ich bin mit dem Schiff gefahren, ich bin geflohen, und alles deinetwegen. Und was machst du, Serafima? Wärst du lieber betteln gegangen ...

SERAFIMA Wer gibt dir das Recht, mir Vorwürfe zu machen? Ich hatte mich schon damit abgefunden, daß du tot bist. Warum kommst du wieder zu mir? Geh weg!

GOLUBKOW Du dumme Frau, ich liebe dich! Ich liebe dich, seit du damals unter der Laterne geschlafen hast. Ich bin dir nachgejagt ... Ich habe dich gefunden ...

SERAFIMA Nein, zu spät! Es ist alles aus! Wir haben auf der Flucht alles verloren. Sergej, ich habe Schulden, die ich bezahlen muß! Und ich werde sie bezahlen! Also, geh weg, Sergej, jeder von uns soll allein zugrunde gehen.

GOLUBKOW Du bist fest entschlossen?

SERAFIMA Ja, glaub mir!

GOLUBKOW Nun gut, keiner soll dich haben! Nicht für Geld, nicht ohne Geld! *Stürzt zu Tscharnota, entreißt ihm den Dolch und läuft zu Serafima.*

TSCHARNOTA *umklammert Golubkow, nimmt ihm den Dolch weg* Was machst du?

SERAFIMA Verrückt, verrückt!

LJUSKA *erscheint mit Hut, einen kleinen Koffer in der Hand* Monsieur Golubkow setzt die Vorstellung fort? Bitte eine Pause, ich habe etwas zu sagen! Nun, Euer Exzellenz, alles Gute! Sie sind nicht mehr mein Mann. Ich erinnere Sie daran, daß wir in dem halben Jahr in Stambul alles aufgegessen haben: meine Ringe, meine Ohrringe, den Anhänger und die gezeichnete Wäsche. Den Löwenanteil hat Artur! Wenn Sie reich werden sollten, schreiben Sie nach Paris. Ljuska kennt einen Mann im Orientexpreß. Erklären Sie mir, wozu hab ich dummes Ding ein halbes Jahr hier herumgesessen? Leb wohl, Serafima! Mit diesem jungen Mann kann dir nichts passieren, natürlich nur, wenn er dir nicht den Hals durchschneidet.
Abendliche Schatten kriechen, ein Klavier im Nachbarhof spielt ein Motiv aus dem »Barbier von Sevilla«. Bonne nuit! Gute Nacht! *Singt zur Klavierbegleitung* Gute Nacht alle miteinander! *Ab.*

SERAFIMA Aber denk daran, Ljuska, ich gehe nach Pera! Ich schicke dir Geld. Ich bezahle meine Schulden!

LJUSKA *schon hinter der Pforte* Nicht nötig, ich erlasse sie dir!

SERAFIMA Das nehme ich nicht an! *Läuft weg.*

GOLUBKOW *sitzt auf dem Beckenrand* Ach, bin ich unglücklich! *Ruft* Serafima, bleib! Laß mich nur erst gesund werden! Ich beschaffe Geld, ich bringe dich weg!

SERAFIMA *erscheint in der Gasse oberhalb des Hofes* Du bist der einzige Mensch auf der Welt, Sergej. Aber zu spät! Wir sind verloren! *Verschwindet.*
Pause.

TSCHARNOTA Du liebst sie also, das habe ich nicht gewußt ... *Wehmütig* Madrid, spanische Stadt!

TÜRKISCHER JUNGE *führt einen Mann herein, winkt, tut, als ob er den Leierkasten kurbelt* Hier, hier.

CHLUDOW *kommt nach dem Jungen herein, stützt sich auf einen Stock. Er trägt ein dunkelblaues Jackett und eine weiße Hose.*

Sein Kopf ist zur Hälfte ergraut. Seine Wange zuckt, er blickt oft über die Schulter nach hinten. Da! *Gibt dem Jungen eine Münze und bleibt stehen. Er und Tscharnota blicken sich lange an.*

TSCHARNOTA Grüß dich, Roman! Was guckst du? Da bist du ja! Mein Lieber, ich bin ein gemeiner Soldat in Konstantinopel.

CHLUDOW *mit hölzerner Stimme* Ja, so ist das. Mal fahren wir, mal gehen wir. Einer auf den Spuren des anderen. *Lacht auf, nickt zu Golubkow hin.* Mal habe ich ihn behandelt, mal er mich. Er läuft dauernd herum und will mich gesund machen. Spielt auf dem Leierkasten. *Zu Golubkow* Na, hast du sie endlich gefunden? Warum sagst du nichts? Gehen wir essen!

GOLUBKOW Chludow, ich werde nicht mehr um Geld bitten und dich nicht mehr zwingen, irgendwohin zu fahren. Ich weiß, daß du kein Geld mehr hast. Ich fahre jetzt selbst nach Paris. Ich suche Korsuchin und werde Geld von ihm verlangen. Er hat sie zugrunde gerichtet! Aber weißt du, ich bin sehr geschwächt und kann ihr nicht nachjagen. Sie hört nicht auf mich, aber du bist ein starker Mensch, hole sie zurück, bis ich wieder da bin. Du mußt sie finden!

CHLUDOW Serafima? Wo ist sie hingegangen?

GOLUBKOW Nach Pera! Auf den Strich! Ich kann hier nichts mehr sehen, ich fahre jetzt nach Paris und besorge Geld!

CHLUDOW Womit willst du fahren? So wie du aussiehst.

GOLUBKOW Ich weiß schon, womit ich fahre! Ich habe im Hafen die Drehorgel gespielt, da hat ein Kapitän zu mir gesagt, er nimmt mich im Schiffsraum mit nach Marseille. Umsonst! Paß auf sie auf, bis ich wieder da bin. Es ist alles ganz klar. Die Frau geht zugrunde, Chludow!

CHLUDOW Oh, meine Bürde! Oh, mein Gewissen! Was wird noch von mir verlangt?

GOLUBKOW Paß auf sie auf! Du siehst, ich bin geschwächt.

CHLUDOW *dreht sich um, ab. Erscheint in der Gasse über dem Hof, zu Golubkow* Du fährst also?

GOLUBKOW Ja, ja!

CHLUDOW Wenn du zurückkommst, findest du mich in Schischli. Gut, ich werde sie festhalten! *Wendet sich zum Gehen, kehrt noch einmal zurück, holt Geld hervor.* Da, zwei Lire für die Fahrt. Mehr hab ich nicht. *Nestelt ein Medaillon von der Uhrkette los.* Nimm dieses Medaillon, du kannst es schlimmstenfalls verpfänden! *Wirft Geld und Medaillon in den Hof und verschwindet.*

GOLUBKOW Die Sehnsucht drückt mir das Herz ab, es wird Nacht, und ohne sie muß ich sterben.

Auf dem Minarett erscheint Muezzin.

MUEZZIN *singt mit weicher Stimme* La il Allah, il Mohammed! Rassul Allah!

GOLUBKOW Die Nacht ist da, und ich kann nach dem Typhus nicht schlafen. Diese schreckliche Stadt! *Steht unruhig vom Beckenrand auf.* Ja, worauf warte ich! Nach Paris! Mit dem Küstendampfer, im Schiffsraum, nach Paris!

TSCHARNOTA Ich fahre mit. Geld werden wir nicht beschaffen, da habe ich keine Hoffnung, aber ich muß irgendwohin fahren. Ich habe schon an Madrid gedacht ... Aber Paris ist mir lieber. Also ab in den Schiffsraum! Nur nicht hierbleiben!

GOLUBKOW *knöpft im Gehen den Kragen auf* Warum ist mir so heiß? Warum finde ich niemals Kühlung? *Ab.*

TSCHARNOTA Nach Paris, nach Paris! *Hebt Geld und Medaillon auf und folgt Golubkow.*

Ein ferner Tenor antwortet aus der Höhe dem ersten Muezzin: »La il Allah! Il Mohammed!« Türkischer Junge läuft zum Leierkasten, dreht die Kurbel, ein Marsch erklingt.

MUEZZIN Il Mohammed, rassul Allah!

Dämmerung legt sich über Konstantinopel. Lichter brennen. Am Himmel erscheint die goldene Mondsichel. Dann Dunkelheit. Der Traum ist zu Ende.

Ende des vierten Akts

Fünfter Akt

Siebenter Traum

Drei Karten, drei Karten, drei Karten ...

Zwei Monate später. Herbstlicher Sonnenuntergang in Paris. Arbeitszimmer des Herrn Korsuchin in seiner eigenen Villa. Das Zimmer ist voll von eindrucksvollen Gegenständen. Ein Panzerschrank. Eine Waffensammlung. Korsuchin sitzt hinter einem gewaltigen Schreibtisch. Er ist im Schlafanzug und trägt ein goldenes Käppchen. Neben dem Schreibtisch ein Spieltisch, darauf Karten und zwei nicht angezündete Kerzen.

KORSUCHIN Antoine!

Herein kommt ein sehr würdevoller Lakai französischen Typs in grüner Schürze.

Monsieur Marchand m'avait averti qu'il ne viendra pas aujourd'hui. Ne remuer pas la table. Je me servirai plus tard.

Antoine schweigt.

Repondez-donc quelque chose. Probablement vous ne comprenez rien?* Verstehen Sie nicht?

ANTOINE Sehr wohl, Paramon Iljitsch, ich verstehe nicht.

* Monsieur Marchand läßt sagen, daß er heute nicht kommt. Aber den Tisch nicht abdecken. Ich esse später ... Antworten Sie doch! Oder verstehen Sie gar nichts? (frz.)

KORSUCHIN Antoine, Sie sind ein russischer Faulpelz! Merken Sie sich: Wer in Paris lebt, muß wissen, daß die russische Sprache nur dazu taugt, zerstörerische soziale Losungen zu brüllen und nicht druckfähige scheußliche Schimpfworte zu gebrauchen. Beides ist in Paris nicht üblich. Lernen Sie Französisch, Antoine, so ist das langweilig. Was machen Sie gerade? Que faites vous à ce moment?

ANTOINE Je... Ich putze Messer, Paramon Iljitsch.

KORSUCHIN Wie heißt Messer, Antoine?

ANTOINE Le couteau, Paramon Iljitsch.

KORSUCHIN Richtig. Lernen Sie, Antoine!

Es klingelt. Korsuchin nimmt das Käppchen ab, knöpft den Schlafanzug auf, sagt im Gehen

Vorlassen! Vielleicht mein Partner. Je suis à la maison. *Ab. Antoine geht und kommt mit Golubkow herein. Dieser ist in Zivil, abgewetzt und abgerissen, hält die Mütze in der Hand.*

GOLUBKOW Je voudrais parlez a monsieur Korsuchin.

ANTOINE Darf ich um Ihre Visitenkarte bitten?

GOLUBKOW Ich hatte Sie für einen Franzosen gehalten. Sie sind Russe?

ANTOINE Sehr wohl! Gristschenko!

GOLUBKOW Leider habe ich keine Karte. Sagen Sie einfach, Golubkow aus Konstantinopel.

Antoine ab.

KORSUCHIN *erscheint im Schlafanzug, murmelt* Golubkow, Golubkow! Was kann ich für Sie tun?

GOLUBKOW Sie erkennen mich wohl nicht? Wir sind uns im vorigen Jahr begegnet, in der Schreckensnacht auf der Bahnstation auf der Krim, als Ihre Frau festgenommen wurde. Sie lebt jetzt in Konstantinopel am Rand des Abgrunds.

KORSUCHIN Am Rand? Entschuldigung, erstens habe ich keine Frau, und zweitens kann ich mich an die Station nicht erinnern.

GOLUBKOW Was? An diese Nacht? Es herrschte entsetzlicher Frost! Das wissen Sie nicht mehr?

KORSUCHIN Ich kann mich leider an keinen Frost mehr erinnern. Sie müssen sich irren.

GOLUBKOW Aber Sie sind doch Paramon Iljitsch Korsuchin? Ich habe Sie erkannt! Sie waren doch auf der Krim?

KORSUCHIN Ich habe in der Tat einige Zeit auf der Krim gelebt, damals, als die verrückten Generäle sich austobten. Aber wissen Sie, ich bin schon lange weg von dort, habe keine Verbindungen mehr nach Rußland und will auch keine haben. Seit einem halben Jahr bin ich französischer Staatsbürger, bin seit langem verwitwet und muß Ihnen sagen, daß seit zwei Monaten in meinem Hause eine russische Emigrantin lebt, meine Sekretärin, die ebenfalls die französische Staatsbürgerschaft angenommen hat und sich Fréjole nennt. Sie ist ein bezauberndes unschuldiges Wesen, das ich, im Vertrauen gesagt, zu heiraten beabsichtige. Also müssen Gespräche über meine angebliche Ehefrau mir unangenehm sein!

GOLUBKOW Fréjole? Sie verleugnen einen lebendigen Menschen? Sie ist doch zu Ihnen gereist! Der Frost! Sie wissen nicht mehr, wie sie verhaftet wurde? Ich verstehe ja, daß Sie sie damals verleugnet haben, auf der Station, da mußten Sie den Tod fürchten, aber jetzt?

KORSUCHIN Ach, der Frost! Schon wieder die alte Geschichte. Man hat bereits versucht, mich zu erpressen, Herr Golubkow, man hat dazu die Legende von meiner Frau benutzen wollen. Die Spionageabwehr hat das getan. Ich möchte diese Geschichte nicht noch einmal erleben!

GOLUBKOW Der Frost. Die Fenster, wissen Sie noch? Die Laterne – ein hellblauer Mond …

KORSUCHIN Möglicherweise eine Namensgleichheit.

GOLUBKOW Ei-jei-jei! Ich muß mein Leben geträumt haben.

KORSUCHIN Ohne Zweifel.

GOLUBKOW Verstehen Sie … Doch, Sie sind es! Aber hören Sie mich an: Ich war mit einem Dampfer zwei

Monate unterwegs nach Paris! Ich bin nur hergekommen, um Sie zu finden. Es ging über Griechenland! Verstehen Sie, ich kann auf niemanden hoffen, nur auf Sie. Ich bin mit einem Begleiter in Paris, und wir beide haben eine Bitte an Sie. Na schön, meinetwegen ist sie nicht Ihre Frau. Sie sind gar nicht verheiratet! Ich verstehe, daß Sie das irgendwie stört. Das ist sogar besser. Sie haben und hatten keine Frau! Ich, ich liebe sie! Verstehen Sie, ich! Aber wir, mein Begleiter und ich, nicht sie, nein, wir bitten Sie um eine Anleihe. Wir werden Sie abarbeiten. Tausend Dollar.

KORSUCHIN Ach nein! Entschuldigen Sie, Monsieur Golubkow, ich hatte das vermutet. Tausend? Habe ich richtig gehört?

GOLUBKOW Sie sind doch ein sehr reicher Mann! Tausend, und wir zahlen sie Ihnen bestimmt zurück.

KORSUCHIN Ach, mein junger Russe, bevor wir von tausend Dollar sprechen, will ich Ihnen sagen, was ein Dollar ist. *Beginnt die Ballade vom Dollar. Begeistert* Ein Dollar! Schauen Sie, dort, dort leuchtet ein goldener Strahl, er gleitet und fällt, und neben ihm in der Luft ist eine schwarze Katze. Eine Schimäre … Notre Dame! Jahrhunderte. Dort funkelt, dort ruht der Dollar! Hören Sie! *Zeigt geheimnisvoll auf den Fußboden.* Eine undeutliche Empfindung. Kein Lärm, kein Laut, sozusagen der Atem der aufgebrochenen Erde. Ein Ungeheuer fliegt pfeilgeschwind. Die Metro. Darin ist der Dollar! Jetzt schließen Sie die Augen und stellen Sie sich vor: Finsternis, darin Wogen, so hoch wie Berge … Dunkelheit und Wasser. Der Ozean! Er ist furchtbar, er frißt einen auf. Aber im Ozean, mit zischenden Feuerungen, Millionen Tonnen Wasser sprengend, fahren krächzend … Augen, Lichter! Vor den Feuerungen nackte Heizer. Mühsam furcht es das Wasser, aber in seinen Höllenfeuern trägt es sein goldenes Kind, sein Herz – den Dollar! Plötzlich ein Signal! Alarm in der Welt! Aus dem Schiff steigen die schwarzen Söhne der sudanesischen Sonne …

Hinter der Bühne eine dumpfe Trompetenexplosion und ein Marsch.

Sie kommen, sie kommen! Wohin? Irgendwo ist der Dollar beschädigt worden.

Hinter der Bühne ein fröhlicher Marsch, dumme Sonnenstimmen singen: »Halleluja ... halleluja ...«

Korsuchin geht ans Fenster, ruft Vive la France! *Zu Golubkow* Heute wird das Denkmal des Unbekannten Soldaten enthüllt! Ein Soldat! Er ist gefallen, um den göttlichen Dollar zu verteidigen. Hören Sie, wie in Paris Militärtrompeten ihm zurufen: »Halleluja«? Er ist gefallen, und dafür wird auf seinem Grab aus Granit die ewige Flamme lodern. Ein Dollar! *Leiser* Also, Herr Golubkow, ich denke, Sie werden nicht länger darauf bestehen, daß ich einem unbekannten zerlumpten jungen Mann tausend Dollar aushändige! Haben Sie mich verstanden?

GOLUBKOW Ja, das habe ich. Wir werden im Ausland sterben. Aber, Herr Korsuchin, ich finde, Sie sind der scheußlichste, seelenloseste Mensch, den ich je gesehen habe. Die Vergeltung wird Sie treffen. Sie ist nicht mehr weit. Sie kommt!

Es klingelt.

ANTOINE *kommt herein* Generalmajor Tscharnota.

KORSUCHIN Hm. Heute ist der Tag der Russen. Bitten Sie ihn herein!

TSCHARNOTA *kommt herein, im Tscherkessenrock, ohne den silbernen Gürtel, und in zitronengelber Unterhose. Sein Gesicht zeigt die Miene eines Menschen, der nichts zu verlieren hat. Hemdsärmelig* Tag, Paramon!

KORSUCHIN Sind wir uns schon begegnet?

TSCHARNOTA Was für eine Frage! Ob wir uns schon begegnet sind? Spinnst du, Paramon? Sewastopol!

KORSUCHIN Sehr angenehm. Aber haben wir schon Brüderschaft getrunken?

TSCHARNOTA Weiß der Teufel, keine Ahnung. Aber wenn wir uns begegnet sind, dann bestimmt.

KORSUCHIN Entschuldigen Sie, sehe ich richtig, daß Sie in Unterhose sind?

TSCHARNOTA Warum wundert dich das? Ich bin doch keine Frau, zu der dieses Kleidungsstück nicht passen würde.

KORSUCHIN Sie ... Du bist General, und du bist so durch Paris gegangen? Durch die Straßen ...

TSCHARNOTA Nein! Auf der Straße hatte ich Hosen an, die hab ich im Hausflur ausgezogen! Was für eine dämliche Frage!

KORSUCHIN Pardon, pardon ...

TSCHARNOTA *leise zu Golubkow* Hat er's rausgerückt?

GOLUBKOW Nein! Du brauchst ihn auch nicht zu bitten. Laß uns hier verschwinden.

TSCHARNOTA Wo sollen wir denn jetzt hin? *Zu Korsuchin* Schläfst du noch oder was? Deine Landsleute haben für dich gegen die Bolschewiken gekämpft, und du verweigerst ihnen diesen lächerlichen Betrag? Hast du nicht verstanden, daß Serafima in Konstantinopel ist?

GOLUBKOW Sei still! Ich verbiete dir, ihren Namen zu nennen! Verstehst du, er hat sich von ihr losgesagt! Wenn du noch einmal ihren Namen nennst, gehe ich allein, dann kannst du machen, was du willst. Gehen wir, Grigori!

TSCHARNOTA Weißt du, Paramon, du bist ein sündiger Mensch, und ich hätte bei den Roten in die Partei eintreten sollen, um dich zu erschießen.

KORSUCHIN General, du machst anrüchige Scherze, noch dazu in meinem Haus!

TSCHARNOTA Also können wir nicht hoffen?

KORSUCHIN Ich habe leider kein Bargeld im Hause, General.

TSCHARNOTA Wozu hast du die Karten da liegen?

GOLUBKOW Ich gehe. Komm, Grischa! Bitte erniedrige dich nicht.

TSCHARNOTA Von erniedrigen kann nicht die Rede sein. Das Sachliche haben wir erledigt, jetzt möchte ich plaudern. Zum Beispiel über die Karten. Spielst du?

KORSUCHIN Daran ist doch nichts Erstaunliches. Ich spiele sehr gern. Aber mein Partner ist krank und kann heute nicht kommen.

TSCHARNOTA Was spielst du denn?

KORSUCHIN Die Neun, und sehr gern.

TSCHARNOTA Die Neun spielst du? Golubkow, hast du das gehört? Na, dann kannst du ja mit mir spielen!

KORSUCHIN Mit Vergnügen. Aber wissen Sie, ich spiele gern um Bargeld.

GOLUBKOW Komm, Grischa!

TSCHARNOTA Was habe ich dir gesagt? Schlimmstenfalls verpfändest du ... Schlimmer kann's nicht kommen. Warum hast du dich so damit? Gib mir Chludows Medaillon!

GOLUBKOW Da, bitte! Mir ist es egal. Ich gehe!

TSCHARNOTA *zu Golubkow* Sei doch einmal im Leben kein Frosch! Wir gehen zusammen. In dem Zustand laß ich dich nicht gehen! Du springst mir noch in die Seine. *Hält Korsuchin das Medaillon hin.* Wieviel?

KORSUCHIN Hübsches Ding! Sehr, sehr hübsches Ding! Renaissance!

TSCHARNOTA Und echt! Ich habe viele solche Dinger in Konstantinopel. Wieviel?

KORSUCHIN Ich soll es Ihnen abkaufen? Hm ... Fünf Dollar.

TSCHARNOTA Aber Paramon! Na schön, einverstanden! *Setzt sich an den Kartentisch, krempelt die Ärmel des Tscherkessenrocks auf, öffnet ein Kartenspiel.* Wie heißt dein Knecht?

KORSUCHIN Antoine.

TSCHARNOTA *schallend* Antoine!

Antoine erscheint.

Bring was, mein Lieber.

Antoine lächelt erstaunt, aber respektvoll und verschwindet. Tscharnota hält die Bank.

Wieviel?

KORSUCHIN *lächelnd* Na, diese fünf Dollar. Bitte eine Karte!

TSCHARNOTA Neun.

KORSUCHIN *zahlt* Ich bitte Sie! Quitt!

TSCHARNOTA Neun.

KORSUCHIN *lächelnd* Na, quitt, um zwanzig Dollar.

TSCHARNOTA Wünschen Sie eine Karte?

KORSUCHIN Ja. Sieben!

TSCHARNOTA Ich habe acht.

KORSUCHIN *lächelt ihm zu wie einem Kind, das bei einer Kirche spazierengeht* Na, quitt. Vierzig!

GOLUBKOW *plötzlich* Tscharnota, was machst du? Er verdoppelt ja, und er wird dir gleich alles abnehmen!

TSCHARNOTA Wenn du von dem Spiel mehr verstehst, setz dich auf meinen Platz.

GOLUBKOW Ich kann es nicht.

TSCHARNOTA Dann steh mir nicht im Licht! Eine Karte?

KORSUCHIN Ja, bitte. Verdammt, Herz.

TSCHARNOTA Ich habe drei Augen.

KORSUCHIN Und Sie kaufen nichts dazu?

TSCHARNOTA Manchmal, je nachdem.

Antoine bringt einen Imbiß und Wodka.

Leert zwei Gläser. Golubkow, ein Gläschen?

GOLUBKOW Ich möchte nicht.

Tscharnota bietet Korsuchin ein Glas an.

KORSUCHIN Merci, ich habe schon gespeist. Machen Sie weiter.

TSCHARNOTA *mischt* Eine Karte gefällig?

KORSUCHIN Auf quitt.

Golubkow zuckt zusammen.

TSCHARNOTA Das läuft! *Trällert aus »Pique Dame«* »Die Gräfin ging zum Stelldichein ...« Eine Neun!

KORSUCHIN Unglaublich! Auf quitt!

TSCHARNOTA »Die Gräfin ging zum Stelldichein ...« Ich bitte um Bargeld.

GOLUBKOW Mach Schluß, Tscharnota! Ich flehe dich an.

TSCHARNOTA Sei so gut, beschäftige dich mit irgendwas. Sieh dir ein Buch an. *Zu Korsuchin* Bargeld.

KORSUCHIN Sofort.

Berührt mit einem Schlüssel den Panzerschrank. Im Innern spielt ein Glöckchen ein Motiv aus der Zweiten Ungarischen Rhapsodie von Liszt. In der Diele klingelt es. Das Licht geht aus. Totale Dunkelheit. Das Licht geht wieder an. Aus der Diele kommt Antoine mit einer Pistole in der Hand.

GOLUBKOW Was ist los?

KORSUCHIN Das ist eine Signalanlage. Antoine, Sie können gehen, ich habe geöffnet.

TSCHARNOTA Unentbehrlich in jeder Wirtschaft. Ich werde mir auch eine kaufen. Du hast doch gesagt, du hast kein Bargeld im Haus.

KORSUCHIN *schließt den Panzerschrank zu* Spielen wir weiter! Auf quitt – dreihundertzwanzig Dollar.

TSCHARNOTA Das geht nicht. Diesen Einsatz nimmt die Bank nicht an.

KORSUCHIN Sie spielen gut! Wieviel nimmt die Bank an?

TSCHARNOTA Fünfundzwanzig Dollar.

KORSUCHIN Ich halte.

Die Szene wird ein wenig fieberhaft. Das Zimmer ist in die Pariser Sonne getaucht. In dieser Beleuchtung sieht Tscharnota phantastisch schön aus.

Eine Karte! *Siegesbewußt* Neun!

TSCHARNOTA Ich habe Herz!

KORSUCHIN Her damit!

TSCHARNOTA Bitte!

KORSUCHIN Eine Karte! Akzeptieren Sie dreihundert Dollar? Quitt? He, Paramon, du gehst ja ran! Das ist also deine schwache Stelle! Ich akzeptiere!

GOLUBKOW Tscharnota!

KORSUCHIN Ich habe Sieben!

TSCHARNOTA Und ich Siebeneinhalb! Kleiner Scherz – Acht!

Golubkow hält sich stöhnend die Ohren zu und legt sich bäuchlings auf das Sofa. Korsuchin öffnet mit dem Schlüssel den Panzerschrank. Im Dunkeln die Rhapsodie. Licht. Die Szene hat sich zauberhaft verändert. Auf dem Kartentisch leuchten zwei elektrische Kerzen mit rosa Schirm. Korsuchin hat die Jacke aus-

gezogen. Seine Haare sind zerrauft. Vor den Fenstern warme Dunkelheit, darin das Lichterchaos der Stadt. Der Eiffelturm leuchtet. Tscharnota hat den Tscherkessenrock aufgeknöpft. Golubkow liegt bäuchlings. Hinter der Bühne spielt ein Militärmarsch: »Halleluja ...«

TSCHARNOTA *im Takt des Marschs* Jetzt kriegst du den Todesstoß. Drei Karten, drei Karten, drei Karten.

KORSUCHIN Dreitausend!

TSCHARNOTA In bar!

Korsuchin öffnet den Panzerschrank. Dunkelheit. Die Rhapsodie spielt eine halbe Minute lang, dann geht wieder das Licht an. Dunkelblaues Morgengrauen. Korsuchin und Tscharnota wie Schatten. Die Lichter sind gelöscht. Am Fußboden und auf dem Tisch leere Champagnerflaschen. Berge von Karten. Golubkow steht wie ein Gespenst da und blickt mit eingesunkenen Augen auf den Kartentisch.

KORSUCHIN Wissen Sie was? Geben Sie mir das Bargeld, ich stelle Ihnen einen Scheck aus.

TSCHARNOTA *mit satanischem Gelächter* Was denkst du dir, Väterchen! Wo soll ich in Paris eine Bank finden, die auf einen Scheck einem Menschen in Unterhosen zehntausend Dollar aushändigt? Nein danke.

GOLUBKOW *plötzlich* Sieh mal! *Zeigt aufs Fenster.* Da, da, der erste Strahl schwebt und stürzt, da ist der Dollar. Na, Paramon Iljitsch Korsuchin, erinnern Sie sich an den Frost? Tscharnota, kaufe das Medaillon zurück! Ich will es ihm wiedergeben.

KORSUCHIN Dreihundert Dollar!

TSCHARNOTA Räuber.

GOLUBKOW Da! *Wirft ihm dreihundert Dollar hin.*

Korsuchin wirft ihm das Medaillon hin.

TSCHARNOTA Also, auf Wiedersehen, Paramon. Wir sitzen schon zu lange bei dir. Wir müssen einkaufen gehen.

KORSUCHIN *stellt sich vor die Tür* Nein! Halt. Ich habe Fieber! Ich war nicht bei Sinnen! Sie haben meine Krankheit ausgenutzt. Also: Sie kriegen jeder fünfhundert Dollar!

TSCHARNOTA »Du scherzest! schrie die wilde Bestie ...«

KORSUCHIN Wenn's so ist, melde ich jetzt der Polizei, daß Sie mir Geld gestohlen haben. In einer halben Stunde werden Sie abgeholt!

TSCHARNOTA Hast du das gehört? *Zieht den Revolver.* So, Paramon Iljitsch, bete zu deiner Pariser Gottesmutter, dein letztes Stündlein hat geschlagen!

KORSUCHIN *schreit kläglich* Hilfe, Hilfe!

Antoine erscheint auf Korsuchins Geschrei in der Morgendämmerung. Er ist in Unterwäsche und gleicht einem Gespenst.

KORSUCHIN *wehmütig* Alle schlafen. Die ganze Villa schläft! Niemand hört mich, und russische Banditen plündern mich aus! *Schreit dumpf* Hilfe!

Plötzlich flammt rosa Licht auf, eine Samtportiere schiebt sich auseinander, und es erscheint Ljuska. Sie trägt ein Häubchen, eine Atlasjacke, Pluderhosen und goldene Pantoffeln. Als sie Tscharnota und Golubkow erblickt, erstarrt sie, die beiden Männer auch.

Liebe Lucy, Sie schlafen in Ihrem gemütlichen Nestchen, während Ihr Patron von russischen Banditen ausgeraubt wird!

LJUSKA Mein Gott, mein Gott! Ich habe meinen bitteren Kelch noch immer nicht geleert. Dabei dachte ich, ich hätte ein Recht darauf, zur Ruhe zu kommen. Da liegt Paris, das wunderbare, vergötterte Paris! Weich, warm ... Aber nein! Kaum rollt man sich im Bett zusammen, schon stößt einem jemand die Faust in den Rücken. Kein Wunder, daß ich heute nacht von Kakerlaken geträumt habe – da sind sie wirklich! Ich möchte nur eines wissen: Wie sind Sie hierher gekommen?

TSCHARNOTA *verdutzt* Sie ist das?

KORSUCHIN *zu Ljuska* Was bedeutet das, Lucy? *Zu Tscharnota* Sie kennen Mademoiselle Fréjole?

TSCHARNOTA Fréjole?

Ljuska fällt hinter Korsuchins Rücken auf die Knie, was bedeutet: Verrate mich nicht!

GOLUBKOW Ah ... Verstehe! Tscharnota, wir sind in Paris überflüssig! Misch dich nicht ein!

KORSUCHIN *zu Tscharnota* Sie kennen Mademoiselle Fréjole?

TSCHARNOTA Woher sollte ich sie kennen? Keine Ahnung.

LJUSKA Also machen wir uns bekannt, meine Herren! *Tritt aus der Türnische.* Lucy Fréjole! Und Sie, Antoine, scheren Sie sich zum Teufel! In was für einem Aufzug stehen Sie vor mir!

ANTOINE Sofort, Mademoiselle. *Verschwindet.*

TSCHARNOTA Mademoiselle, entschuldigen Sie bitte meinen Aufzug.

LJUSKA *mit einer wegwerfenden Handbewegung* Bitte, bitte, lieber General. Nun, meine Herren, worin besteht das Mißverständnis? *Zu Korsuchin* Meine kleine Ratte, meine kleine Kröte, hat man dir etwas zuleide getan?

KORSUCHIN Er hat mir zehntausend Dollar abgewonnen.

LJUSKA *setzt sich auf die Tischkante, lacht* Du hast mit General Tscharnota Karten gespielt?

KORSUCHIN Er ist ein Falschspieler, ja?

TSCHARNOTA Vorsichtig, Herr Korsuchin!

LJUSKA Ich bitte Sie, General! Was machst du bloß, meine kleine Ratte! Verstehst du, in Nordtaurien hat er ganze Husarenregimenter aufs Kreuz gelegt! Er hat gegen Kraptschikow gewonnen! Er spielt! Und wie!

KORSUCHIN *argwöhnisch* Woher weißt du das alles, Lucy?

LJUSKA Gott, in der Zeitung hat's gestanden! Das ist doch ein sehr bekannter Name, Tscharnota! Also, Krötlein, du hast verloren?

KORSUCHIN Ich will mein Geld zurück. Wo hat Antoine die Kartenspiele gekauft?

LJUSKA Nein, Katerchen! Der liebe General hat recht. Sei ein Gentleman, du hast verloren. Das ist die Strafe für deine Unvorsichtigkeit. Du kannst mir eine Brosche kaufen.

KORSUCHIN Eine Brosche? Ich bin ausgeraubt.

LJUSKA Macht doch nichts, mein Junge! Du hast ja Ringe unter den Augen! Geh, schlaf dich aus! Meine Herren, das Geld gehört Ihnen. Keinerlei Mißverständnis. Fahren Sie in Ruhe. Antoine!

Antoine erscheint mit Hosenträgern.

Die Herren wollen uns leider verlassen. Antoine, begleiten Sie sie hinaus. Es war mir eine große Freude, Landsleute zu sehen. Schade, daß wir uns nicht mehr treffen werden.

TSCHARNOTA Au revoir!

LJUSKA Adieu!

KORSUCHIN *plötzlich* Wo haben Sie die Kartenspiele gekauft, Antoine?

ANTOINE Sie selbst haben sie gekauft, Paramon Iljitsch. *Mit Golubkow und Tscharnota ab.*

KORSUCHIN Raus, alle raus! Dieser Dummkopf Antoine wird entlassen! Der läßt mir keine Russen mehr ins Haus!

LJUSKA Was regst du dich auf! Du kriegst bloß einen Blutandrang im Kopf. Da, es ist Morgen!

KORSUCHIN *schluchzt, wankt* Schließen Sie den Panzerschrank, Lucy, mein Freund. *Ab.*

LJUSKA Gut, gut, mein Freund! Keine Bange!

Schließt den leeren Panzerschrank. Darin leise Musik. Schnee … Läuse … Stiefel … Sie kommen …

Drei Dörfer, zwei Weiler,
acht Mädchen und ich,
und wo die auch hingehn,
dahin zieht es mich!

Gütiger Gott! Siehst du nicht, wie müde ich bin? Ich will gar nichts mehr. Ich gehe nicht dorthin zurück. Ich will nicht! Ich möchte schlafen! *Sieht sich verstohlen um, ob Korsuchin in der Nähe ist.*

In der menschenleeren Straße vor dem Fenster Schritte.

Läuft ans Fenster, öffnet es, legt die Hände um den Mund, ruft halblaut Tscharnota!

Die Schritte verstummen.

Lebt wohl! Leb wohl! Golubkow, behüte Serafima! Tscharnota, kauf dir Hosen!

Im Fenster Morgengrauen, das in Dunkelheit übergeht.

Ende des siebenten Traums

Achter und letzter Traum

Zwölf Räuber hat es mal gegeben ...

Zimmer voller Teppiche. Flache Diwane. Eine Wasserpfeife. Im Hintergrund eine durchgehende Glaswand. Davor ein Minarett von Konstantinopel im Abendlicht, Lorbeerbäume und Arturs Karussell. Die Sonne neigt sich, es wird Abend.

CHLUDOW *sitzt auf dem Fußboden, auf einem Teppich, spricht mit jemandem* Du hast mich lange gequält, aber nun ist die Erleuchtung da. Ja. Die Erleuchtung. Versteh doch ... Ich bin einverstanden. Aber du darfst nicht vergessen, daß du nicht der einzige in meiner Nähe bist. Da sind auch Lebende, die hängen an meinen Füßen und haben ihre Forderungen. Na? Mein Schicksal hat sie seit jener Nacht mit mir verknüpft. Wir sind zusammen durch klirrende Nadeln geflogen, und sie sind jetzt nicht mehr von mir zu trennen. Ich habe mich damit abgefunden. Eines verstehe ich nicht. Wie hast du dich allein von der langen Kette der Monde und Lampen getrennt? Wie bist du der ewigen Ruhe entkommen? Du warst doch nicht allein. O nein, ihr wart viele, sehr viele! *Murmelt* Erinnere dich, erinnere dich, Herrgott! Wir werden uns auch erinnern. *Denkt nach, altert zusehends, sinkt zusammen.* Wo waren wir stehengeblieben? Richtig ... Also, ich hätte all das nicht tun dürfen. Was kam danach? Danach war einfach Finsternis, und alle sind wohlbehalten weggekommen. Danach die Hitze. Jetzt drehen sich die Karussells, jeden Tag, jeden Tag. Aber du jagst mich! Du bist mir auf die große Entfernung gefolgt und hast mich im Sack gefangen wie in einem Fischernetz. Quäle mich nicht mehr. Versteh doch, ich bin schon entschlossen, ich schwöre es. Da. *Bewegt die Finger.* Die Uhr ist verkauft. Ich habe nichts mehr, und mich ängstigt nichts mehr. Ich gebe dir mein Wort: Sobald Golubkow zurück ist, fahre ich los. Erleichtere mir die Seele, nicke! Nicke wenigstens einmal, redegewandte Ordonnanz Krapilin … Ja! *Ruft halblaut* Er hat genickt! Es ist beschlossen!

Die Tür öffnet sich, und Serafima kommt herein. Sie trägt einen Hut. In der Hand hält sie ein Bündel.

SERAFIMA Was denn, Roman Valerianowitsch, schon wieder?

CHLUDOW Was denn?

SERAFIMA Mit wem haben Sie gesprochen? Was hatte ich Ihnen gesagt? Wer ist außer Ihnen im Zimmer?

CHLUDOW Niemand. Das ist Ihnen nur so vorgekommen. Im übrigen habe ich die Gepflogenheit, Selbstgespräche zu führen. Das stört doch keinen, oder?

SERAFIMA *setzt sich auf den Teppich, Chludow gegenüber* Seit zwei Monaten wohne ich im Nebenzimmer und höre Sie nachts murmeln. Meinen Sie, das ist leicht für mich? In solchen Nächten kann ich auch nicht schlafen. Und jetzt schon am Tag? Mein Gott, Sie armer Mensch.

CHLUDOW Ich bitte um Entschuldigung. Ich besorge Ihnen ein anderes Zimmer, aber auch in diesem Haus, damit ich Sie unter Aufsicht habe. Ich habe die Uhr verkauft, Geld ist da. Das Zimmer ist hell, und die Fenster blicken auf den Bosporus. Besonderen Komfort kann ich Ihnen natürlich nicht bieten. Sie sehen ja, wir sind ruiniert, wir haben den Krieg verloren, wir sind ausgestoßen. Warum haben wir verloren? Wissen Sie das? *Zeigt geheimnisvoll über seine Schulter hinweg.* Er und ich, wir wissen es! Es ist mir selber peinlich, Ihnen so nahe zu sein. Aber ich muß mein Wort halten. Ich habe dort alle möglichen Verbrechen begangen, und überhaupt …

SERAFIMA Roman Valerianowitsch, Lieber … Erinnern Sie sich an den Tag, als Golubkow abreiste? Sie sind mir nachgeeilt und haben mich mit Gewalt zurückgeholt. Erinnern Sie sich?

CHLUDOW Ich bitte um Entschuldigung. Wenn ein Mensch den Verstand zu verlieren droht, muß ich Gewalt anwenden. Alle sind ja nicht normal.

SERAFIMA Sie taten mir leid, Roman Valerianowitsch. Sie taten mir leid, darum bin ich mit Ihnen umgekehrt. Meinen Sie wirklich, daß ich für Sie eine Belastung bin?

CHLUDOW Ich brauche kein Kindermädchen.

SERAFIMA Seien Sie nicht so gereizt! Damit schaden Sie sich nur selbst. Armer Mensch!

CHLUDOW Ja, richtig, richtig! Ich kann niemandem mehr Schaden zufügen ... Erinnern Sie sich an die Nacht im Hauptquartier ... Chludow – eine Bestie, Chludow – ein Schakal!

SERAFIMA Das ist vorbei. Vergessen Sie es. Sprechen Sie nicht mehr davon.

CHLUDOW *murmelt* Ja, wirklich ... Erinnere dich, Herrgott ... Wir werden uns nicht mehr erinnern.

SERAFIMA Also, Roman Valerianowitsch, ich habe die ganze Nacht nachgedacht. Wir müssen einen Entschluß fassen. Sagen Sie, wie lange werden wir hier noch zusammensitzen?

CHLUDOW Wenn Golubkow zurückkommt, wird sich das Knäuel sofort entwirren. Ich übergebe Sie ihm, dann können wir auseinandergehen, und es ist aus! Wie schwül es ist!

SERAFIMA Sie wissen, daß es Wahnwitz war, ihn damals gehen zu lassen. Ich kann es mir nicht verzeihen. Ich habe solche Sehnsucht. Ljuska war schuld, sie hat mich mit ihren Vorwürfen verrückt gemacht. Ich kann jetzt nicht schlafen, ebenso wie Sie, denn er ist in Paris vielleicht schon verschollen oder gar gestorben.

CHLUDOW Schwül ist diese Stadt! Kakerlakenrennen! Eine russische Schande! Alle bedrängen mich, und ich bin nicht normal! Warum haben Sie ihn gehen lassen? Was habe ich damit zu tun? Er ist schließlich erwachsen. Hat er dort irgendwelche Gelder, Ihr Mann?

SERAFIMA Ich habe keinen Mann! Sie wissen, es ist mir peinlich, den Menschen in die Augen zu sehen, seit ich mit ihm verheiratet war. Er ist ein Lump, ein Schurke!

CHLUDOW Ich hatte ihn in den Händen und habe ihn gehen lassen! Also, was soll ich jetzt machen?

SERAFIMA Nach Paris kann ich nicht fahren. Golubkow ist verschwunden. Sehen wir der Wahrheit ins Auge. Heute nacht habe ich meinen Entschluß gefaßt. Man wird die Kosaken nach Hause bringen, und ich fahre mit ihnen nach Petersburg. Ich kann nicht länger hier bleiben. Es war verrückt, hierher zu fahren.

CHLUDOW Nach Hause? Nach Petersburg? Aha. Nach Rußland? *Spricht über seine Schulter hinweg.* Ja, richtig.

SERAFIMA Sprechen Sie nur mit mir!

CHLUDOW Sie sind sehr klug. Die Kosaken fahren zurück, der Dampfer steht bereit. Sie haben den Bolschewiken nichts getan und können ruhig zurückkehren.

SERAFIMA Eines weiß ich noch nicht, eines hält mich zurück. Was wird aus Ihnen?

CHLUDOW *winkt ihr geheimnisvoll mit dem Finger. Sie nähert sich, und er sagt ihr ins Ohr* Ich habe jetzt Kriegsrat gehalten, aber schweigen Sie darüber. Sie sind nicht in Gefahr. Aber mir ist Wrangels Spionageabwehr auf den Fersen, die hat einen guten Riecher. *Flüsternd* Ich fahre auch nach Rußland. Heute nacht. In der Nacht legt der Dampfer ab.

SERAFIMA Sie wollen heimlich, unter fremdem Namen?

CHLUDOW Nein, unter meinem. Ich gehe hin und sage: Da bin ich, Chludow.

SERAFIMA Sie wahnwitziger Mensch, haben Sie daran gedacht, daß man Sie auf der Stelle erschießen wird?

CHLUDOW Ja, sofort! Kattunhemd, Keller, Schnee. Fertig! *Dreht sich um.* Dann schmilzt meine Bürde, seht her, er ist weg und in die Ferne gerückt.

SERAFIMA Ach, jetzt verstehe ich, was Sie vorhaben! Ich verstehe! Davon murmeln Sie also. Das ist doch Wahnwitz! Überlegen Sie sich's. Bleiben Sie hier. Vielleicht werden Sie wieder gesund.

CHLUDOW Ich bin heute gesund geworden, völlig gesund. Jetzt ist mir alles klar. Ich werde nicht im Eimer schwimmen, ich bin kein Kakerlak – ich renne nicht! Ich erinnere mich an den Schnee, die Masten, die Armeen, die Kämpfe! Und überall Lampen, Lampen. Chludow fährt nach Hause! *Es klopft an der Tür.*

Wer ist da? Qui est là?

SERAFIMA Ich mach schon auf. *Öffnet die Tür, prallt zurück. Herein kommen Golubkow und Tscharnota. Beide sind gleich gekleidet: guter grauer Anzug und Hut. Tscharnota trägt ein Köfferchen. Alle vier schweigen lange.*

TSCHARNOTA *bricht das Schweigen* Guten Tag! Warum sagt ihr nichts? Habt ihr das Telegramm nicht bekommen?

CHLUDOW Nein.

TSCHARNOTA Verfluchte Stadt! Das ist nicht wie in Paris. Grüß dich, Roman.

CHLUDOW Da. Da sind sie. Zurückgekommen. Alles richtig. Gut. Ausgezeichnet.

GOLUBKOW Serafima, grüß dich, Serafima ...

Serafima umarmt Golubkow und weint lautlos.

CHLUDOW *verzieht das Gesicht* Komm, Tscharnota, ich muß mit dir sprechen! *Geht mit Tscharnota durch die Glastür auf den Balkon.*

GOLUBKOW Na, nicht weinen, nicht weinen, Serafima Wladimirowna. Ich bin ja wieder da.

SERAFIMA Ich dachte, Sie wären tot. Und ich hab mich so gesehnt. Oh, wenn Sie wüßten ... Jetzt ist für mich alles klar. Sie sind wieder da. Sie werden nicht mehr wegfahren, Sergej. Wir fahren zusammen.

GOLUBKOW Nein, nein! Nirgendwohin! Um keinen Preis! Natürlich nicht, Serafima. Wir werden uns jetzt etwas einfallen lassen. Wie ist es dir ergangen ohne mich? Sag doch etwas.

SERAFIMA Ich bin ganz fertig, ich habe zwei Monate nicht geschlafen. Du warst kaum weg, da bin ich zu mir gekommen und konnte mir nicht verzeihen, daß ich dich gehen ließ. Nacht für Nacht sitze ich da und blicke zum Fenster hinaus, aber die Lichter ... Dann ist mir so, als ob ihr hungrig und abgerissen durch Paris geht. Ich habe Chludow bemuttert. Er ist krank, sehr schlimm.

GOLUBKOW Nicht doch, Serafima, nicht doch!

SERAFIMA Hast du meinen Mann gesehen?

GOLUBKOW Ja, Serafima. Er hat sich von dir losgesagt. Und eine neue Frau hat er auch. Aber frag mich nicht, wer das ist. Lieber nicht. Es ist besser so. Gott sei Dank, du kannst ihn vergessen. *Ruft halblaut* Chludow, danke!

CHLUDOW *kommt herein, gefolgt von Tscharnota* Na also. Alles in Ordnung? Ich sage euch jetzt ...

TSCHARNOTA Ach, Roman! Wie du aussiehst!

CHLUDOW Hast du Geld?

TSCHARNOTA Ja, habe ich! Tscharnota ist kein Bettler mehr. Wenn du was brauchst, kann ich dir was geben.

CHLUDOW Nein, ich brauche nichts. *Zu Golubkow* Hast du auch Geld?

GOLUBKOW Ja.

CHLUDOW Also, ihr könnt die Wohnung hier bezahlen. Liebst du sie, ja? Bist du ein aufrichtiger Mensch? Ich rate dir, mit ihr zu fahren, wie sie es sich ausgedacht hat. Und nun lebt wohl! *Setzt den Hut auf, nimmt sein Köfferchen.*

TSCHARNOTA Wohin, wenn ich fragen darf?

CHLUDOW Heute nacht geht der Dampfer mit den Kosaken ab, und ich fahre mit. Aber behalte das für dich.

GOLUBKOW Roman, besinn dich, du darfst nicht!

SERAFIMA Ich hab's ihm schon gesagt, doch er ist nicht zu halten!

CHLUDOW General Tscharnota, vielleicht fahren Sie mit mir? Lassen Sie die Kakerlakenrennen sausen!

TSCHARNOTA Moment mal! Jetzt verstehe ich! Wohin? Nach Hause? Nein! Was? Du bist Generalleutnant im Generalstab, hast du vielleicht einen schlauen Plan? Aber diesmal verrechnest du dich. Roman, du wirst dann noch so lange leben, wie es dauert, dich aus dem Zug zu holen und an die nächste Wand zu stellen, noch dazu unter schärfster Bewachung. Und mit dir werden sie mich Gottesknecht abführen. Wofür mich? Habe ich die Kosaken umsonst gesäbelt? Richtig! Wer ist denn zur Karpowa-Schlucht gegangen? Ich. Habe ich die Fuhrwerke geplündert? Ja! Aber, Roman, ich habe keine Laternen hinter mir. Und du? Wo ist Krapilin? Wofür hast du die Ordonnanz umgebracht?

CHLUDOW Sie reden grausam mit mir! *Er bleckt die Zähne, dreht sich um.* Ich weiß, wo er ist. Aber wir haben uns ausgesöhnt ... ausgesöhnt ...

SERAFIMA Tscharnota, das geht doch nicht. Wie redest du mit dem Kranken?

GOLUBKOW Roman, bleib hier, du darfst nicht zurückkehren!

TSCHARNOTA Ich rede so, um ihn zurückzuhalten!

CHLUDOW Du wirst Heimweh haben, Tscharnota.

TSCHARNOTA Heimweh? Das brauchst du mir nicht zu sagen! Du siehst die Karte vor dir, das ehemalige russische Imperium, das du auf dem Perekop verspielt hast, und hinter deinem Rücken geistern die gefallenen Soldaten. Ich bin ein kleiner Mensch, und was ich von mir weiß, das weiß ich! Ich habe schon längst Heimweh, mein Lieber! Ich denke mit Schmerz an den Dnepr und das Lawra-Kloster! Ich denke an die Kämpfe! Ich bin nicht vor dem Tod weggelaufen, aber ich gehe auch nicht zu den Bolschewiken, um mir den Tod zu holen! Ich habe keine Heimat mehr! Du hast sie verspielt! Trotzdem ist es dumm: Bleib hier. Ich rede aus Mitleid!

CHLUDOW Na, leb wohl! Lebt wohl! *Ab.*

SERAFIMA Chludow!

GOLUBKOW Chludow!

Pause. Hinter der Bühne schlägt eine Uhr fünfmal. Schatten kriechen. Bei Arturs Kakerlakenrennen singt ein Chor: »Zwölf Räuber hat es mal gegeben und Kudejar, den Ataman!«

TSCHARNOTA Serafima, hole ihn zurück, er wird es bereuen.

SERAFIMA Nein, Tscharnota, den hält nichts zurück, ich versuche es gar nicht erst.

TSCHARNOTA Ach ... er ist schwach. Die Seele schmerzt, sehnt sie sich nach dem Gericht? Nun gut, dann stirb, Chludow, wenn du schwach bist! Und Sie?

SERAFIMA Wir fahren, wir fahren zurück, Sergej! Nach Hause!

GOLUBKOW Richtig, Serafima! Wir fahren. In meinem Gehirn ist kein Blut mehr. Ich kann nicht länger herumirren.

TSCHARNOTA So? Dann laß uns das Geld teilen!

SERAFIMA Was für Geld? Woher? Vielleicht von Korsuchin?

GOLUBKOW Er hat Korsuchin zehntausend Dollar abgewonnen.

SERAFIMA Ich will es nicht! Auf keinen Fall!

GOLUBKOW Ich auch nicht! Ich will es nicht! Wir sind hierher zurückgefahren, und gut. Wir werden auch Rußland irgendwie erreichen.

TSCHARNOTA Ich biete es zum letztenmal an! Edelmut? Na schön. Sie fahren also? Nun, dann haben wir nicht den gleichen Weg. Das Schicksal hat uns auseinandergeführt – der eine in die Schlinge, der andere nach Petersburg, und ich werde wie der Ewige Jude sein … Der fliegende Holländer bin ich! Lebt wohl! *Öffnet die Balkontür.*

Man hört den Chor singen: »Viel Christenblut haben sie vergossen und Ehrlichen Böses getan.«

Da, das Karussell läuft schon wieder. Ich grüße dich, Kakerlakenkönig Artur! Gleich wirst du den Mund aufreißen, wenn vor dir in seinem Pariser Glanz der einfache Soldat General Tscharnota erscheint! *Verschwindet.*

GOLUBKOW *setzt sich neben Serafima, legt ihr den Arm um den Kopf* Wo wollen wir jetzt hin, meine arme Serafima? Nach Petersburg …

SERAFIMA Ja, unbedingt.

GOLUBKOW Ich bin so glücklich, daß er sich von dir losgesagt hat. Ich bin glücklich, daß ich dich auf der Flucht gefunden habe! Du hast jetzt keinen mehr …

SERAFIMA Keinen Menschen, nur dich … Nur dich, Sergej. Was war das in diesen anderthalb Jahren? Haben wir geträumt? Drücke meinen Kopf, damit ich vergesse. Ja, so … Weshalb sind wir geflohen? Aber ich habe dich gefunden. Die Monde auf dem Bahnsteig, die schwarzen Säcke, die Gluthitze, all das wird es nicht mehr geben. Ich will wieder in die Karawannaja-Straße. Ich will Schnee sehen. Ich will alles vergessen, ich will so tun, als wäre nichts gewesen!

GOLUBKOW Es war auch nichts, das ist uns nur so vorgekommen. Vergiß, vergiß. Ein Monat vergeht, wir fahren zurück nach Hause, inzwischen schneit es, und unsere Spuren sind verwischt.

Auf dem Minarett erscheint der Muezzin, man hört seine sanfte Stimme.

MUEZZIN La! Il Allah! Il Allah! Il Mohammed!

Der Chor bei Artur singt: »Zu unserm Herrgott beten wir und singen das alte Lied ...«

GOLUBKOW Wenn wir aufwachen, sind alle Träume vergessen. Wir werden zu Hause leben.

SERAFIMA Zu Hause ... Zu Hause ... nach Hause ... Nach Hause ... Ende ... *Konstantinopel verschwindet für immer.*

Ende

1928

Literaturgeschichtliche Anmerkungen

I

Die Dramen-Dilogie »Die Tage der Turbins« (1925/26), »Die Flucht« (1926–1928) erwuchs unmittelbar aus der Arbeit an dem Roman »Die weiße Garde« (1923/24), den Michail Bulgakow (1891–1940) ursprünglich als eine Roman-Trilogie über Genesis, Aufstieg und Untergang der weißen Freiwilligenarmee im russischen Bürgerkrieg von 1918 bis 1920 geplant hatte.* Widerspruchsvolle zeitgeschichtliche Umstände, aber auch Bulgakows besonderes theatralisches Sendungsbewußtsein führten dazu, daß die Roman-Trilogie unvollendet blieb und die Dramen-Dilogie in Bulgakows literarischem Kontinent den Freiraum besiedeln sollte, der in seiner Prosa teilweise nur als eine »punktierte Linie« skizziert wurde.**

Diese Bedeutung in Bulgakows Gesamtschaffen gewann die Dramen-Dilogie, da beide Stücke sich zu Parabeln verdichteten, die zeitgeschichtlich weit über die Handlungszeit hinausgreifen.

Die Handlungszeit in »Die Tage der Turbins« ist – wie die in dem Roman »Die weiße Garde« – auf die Bürgerkriegskämpfe in Kiew Ende 1918 und Anfang 1919 begrenzt. Aber noch mehr als der Roman in der Endfassung von 1929, in dem der erste Teil der geplanten Trilogie zu einem eigenständigen Werk umgestaltet wurde, entwickelte sich das Stück von der ersten Fassung zur endgültigen dritten Redaktion zu einem Gleichnis über Sinn und Unsinn des Bürgerkrieges. Und »Die Flucht« (russisch »Beg« mit der Hauptbedeutung »Der Lauf«) schildert in der äußeren Handlung mit historischer Akribie die Per-

* Siehe Band 1 dieser Ausgabe.
** Näheres dazu in Band 5 dieser Ausgabe.

spektive des Bürgerkrieges, die in »Die Tage der Turbins« bereits vorgezeichnet war. Zugleich werden diese historischen Ereignisse als der »Lauf« eines Lebens verallgemeinert, das von voluntaristischen Illusionen, die Terrorismus heiligen, zu Gewissenseinsichten führt, die eine radikale, selbstaufopferungsvolle Neusicht der eigenen Geschichte zeitigt. Und auch damit geht »Die Flucht« sogar über die Thematik der ursprünglich geplanten Roman-Trilogie weit hinaus: Es geht um die Tragödie revolutionärer bzw. konterrevolutionärer historischer Zwischenzeiten. Bulgakows künstlerische Weltsicht nähert sich der seines Romans »Der Meister und Margarita« (1928–1940). Es stellt sich die Frage: War das der eigentliche Grund für das gegensätzliche Schicksal beider Stücke in der Stalinzeit?

»Die Flucht« wird zu Recht als Bulgakows tiefstes dramatisches Werk eingeschätzt. Aber sein berühmtestes zu seinen Lebzeiten wurde »Die Tage der Turbins«. Dieses Stück erlebte zwischen 1926 und 1941 in der Fassung, die für den vorliegenden Band neu übersetzt wurde, 987 Aufführungen auf der repräsentativen Bühne des Moskauer Künstlertheaters. Und laut Theaterprotokoll hat Stalin mindestens 15 dieser Aufführungen demonstrativ besucht. Die »Turbins« waren nur während einer relativ kurzen Zeitspanne – von 1929 bis Anfang 1932 – abgesetzt, als im Zuge der Kampagne gegen »Rechtsabweichler« alle Werke Bulgakows verboten waren. Und das Ende dieser Inszenierung war kriegsbedingt: Beim Überfall Großdeutschlands auf die Sowjetunion am 22. Juni 1941 befand sich das Moskauer Künstlertheater auf einer Gastspielreise mit diesem Bulgakow-Stück in Minsk. Bei einem Bombenangriff wurden Bühnenbild und Requisiten vernichtet. »Die Flucht« hingegen erhielt trotz mehrerer zunächst verheißungsvoller Anläufe, und obwohl das Stück das Ende der weißen Garde vor allem auf Grund ihres Terrors gegen das eigene Volk und ihrer Bindung an die ausländischen Interventen als unausbleiblich und gerecht gestaltet und besonders von Gorki entschieden befürwortet wurde, erst 1957 eine Aufführungsgenehmigung – ein Jahr nach dem »Tauwetter« des XX. Parteitags der KPdSU.

Aber auch die Geschichte des ersten Teils der Dramen-Dilogie war nicht so einfach, wie es angesichts des späteren Bühnenerfolgs der »Tage der Turbins« erscheinen könnte.

II

Am 19. Januar 1925 skizzierte Bulgakow nach eigenen Angaben den ersten Plan einer Dramatisierung seines Romans »Die weiße Garde«. Ein Stück über die Turbin-Geschichte war ein langgehegter Traum des Schriftstellers. Bereits im Nordkaukasus hatte er ein Stück »Die Brüder Turbin« geschrieben, in dem er die Handlung ins Jahr der ersten russischen Revolution von 1905 verlegt hatte und das er später, weil es seinen Ansprüchen nicht gerecht wurde, eigenhändig verbrannte. Nach der Aufführung dieses Stückes in Wladikawkas schrieb Bulgakow seinem Cousin Konstantin am 1. Februar 1921: »Mein Leben ist mein Leidensweg ... Du kannst es Dir nicht vorstellen, wie gern ich Dich bei der Premiere der ›Turbins‹ dabeigehabt hätte! Du kannst es Dir nicht vorstellen, wie schwer mir das Herz war, daß dieses Stück in einem Provinznest uraufgeführt wurde, daß ich mich um vier Jahre verspätet habe mit dem längst fälligen Auftrag, dem Schreiben. Im Theater grölte man nach dem Autor und klatschte, klatschte ... Als sie mich nach dem zweiten Akt auf die Bühne holten, trat ich mit gemischten Gefühlen an die Rampe. Mit gemischten Gefühlen sah ich die geschminkten Gesichter der Schauspieler und den tobenden Zuschauerraum. Und dachte: Nun ist mein Traum in Erfüllung gegangen ... Aber so ganz anders: statt einer Moskauer Bühne – ein Provinztheater, statt eines Dramas um Aljoscha Turbin, das ich in mir trug, ein eilig fabriziertes, unreifes Stück. Das Schicksal treibt seinen Spott mit mir ... Aber ich beiße die

Zähne zusammen und arbeite Tag und Nacht ... Ich arbeite beharrlich. Ich schreibe einen Roman. Das ist in der ganzen letzten Zeit das einzige Werk, das richtig durchdacht ist.«

Als dieser Roman, »Die weiße Garde«, abgeschlossen war, dachte Bulgakow gleich wieder an die Dramatisierung seiner Turbin-Geschichte. Und er sollte Glück haben. Am 3. April 1925 erhielt er vom Regisseur des Moskauer Künstlertheaters Boris Werschilow eine geheimnisvoll umschriebene Einladung, die auf eine Inszenierung des Romans »Die weiße Garde« an dem berühmten Moskauer Theater zielte: »Es wäre mir außerordentlich wichtig, Sie kennenzulernen und eine Reihe von Fragen zu besprechen, die für mich sehr interessant und möglicherweise auch für Sie nicht ganz bedeutungslos sind ...«

Ein Jahrzehnt wechselvoller Zusammenarbeit des Schriftstellers mit dem Künstlertheater begann, die höchste Erfüllung seiner theatralischen Sendung verhieß, aber zugleich auch seine bitterste Enttäuschung werden sollte. Das Vorspiel für beide Aspekte dieser Zusammenarbeit war die Inszenierungsgeschichte der »Tage der Turbins«*.

Bei der weiteren Arbeit am Stück waren drei Motive entscheidend: dramaturgische Anforderungen des Theaters, Bulgakows eigene inhaltliche Vertiefung der Handlungsläufe, Dialoge und Figuren sowie Zensurauflagen. In Einzelfällen ist es mitunter sogar schwer zu unterscheiden, welches dieser Motive die weiteren Veränderungen des Textes ausgelöst hat. Und bei der Beurteilung dieser Redaktionsarbeit ist zu berücksichtigen, unter welchem politischen Druck Bulgakow persönlich 1926 gestanden

* Den Doppelcharakter seiner Beziehung zum Künstlertheater hat Bulgakow in »Aufzeichnungen eines Toten (Theaterroman)« am Stoff der Inszenierung des Romans »Die weiße Garde« parodiert. Dabei hat er aber auch die späteren Erfahrungen mit dem Scheitern der Aufführung seines Molière-Stückes »Die Kabale der Scheinheiligen« berücksichtigt. Siehe Band 2 dieser Ausgabe.

hatte. In einem Brief an Stalin vom Juli 1929, in dem er nach dem Verbot aller seiner Stücke um Ausreiseerlaubnis aus der Sowjetunion bat, betonte er: »Im Jahre 1926, am Tage der Generalprobe der ›Tage der Turbins‹, wurde ich in Begleitung eines Agenten der OGPU zur OGPU gebracht, wo man mich einem Verhör unterzog. Einige Monate vorher hatten Vertreter der OGPU eine Hausdurchsuchung gemacht.«*

Drei Hauptredaktionen des Stückes liegen vor. Die erste Fassung (Juli bis September 1925) reproduziert noch weitgehend in Figurenensemble und Fabel die Romanvorlage. Das Stück war zu lang und zu episch. Nach der Lesung im Künstlertheater und der anschließenden Diskussion mit Regisseur und Schauspielern straffte Bulgakow in der zweiten Fassung (Oktober 1925 bis Januar 1926) die Handlung vor allem durch eine neue Zentralgestalt – den Oberst Alexej Turbin. In ihm verschmelzen drei Romanfiguren miteinander: der autobiographische Arzt Alexej Turbin, der heroische Don Quijote der Weißen Garde Nai-Turs und der Oberst Malyschew, der den sinnlos gewordenen Kampf gegen Petljuras Bauernarmee einzustellen befahl nach dem Rückzug der Deutschen aus Kiew und der Flucht des Hetman Skoropadski sowie des weißen Oberbefehlshabers nach Berlin. Die neue dramatische Figur Oberst Alexej Turbin ist also nicht mit dem gleichnamigen Arzt in dem Roman »Die weiße Garde« gleichzusetzen. Oberst Alexej Turbin bestimmt im Stück entscheidend Verlauf und Perspektive der Turbin-Geschichte. Das Drama war bühnenreif.

Doch die Auseinandersetzung mit Vorstellungen des Theaters und politischen Auflagen des Repertoirekomitees (Zensurbehörde) zeitigte noch eine dritte Fassung des Stückes (August bis Oktober 1926), das jetzt auch den endgültigen Titel – »Die Tage der Turbins« statt »Die weiße Garde« – erhielt.

* Siehe Band 5 und Band 11 dieser Ausgabe.

Bei der inhaltlichen Analyse der Evolution des Stückes sind fünf Aspekte von besonderem Gewicht: 1. Die Eliminierung der Dostojewski-Rezeption und 2. des damit verbundenen Trotzki-Symbols. 3. Die Ausprägung der Einsicht Alexej Turbins über die Hoffnungslosigkeit der Weißen Idee und seine Anerkennung der Sowjetmacht, da sie vom Volk gestützt wird, als Leitmotiv des dramatischen Geschehens. 4. Die diesem Leitmotiv gemäße Veränderung des Finales. 5. Die Entfaltung der Puschkinverse aus dem »Lied vom weisen Oleg« zu einem inneren Leitmotiv des Chronisten Bulgakow, der sich nach seinen eigenen Worten redlich bemühte, »*leidenschaftslos* über den Roten und den Weißen zu stehen.«*

Ursprünglich hatte Bulgakow den Alptraum des Arztes Alexej Turbin, den dessen Neusicht von Dostojewskis Roman »Die Dämonen« auslöste und in dem Roman »Die weiße Garde« seine Umwertung traditioneller Wertvorstellungen einleitete, in dem Stück so zu reproduzieren beabsichtigt: »2. Akt. 1. Bild. Bei den Turbins. Nacht. Kurz vor Morgengrauen. Alexej schläft auf der Ottomane.

ALEXEJ *spricht im Schlaf* Wer ist da? Wer? Wer? Wer? *Pause.* Mein Gott, wer ist denn da? *Erwacht, richtet sich auf, nimmt den Revolver vom Stuhl, zielt auf die Portiere.* Verdammt, der Hausmantel. *Schläft ein, murmelt* Der verfluchte Wodka. *Nebel zieht über die Bühne. Der Hausmantel an der Wand öffnet sich plötzlich und heraus tritt ALPTRAUM. Runzliges Gesicht, kahler Kopf, kurzes Jackett aus den siebziger Jahren, karierte Reithose, Stiefel mit gelben Stulpen.*

ALPTRAUM Mit nacktem Hintern sollst du dich nicht auf einen Igel setzen. Das heilige Rußland ist ein hölzernes Land, bettelarm und gefährlich, und für den russischen Menschen ist Ehre nur eine zusätzliche Last. *Singt* Seid gegrüßt, ihr Sommerfrischler, seid gegrüßt, ihr schönen Fraun. Längst begann die Landvermessung …

* Bulgakows Brief an die Regierung der UdSSR vom 28. 3. 1930, siehe Band 13 dieser Ausgabe.

Die Bühne füllt sich mit Gitarrenklang.
Ich würde euren Hetman aufhängen. Ehrenwort. *Springt Alexej auf die Brust, würgt ihn.*

ALEXEJ *im Schlaf* Laß mich.

ALPTRAUM Alexej Wassiljewitsch, ich bringe Ihnen Grüße von Fjodor Michailowitsch Dostojewski. Ich würde ihn, haha, aufhängen. Breitmans Witze sind ganz lustig, aber wo sind die Kompanien der Senegalesen? Ich sage Ihnen im Vertrauen, verehrter Alexej Wassiljewitsch, es werden keine Senegalesen kommen, sie sind übrigens auch Singalesen. Aber richtig heißt es nicht Singalesen, sondern Sansilesen. Die Verbündeten sind Lumpen.

ALEXEJ Geh weg. Gansilesen, das ist doch Unsinn. Dieses Wort gibt es nicht. Dich gibt es auch nicht. Ich sehe dich im Traum. Gleich wache ich auf. Ich wache auf, auf, auf.

ALPTRAUM Sie irren sich, Doktor. Ich bin kein Traum, sondern reine Wirklichkeit. Und wer kann schon sagen, was ein Traum ist? Wer? Wer?

ALEXEJ *im Schlaf* Wer? Wer? Wer?

ALPTRAUM Eben. Und um Ihnen zu beweisen, daß ich kein Traum bin, mein lieber Doktor, will ich Ihnen sagen, daß ich ganz genau weiß, was mit Ihnen wird.

ALEXEJ Was? Was? Was?

ALPTRAUM Das sind sehr unschöne Dinge. *Schreit dumpf* Doktor, überlegen Sie nicht lange. Nehmen Sie die Achselklappen ab.

ALEXEJ Geh, mir ist schwer. Du bist ein Alptraum. Das schlimmste sind deine Stiefel mit den Stulpen. Brr, scheußlich. Solche Stulpen gibt's in Wirklichkeit gar nicht.

ALPTRAUM Wieso nicht? Und ob es die gibt, zum Beispiel, wenn in Shitomir kein Leder aufzutreiben ist.

ALEXEJ Warum marterst du mein Gehirn? Ich verstehe gar nichts. Wieso in Shitomir? Geh. Du bist ein Mythos. Du bist eine Visage wie die, die Nikolka auf den Ofen gemalt hat.

ALPTRAUM Ach so? Also gibt es sie gar nicht in Wirklichkeit? Dann schauen Sie mal her, Doktor. *Die Zeichnung auf dem*

Kamin verwandelt sich in den lebendigen Kopf des Obersten Bolbotun.
ALEXEJ Ein Petljura-Mann. Hauptmann Myschlajewski, zu mir! *Bolbotun erlischt.* Unsinn, ein Mythos. Du willst mich reizen. Einschüchtern. Ich gebe gern zu, daß ich schlafe und daß meine Nerven zerrüttet sind. Weg. Sonst schieße ich. Das ist doch alles ein Mythos, ein Mythos.
ALPTRAUM Ach so, ein Mythos? Nun, das zeige ich Ihnen jetzt, was für ein Mythos das ist. *Pfeift gellend.*

*Die Wände der Turbinschen Wohnung verschwinden. Auf dem Fußboden erscheinen ein Faß, eine Truhe und ein Tisch. Aus dem Dunkel zeigt sich ein leerer Raum mit zerschlagenen Fensterscheiben, eine Schrift ›Stab der 1. Reiterdivision‹. Am Eingang eine Petroleumlampe. Auf dem Tisch ein Windlicht. Abseits ein Feldtelefon, daneben auf einer Bank Haidamak, der Telefonist. Alptraum und Alexej verschwinden.«**

Alexej Turbin hat den berühmten Modellfall aus Dostojewskis Roman »Die Brüder Karamasow« – das Teufelsgespräch Iwan Karamasows – nachphantasiert. Aber Turbins Alptraum offenbart ein Chaos von unbewältigten Lebenseindrücken aus der »kleinen« und »großen Welt«, von Erinnerungsfetzen und Gedankensplittern, das er nach seinen traditionellen Orientierungsmaßstäben nicht mehr rational erfassen kann. So verbinden sich äußerlich absurd, aber innerlich folgerichtig verschiedenartige Motive: Zitate aus Dostojewskis Roman »Die Dämonen« – die fragwürdigen Bekenntnisse des aristokratischen Westemigranten Karamasinow – über einen drohenden moralischen und geschichtlichen Untergang Rußlands; analoge Sprüche des örtlichen Satirikers Breitman über die nackte Ohnmacht der Weißen vor dem stachligen Bauernaufstand; Lieder und Zeichnungen Nikolkas; das Auftauchen Lariossiks aus Shitomir; Gerüchte über die Landung verbündeter französischer Kolonialtruppen in Odessa, die das belagerte Kiew ent-

* Deutsch von Thomas Reschke.

setzen sollen; der reale Einmarsch der Petljura-Reiterei unter Oberst Bolbotun*. Der Wechsel und die Überschneidung der einzelnen Traumbilder erinnert an die Poetik alptraumhafter Wirklichkeiten, die Bulgakow in seinen »Aufzeichnungen auf Manschetten« (1921/22) zu bannen suchte, wobei in der Schwebe bleibt, was nur ein Mythos und was real ist.**

Diese neue künstlerische Weltsicht widersprach der vorrevolutionären realistischen Tradition des Künstlertheaters, das Tschechow zu kanonisieren strebte. Bulgakows Stück sollte diesem Muster angenähert werden. Folgerichtig wurde mit dem Alptraum Alexej Turbins auch die ganze gewichtige Dostojewski-Rezeption eliminiert, die den Roman »Die weiße Garde« leitmotivhaft durchzieht und die Bulgakow in der Urfassung des Stückes wenigstens teilweise zu reproduzieren versuchte. Es entfiel das Gespräch zwischen Alexej Turbin und Myschlajewski über Dostojewskis Roman »Die Dämonen«, das in der Urfassung des Stückes den Alptraum des Arztes vorbereitete: Dort kommt Myschlajewski, im Schneesturm halb erfroren, von der Petljura-Front ins Turbin-Haus und schimpft auf Dostojewski. Er fühlt sich von ihm betrogen, da Dostojewski die russischen Bauern als »Gottesträger« verklärt hatte, die nun gegen die ihm noch heilige alte Gesellschaftsordnung rebellieren. Alexej Turbin verteidigt Dostojewski, indem er dessen Bauern-Utopie seine Einsichten über die »Dämonen« gegenüberstellt: »Er war ein Prophet. Du weißt, er sah alles voraus, was sich ergeben hat. Sieh, hier liegt das Buch – ›Die Dämonen‹. Ich habe es gerade vor Ihrer Ankunft gelesen. Ach, wenn wir das alles hätten vorher voraussehen können.«

In der Endfassung des Stückes läßt Myschlajewski seine Enttäuschung über »die lieben Bäuerlein« an Graf Lew Tolstoi aus, der sie »so schön beschrieben hat«.

* Näheres zu den einzelnen Motiven in Band 1 dieser Ausgabe.
** Siehe Band 5 dieser Ausgabe.

Die Berufung auf Tolstoi statt auf Dostojewski lag im dominierenden Zeitgeschmack. Tolstois Werk wurde als »Spiegel der russischen Revolution« nach Lenin gelobt, das die »starken und schwachen Seiten« des Bauernlandes verkörpere, die traditionelle Demut und das »Herunterreißen aller und jeglicher Masken« von der zaristischen Gesellschaft. Dostojewski wurde dagegen als Renegat verdammt. Sogar Viktor Schklowski verurteilte ihn auf dem I. Sowjetischen Schriftstellerkongreß 1934 als einen »Verräter«.*

Auf die apokalyptische Schlußvision des Romans »Die weiße Garde« im Geiste Dostojewskis hatte Bulgakow bei dessen Dramatisierung von Anfang an verzichtet. Sogar der indirekte Bezug auf Dostojewskis »Dämonen« im Roman wird im Stück durch ein »entdämonisiertes« Bild ersetzt. Am Schluß der Urfassung des Romans parodiert Nikolka die Rednerpose Lenins und zugleich »Die Unsrigen«, wie die pseudorevolutionären Terroristen bei Dostojewski bezeichnet werden: »›Ich beglückwünsche euch, Genossen‹, sagte Nikolka und spielte einen Redner auf einem Meeting, ›jetzt kommen die Unsrigen: Trotzki, Lunatscharski und die übrigen.‹ Er legte die Hand in den Blusenausschnitt und stellte ein Bein vor.« Schon in der ersten Fassung des Stückes sagt Nikolka an der entsprechenden Handlungsstelle: »Ganz wie bei den Bolschewiken! Ehrenwort! *Nimmt die Gitarre.* Wenn Trotzki das gesehen hätte, er hätte uns ohne Umschweife umarmt. Die Ordnung ist mustergültig. Und die Gesichter sind bei allen ganz bewußte ...«

In der ersten und zweiten Fassung des Stückes setzt Bulgakow an die Stelle des Epochenbildes der »Dämonen«

* Was Dostojewski tatsächlich »verraten« hatte, versuchten die meisten russischen Revolutionäre zu verdrängen: ihren Rückgriff auf Terrormethoden, die das Ideal zerstören. Dieses »Großinquisitor-Geheimnis« hat Ilja Ehrenburg schon 1921 in seinem Roman »Julio Jurenito« enthüllt. Näheres hierzu in Band 3 und Band 9 dieser Ausgabe.

Dostojewskis das Trotzki-Symbol. Dadurch trug er äußerlich der Forderung der Dostojewski-Gegner Rechnung. Doch indirekt bedeutete diese »Korrektur«, daß das Epochenbild der »Dämonen« zeitgeschichtlich konkretisiert und sogar tagespolitisch aktualisiert wurde. Das lag im Sinne von Bulgakows Evolutionskonzeption. Die Entmachtung Trotzkis nach Lenins Tod durch das Triumvirat Sinowjew, Kamenew, Stalin schien sie zu bestätigen.

Trotzki war für Bulgakow, für die Turbins und für Zeitgenossen ähnlicher geistiger Tradition *die* Verkörperung der satanischen Kraft, die Dostojewski in seinen apokalyptischen Visionen prophezeit hatte. Darauf weist schon die Metaphorik in Bulgakows Artikel »Kommende Perspektiven« (1919). Von »der unheilverkündenden Figur Trotzkis« ist dort die Rede, von »der Verführung der Arbeiter«. Die Arbeiter, Bauern und Soldaten der Roten Armee werden als von Trotzki »genarrte Wahnwitzige« – also wie vom Teufel verführte – bezeichnet. Auch die Zukunftsvision des Artikels folgt der Prophezeiung Dostojewskis.

Das biblische Gleichnis von der Austreibung der bösen Geister wird sich bestätigen, heißt es in Dostojewskis Roman, auch die neuen Dämonen – die terroristischen Pseudorevolutionäre – werden in eine Schweineherde fahren, von einem Abhang stürzen und ertrinken (Lukas-Evangelium, Kapitel 8, Vers 32–37). Und Bulgakow prophezeite 1919: »Die Schurken und Wahnwitzigen werden vertrieben, zerstreut, vernichtet.«

In dem Roman »Die weiße Garde« träumt von solch einem wundersamen Ende der Heimsuchung Rußlands durch die Revolution nur noch der ehemalige konstitutionelle Demokrat Wassilissa, den Bulgakow als eine komische Figur abwertet und dessen Szenen in der Endfassung des Stückes »Die Tage der Turbins« gestrichen wurden.

Mit dem Begriff »Wahnwitz« verbindet sich eine vielschichtige literarische Polemik: Der junge Gorki hatte in seinem »Lied vom Falken« (1895) den »Wahnwitz (besumstwo) der Tapferen« im Rückblick auf die heroischen Einzelkämpfer der Partei »Volkswille« gegen den Zarismus und in Hoffnung auf deren Erneuerung besungen. Die Metapher war gegen Dostojewskis Appell an diese Revolutionäre (»Demütige dich, stolzer Mensch, dulde«) gerichtet und wurde zu einem Symbol aller russischen Revolutionäre und besonders der Bolschewiki in den ersten Jahrzehnten dieses Jahrhunderts. Der »wahnwitzige stolze Mensch« sollte nach Gorkis weiterer Entwicklung dieses Motivs in dem Poem »Der Mensch« (1903) einen revolutionären »Teufelspakt« mit den »Gedanken« des Sozialismus eingehen und siegen. Bulgakows wiederholte, fast leitmotivhafte Anspielung auf diese Metapher Gorkis war eine Kampfansage gegen die Revolution als eine teuflische Versuchung des russischen Volkes. Dabei ist aber nicht zu übersehen, daß Bulgakows spätere ideale Jesus-Gestalt Jeschua in »Der Meister und Margarita« von Pilatus als ein »wahnwitziger Verbrecher« verurteilt wird, der »wahnwitzige utopische Reden« hält. Das Jeschua-Ideal hat offensichtlich für Bulgakow Gemeinsames mit dem Endziel des Kommunismus, einem »Reich der Wahrheit und Gerechtigkeit«, in dem jede Staatsmacht überflüssig wird. Aber der gewaltsame, revolutionäre Weg zu diesem Ideal war für Jeschua wie für Bulgakow ein Irrweg. Diesen revolutionären »Teufelspakt« hat Jakow Golossowker gleichnishaft gestaltet in »Jesus verläßt Moskau. Ein verbrannter Roman« (1925/28 geschrieben, verbrannt 1936, wiederhergestellt 1940, Erstveröffentlichung in Moskau 1991, deutsch Verlag Volk und Welt 1992). Das ist zugleich ein Buch, das erstaunliche Analogien zu Bulgakows ebenfalls in der Urfassung verbranntem Roman »Der Meister und Margarita« aufweist. Der Vergleich beider Werke vermittelt bedenkenswerte Einsichten in Bulgakows Neusicht der russischen »Teufelspakt«-Problematik, besonders der Dostojewskis und Gorkis.*

* Näheres hierzu in Band 3 dieser Ausgabe.

III

Die Verneinung der unmittelbaren Gültigkeit von Dostojewskis »Dämonen«-Vision in »Die Tage der Turbins« bedeutete jedoch nicht, daß Bulgakow von ihr grundsätzlich abgegangen sei. Er begriff, daß die »Austreibung der Dämonen« sich nicht auf die Weise vollziehen kann, wie er es noch 1919 gefordert hatte. Der konterrevolutionäre Krieg hatte die Revolution nur stabilisiert und verhärtet, lehrte die Geschichte. Bulgakow setzte daher nun auf eine »große Evolution«. Und das Schicksal der »unheilverkündenden Figur Trotzkis« als der Triebkraft der Revolution blieb auch für den Autor des Romans und des Stückes »Die weiße Garde« (erste und zweite Fassung) Orientierungspunkt für »die Austreibung der Dämonen«. Die Zeitgeschichte, die Entmachtung Trotzkis bereits zwischen 1923 und 1926, als Bulgakow diese Werke schrieb, schien solch eine Vision zu bestätigen. Am 8. Januar 1924 notiert Bulgakow in seinem Tagebuch etwas voreilig, aber im Prinzip richtig: »Also, 8. Januar 1924. Trotzki ist gefeuert. Was aus Rußland wird, weiß Gott allein. Möge er ihm helfen.« Und in der »Nacht vom 20. auf den 21. Dezember 1924« resümiert er: »In den letzten zwei Monaten hat es viele wichtige Ereignisse gegeben. Das wichtigste war natürlich die Spaltung der Partei, ausgelöst durch Trotzkis Buch ›Die Lehren des Oktober‹. Dann der einmütige Angriff aller Anführer der Partei mit Sinowjew an der Spitze auf das Buch, die Verbannung Trotzkis in den Süden unter dem Vorwand seiner Erkrankung und die Stille danach. Die Hoffnungen der weißen Emigranten und der inneren Konterrevolutionäre darauf, daß die Geschichte mit dem Trotzkismus und Leninismus zu blutigen Zusammenstößen und zu einem Umschwung innerhalb der Partei führen würde, haben sich, wie ich vermutete, nicht bewahrheitet. Sie haben Trotzki aufgefressen, sonst nichts. Ein Witz: ›Lew Dawydowitsch, wie steht's um Ihre Gesundheit?‹ – ›Ich weiß nicht, ich habe heute noch nicht Zeitung gelesen.‹ (Anspielung auf das lächerliche Bulletin über seine Gesundheit.)«

Bulgakow scheute aber voreilige Schlußfolgerungen. Er glaubte wohl wie viele damals, der Sturz Trotzkis zeitige den Übergang der Macht an Sinowjew. Und dieser – Bulgakow hatte ihn erlebt – war für ihn ein eitler Demagoge*.

Bei aller Dämonisierung Trotzkis konnte Bulgakow aber nicht übersehen, daß dieser »Teufel« seit 1923 sich intensiv bemühte, Rußland radikal von dem zu reinigen, was auch Bulgakow in seinen Satiren bekämpfte: Machtmißbrauch und Korruption, arrogante Siegerignoranz und bürokratischen Leerlauf, Unkultur, Grobheit und Schlamperei im Alltag, dogmatische Gängelung von Wissenschaft, Kunst und Literatur ... Bangte Bulgakow deshalb um Rußlands Zukunft, als er im Tagebuch vom 8. Januar 1924 berichtete, wie Trotzki von der neuen Parteiführung, die damals noch Sinowjew repräsentierte, ausgeschaltet wurde?

Daß Stalin bereits zum entscheidenden Machtfaktor in der Partei geworden war, wußte Bulgakow wie die meisten seiner Zeitgenossen noch nicht. Im Tagebuch (20./21. 12. 1924 – Stalins 45. Geburtstag am 21. 12. 1924 wurde noch nicht in der Öffentlichkeit gefeiert) resümiert er: »Nach ein paar Festtagen versinkt Moskau im Tauwettermatsch. Jungen bieten in den Straßen Trotzkis Buch ›Die Lehren des Oktober‹ an, das sehr verbreitet ist. Ein glänzender Trick: Während die Zeitungen Resolutionen drucken, in denen Trotzki dem Anathema ausgeliefert wird, verkauft der Staatsverlag die ganze Auflage. Es gibt freilich Gerüchte, wonach Schmidt (der Verlagsdirektor – R. S.) für die Veröffentlichung dieses Buches aus dem Staatsverlag gefeuert wurde; erst später habe man erwogen, das Buch nicht einzuziehen, das sei noch schädlicher, zumal die Leserschaft nicht die Bohne verstehe, und ihr sowieso

* Tagebucheintragung Bulgakows vom 17. April 1924, siehe Band 5 dieser Ausgabe.

egal sei, ob Sinowjew oder Trotzki oder Iwanow oder Rabinowitsch. Das sei ein ›Streit der Slawen* untereinander.‹«

Die Ungewißheit Außenstehender über die Macht- und Richtungskämpfe in der Parteispitze sollte erst weichen, nachdem Stalin mit Hilfe Bucharins 1926/27 seine einstigen Verbündeten gegen Trotzki, die Internationalisten jüdischer Herkunft Sinowjew und Kamenew, ausschaltete und dann auch Bucharin stürzte und schließlich nationalistische Traditionen zaristischer Selbstherrschaft neu belebte.

Als Sinn und Ausgang dieser Machtkämpfe noch unklar waren, versuchte Bulgakow die Gunst der Umstände dieser Zwischenzeit für die Darstellung seiner Vision vom Ende der Revolution und einer Evolutionsperspektive in der ersten und zweiten Fassung des Stückes »Die weiße Garde« zu nutzen, indem er Trotzki als *das* Symbol der Revolution herausstellte. Denn das mußte dem Moskauer Zuschauer des Jahres 1926, der den unaufhaltsamen Abstieg des Organisators der Oktoberrevolution, des Schöpfers der Roten Armee und des Siegers in den Bürger- und Verteidigungskriegen gegen die Intervention der Deutschen, der Westmächte und Japans unmittelbar vor Augen hatte, bereits als grotesk erscheinen.

In der zweiten Fassung des Stückes »Die weiße Garde« (1. Akt, 3. Bild, entspricht in »Die Tage der Turbins« dem 1. Akt, 2. Bild) erläutert Oberst Alexej Turbin: »Nun sitze ich unter euch ... ich schaue ... und immer ein ständiger Gedanke ... Ich denke, was bedeutet mir euer Petljura ... Ich sehe noch bedrohlichere Zeiten. Ich sehe ... Nun, wir werden Petljura nicht aufhalten. Er kommt aber nicht auf lange, nach ihm kommt Trotzki ... Wenn wir uns mit Trotzki messen müssen, wird die Sache lustiger werden. Entweder werden wir ihn einscharren oder, was wahrscheinlicher ist, er uns.« Darauf sagt der betrunkene Myschlajewski: »Trotzki? Ach, Trotzki. Wir werden es ihm

* »Slawen« ist hier wahrscheinlich ironisch für »Juden« gesetzt.

gleich zeigen. *Zieht die Mauserpistole.*« Und weiter: »Ich werde auf die Kommissare schießen. *In den Zuschauersaal* Wer von euch ist Trotzki?« Und als die mit ihm zechenden Scherwinski, Studzinski, Jelena und Alexej Turbin ihn zur Besinnung zu bringen versuchen, da der Revolver geladen ist, ironisiert Myschlajewski: »Also bin ich in eine Runde von Bolschewiken geraten. Sehr angenehm. Seid gegrüßt, Genossen ... Trinken wir auf das Wohl Trotzkis ... Er ist so ein sympathischer ...«

Hinter dieser ironischen Bemerkung verbirgt sich bereits Myschlajewskis Einsicht in den geschichtsmächtigen Einfluß, den Trotzki auf die »Gottesträger« damals ausübte. Schon am Schluß der ersten Fassung des Stückes formulierte Myschlajewski seine diesbezüglichen Überlegungen sehr präzise, als in dem Turbin-Kreis die Frage erörtert wird: Was tun nach dem Sieg der Roten Armee über Petljura in Kiew Anfang 1919? Myschlajewski erinnert zunächst daran, wie er seit Beginn des Weltkrieges 1914 den »Vaterlandsverteidigern« geglaubt und gedient hatte. Für ihn begann der Wahnsinn bereits 1914. Und der »Wahnwitz« von 1917 war die unabwendbare geschichtliche Antwort darauf. Immer wieder war Myschlajewski als Frontoffizier den Durchhalteparolen der Generale gefolgt: »Fürs Vaterland ... Im Jahre 1917 haben unsere artilleristischen Gottesträger die Kommandeure wegen Grausamkeit umgebracht. Und mir sagten sie: Haun Sie ab, Euer Hochwohlgeboren, zu des Teufels Großmutter, denn sonst wird man Sie, obwohl Sie ein guter Mensch sind, weil Sie dazugehören, töten. Gut. Zu des Teufels, dann zu des Teufels. Ich fahre nach Hause, zum Hetman. Grüß dich. Und unverzüglich erklärt man: Myschlajewski, rette das Vaterland! Erstens die Petljura-Leute, aber nach ihnen die Bolschewiken. Myschlajewski ist wie ein Dummkopf losgestürzt. Hab mir den Fuß erfroren, ließ mich herumwirbeln, habe mich im Kreise gedreht. Menschen wurden vor meinen Augen erschlagen. Paßt es Ihnen nicht? Die Bolschewiken, und wieder: Halte durch. Schlag dich.

Nun, nein. (...) Ich erkläre, daß ich mit den Hundekindern, den Generälen, nichts mehr zu tun habe. Ich bin am Ende.« Darauf entwickelt sich folgende Kontroverse.
»NIKOLKA Hauptmann Myschlajewski ist ein Bolschewik geworden! Hurra!
MYSCHLAJEWSKI Ja, wenn es gefällig ist. Ich bin für die Bolschewiken, doch nur gegen Kommunisten.
NIKOLKA Doch die sind ja gerade ...
STUDZINSKI Hör zu, Hauptmann. Du erwähntest das Wort ›Vaterland‹. Was ist denn das für ein Vaterland, wenn Trotzki kommt? Rußland ist am Ende. Verstehe: Trotzki! Der Doktor hatte recht. Da ist er, Trotzki!
MYSCHLAJEWSKI Trotzki. Eine prächtige Persönlichkeit. Ich wäre sehr froh, mit ihm bekannt zu werden und würde ihn zum Korpskommandanten z. b. V. ernennen ...
STUDZINSKI und NIKOLKA Warum?!
MYSCHLAJEWSKI Nun, darum! Darum, weil bei Petljura, wieviel, sagtet ihr? Zweihunderttausend. Diese Zweihunderttausend haben Fersengeld gegeben und flitzen allein bei dem Namen Trotzki. Und niemand ist mehr da. Habt ihr's gesehen? Einwandfrei! Trotzki hat nur mit den Augen gezwinkert, und schon folgten ihm die Gottesträger in Massen. Und was kann ich diesen Gottesträgern dagegensetzen? Reithosen mit Borte. Aber sie können diese Borte nicht mehr sehen. Jetzt greifen sie zur Mistforke. Paßt ihnen nicht. Vorne sind die Rotarmisten, wie eine Wand, hinten die Schieber und allerlei Lumpenpack mit dem Hetman, und ich in der Mitte. Ja, ergebenster Diener. Ich hab's satt, den Korken in der Jauchegrube zu spielen. Es ist zu Ende.«

Wenn Bulgakow auf die groteske Wirkung dieser Herausstellung Trotzkis spekuliert hatte, so ging das Spiel nicht auf. In der Endfassung des Stückes wurde der Name Trotzkis durchgängig durch »Bolschewiken« bzw. »Kommissare« ersetzt. Damit änderte sich die Grundaussage des Stückes sehr wesentlich. Die verborgene Satire auf die Revolution als eine geschichtlich für Rußland mehr oder weniger kurzfristige Periode, die mit der »Magie« Trotzkis begann und enden werde, weicht einer Anerkennung des realgeschichtlichen Zeitverständnisses.

Die offizielle Verurteilung von Trotzkis antistalinistischen Programmschriften »Die Lehren des Oktober« und »Der neue Kurs« hatte bereits ein neues Stadium erreicht. Allein schon die Erwähnung revolutionärer Verdienste Trotzkis wurde als eine Rechtfertigung dessen tagespolitischen Kampfes gegen Stalin als den »Totengräber der Revolution« aufgefaßt. Hatte das Bulgakow verstanden, als er der Ersetzung des Symbols »Trotzki« durch »Bolschewiken« zustimmte oder diese Änderung durch den Druck der Umstände selbst vornahm?

Auf jeden Fall hatte diese »Korrektur« einschneidende Konsequenzen auch für die weitere Veränderung des Stückes in der letzten Fassung.

In der Urfassung sagt der Arzt Alexej Turbin in dem abschließenden »Meeting« des Turbin-Kreises, dem er als anerkannter Versammlungsleiter vorsitzt: »Stellt Rußland mit den Füßen nach oben, es kommt die Stunde, und alles ist wieder auf seinem Platz. Alles kann geschehen: Mögen sie hervorsprudeln, alles zerstampfen, aber wenn sie's aufs neue aufzubauen versuchen, werden sie nichts anderes aufbauen außer Rußland. Rußland bleibt immer Rußland ...« Nikolka wendet dazu ein: »Rußland war. War eine Großmacht.« Alexej schließt: »Und es wird wieder eine werden ... Das bedeutet, man muß im Land sitzenbleiben und geduldig warten. (...) Es wird nicht das frühere sein, ein neues. Ich ins Ausland? Was soll ich dort machen? (...) Ich fahre nicht! Ich fahre nicht! Ich fahre nicht! Ich werde hier bleiben, in Rußland, egal, was mit ihm geschehen wird ...«

War dieses sehr autobiographische Bekenntnis von Bulgakows Lieblingshelden in der ersten Fassung des Stückes der letztliche Grund, warum Bulgakow einschneidende Änderungen in diesem Stück vornahm bzw. sanktionierte?

Bemerkenswert ist in diesem Zusammenhang, daß Bulgakow andere, sein Werk prinzipiell verfälschende Änderungswünsche des Theaters und der Zensur ultimativ ablehnte. Am 4. Juni 1926 schrieb er: »An den Theaterrat und die Direktion des Moskauer Künstlertheaters. Hiermit erlaube ich mir, Sie davon in Kenntnis zu setzen, daß ich keineswegs bereit bin, die Petljura-Szene aus meinem Drama ›Die weiße Garde‹ zu streichen. Begründung: Die Petljura-Szene ist ein organischer Bestandteil des Ganzen. Ebensowenig bin ich bereit, den neuen Titel ›Dem Ende entgegen‹ zu akzeptieren, falls der Titel meines Stückes geändert werden müßte. Ebensowenig bin ich bereit, ein Stück in vier Akten zu einem in drei Akten zusammenzustreichen. Ich bin bereit, zusammen mit dem Theater über einen neuen Titel für das Drama ›Die weiße Garde‹ zu diskutieren. Falls das Theater den oben genannten Punkten nicht zustimmen kann, bitte ich, das Stück ›Die weiße Garde‹ umgehend abzusetzen.«*

Die wesentlichste weitere Folgerung der Eliminierung des zeitgeschichtlich bereits grotesk anmutenden Trotzki-Motivs ist die Streichung der zitierten Rede des Arztes Alexej Turbin über Rußland, das immer Rußland bleiben wird, wie immer man es auch von den Füßen auf den Kopf umzustellen und umzugestalten versuchte.

Dieses Motiv war für Bulgakow der Kern seiner Evolutionshoffnung. Es korrespondiert mit seiner Rezeption von Gogols »Nase« in den »Aufzeichnungen auf Manschetten«: Eine »Nase« kann zwar in Rußland zeitweilig zum Usurpator werden, aber früher oder später muß sie an ihren Platz zurückkehren**.

Die Geschichte entwickelte sich komplizierter, als etwa die Parabel von der »Nase« Bulgakow in bezug auf Trotzkis Schicksal zu verheißen schien.

* Die Proben liefen bereits.
** Näheres hierzu in Band 5 dieser Ausgabe.

IV

In der Endfassung des Stückes prophezeit Oberst Alexej Turbin anstelle der zitierten Rußland-Rede des Arztes Alexej Turbin in der Urfassung. »Alle mal herhören! Sie würden am Don, wenn Sie überhaupt hinkommen, dasselbe vorfinden wie hier, dieselben Generäle und dasselbe Stabspack. (...) Die würden Sie zwingen, gegen das eigene Volk zu kämpfen. Und während es Ihnen die Köpfe blutig schlägt, würden sie über die Grenze flüchten. Ich weiß, in Rostow ist es genauso wie in Kiew. (...) Die weiße Bewegung in der Ukraine ist zu Ende. Ebenso in Rostow am Don und überall! Das Volk ist nicht auf unserer Seite. Schluß also! Aus! Ende!«

Daß der Bürgerkrieg 1920 so endete, war 1926 eine Binsenwahrheit. Und damals dachte Bulgakow schon an die Gestaltung dieses realen Endes in dem Stück »Die Flucht«. Politisch konnte der Schriftsteller daher gegen diese Veränderung des Textes nichts Grundsätzliches einwenden. Doch die zitierte Einsicht konnte Alexej Turbin, so wie die Gestalt angelegt ist, Anfang 1919 unmöglich haben. Ähnliches gilt für die neue Variante des Finales, besonders für die Hinwendung des jungen Nikolka zu den Bolschewiken.

Hier hat Bulgakow offensichtlich nolens volens dem Druck des Theaters und der Zensur nachgegeben. Doch anzumerken ist: Bulgakow hatte in der zweiten Fassung des Stückes von sich aus auch eine ahistorische Szene entwickelt. Dort kehrt die »Ratte« Talberg aus Berlin zurück und erklärt: »Die Hetmanerei hat sich als ein dummes Operettchen erwiesen. Ich entschloß mich, zurückzukehren und im Kontakt mit der Sowjetmacht zu arbeiten. Wir müssen die Wegsteine wechseln. Das ist alles.« Talberg verkündet also hier Anfang 1919 die Losung des »Smenawech«, einer Bewegung, die sich erst 1921 innerhalb der weißen Emigration herauszubilden begann*.

* Näheres hierzu in Band 5 dieser Ausgabe.

Bulgakow, der die meisten Smenawech-Leute als Karrieristen und Gauner, wie aus seinen Tagebüchern der Jahre 1922–1925 zu entnehmen ist, verabscheute, machte seiner tagespolitischen Enttäuschung über die Smenawech-Leute Luft, als er den prinzipienlosen Talberg zu deren Vorreiter stilisierte. Aber auch damit kam Bulgakow nicht durch. In der Endfassung des Stückes geht der miese Talberg zur weißen Freiwilligenarmee an den Don.

Nach den Berichten von Zeitzeugen sowie nach den Theaterprotokollen wurde die Veränderung des Textes, besonders des Finales, in der Schlußfassung des Stückes zu einer »Kollektivarbeit«, in die Bulgakow aber auch ihm Wesentliches, Eigenes neu einbrachte. Das gilt besonders für die Entfaltung der Verse Puschkins über den altrussischen Seher, der dem allmächtig scheinenden Kiewer Fürsten Oleg unerschrocken dessen Ende prophezeit, zu einem Leitmotiv in der Schlußaussage des Stückes.

In dem »Lied vom weisen Oleg« (1822) beschwört Puschkin eine alte Legende, um die zu seiner Zeit Mächtigen – gemeint war Zar Alexander I., der Sieger über Napoleon und die Französische Revolution – an das Schicksal aller von zeitweiligen Siegen verblendeter Eroberer zu erinnern, an das Schicksal, das sie selbst nicht zu erkennen vermögen, aber der Seher, der prophetische Dichter, bereits voraussieht. »Der Seher fürchtet keine mächtigen Herrscher, und fürstliche Geschenke benötigt er nicht. Wahrhaftig und frei ist sein prophetisches Wort«, betont Puschkin. Der Seher tritt als unabhängiger Einsiedler aus dem finsteren Wald der Streitmacht Olegs entgegen. Und er prophezeit dem Fürsten, sein bewährtes Streitroß werde seinen Tod veranlassen. Oleg, dem »die Wogen und das Festland hörig sind«, bringt darauf sein Pferd um. Aber er kann seinem Schicksal nicht entgehen. Als er später an dem Ort der Weissagung vorbeikommt, sucht er die Gebeine seines Pferdes auf. In ihnen hat sich eine Schlange eingenistet, die Oleg tötet.

Während des Ersten Weltkrieges wurden Puschkins Verse hurrapatriotisch umgewertet und in der zaristischen

Armee mit dem neuen Refrain gesungen: »Drum lauter, ihr Sänger, verkündet den Sieg! Wir haben gewonnen und aus ist der Krieg! Drum heb'n wir das Glas auf den Zaren! Und rufen ein lautes Hurra!«

Diese Version des Liedes wird im Turbin-Kreis in der zweiten Fassung des Stückes (1. Akt, 2. Bild) gesungen. Bulgakow übernahm diese Szene in der dritten Fassung (1. Akt, 2. Bild). Aber dort setzt er dieses Motiv verändert auch am Schluß des Stückes mit dem neuen Refrain: »Drum – auf den Rat der Volkskommissare (...) rufen wir ein lautes ›Hurra!‹«. Und dann beginnt Nikolka erneut: »Da tritt aus dem nächtlich umdunkelten Tann/Ein Seher der Streitmacht entgegen ...«

Die Umwertung der Oleg-Parabel durch die zaristischen und weißen Armeen zeitigte letzten Endes ebenfalls jene unabwendbare historische Gesetzmäßigkeit, die Puschkin als eine Art Ironie der Geschichte verallgemeinert hat. Die Weißen konnten ihrem Schicksal nicht entgehen, auch wenn sie – um im Bild zu bleiben – ihr »Streitroß«, die »Gottesträger«, den rebellisch gewordenen Bauern, zu vernichten versuchten. Und nun, 1926, steht analog im geschichtlichen Raum die Frage: Sollten die neuen Sieger, die ihr »Streitroß« in Revolution, Bürger- und Interventionskriegen, Trotzki, »aufgefressen« hatten und sogar aus Bulgakows Stück strichen, weil der jetzt »unbewaffnete Prophet« eines demokratischen Sozialismus Trotzki das Schicksal des staatsbürokratischen »Sozialismus in einem Land« vorausgesagt hatte, nicht der gleichen menschheitsgeschichtlichen Gesetzmäßigkeit unterliegen?

Der Kanon von Puschkins Parabel wird in Bulgakows Rezeption nicht umgemodelt: Oleg dachte seinem Schicksal durch selbstherrlichen Entschluß zu entgehen. Und er tat gerade das Falsche, was sein Ende herbeiführte. Ähnlich erging es den Weißen. Der Voluntarismus der neuen Sieger des Jahres 1926 huldigte dem gleichen Kanon. Wiederum wurden nur Namen und Etikette geändert. Sollte das nicht ein analoges Schicksal ankündigen*?

Die verborgene Satire in Bulgakows Oleg-Rezeption hatten schon scharfsichtige Zeitgenossen bemerkt. Jelena Bulgakowa berichtet in ihrem Tagebuch am 25. August 1934 von einem Gespräch mit dem Kiewer Theatermann Sagorski in Moskau, als dort der I. Sowjetische Schriftstellerkongreß tagte, der den »Sieg des Bolschewismus« in der sowjetischen Literatur proklamierte: »Sagorski und ich redeten bis zum Morgengrauen über M. A. (Bulgakow – R. S.). ›Warum akzeptiert M. A. den Bolschewismus nicht? ... Heutzutage darf man nicht apolitisch sein, darf man nicht abseits stehen und Theaterbearbeitungen machen.‹ Aus unerfindlichen Gründen sagte er so etwas wie: ›Aus dem finsteren Wald kam ein Seher (der Schriftsteller M. A.) und will um nichts auf der Welt den Bolschewiki ein Lied singen ...‹«**

Am 5. Oktober 1926 hatten »Die Tage der Turbins« im Moskauer Künstlertheater Premiere. Die ursprüngliche Doppelbödigkeit des Stückes im Hinblick auf das unmittelbare Revolutionsschicksal war durch die Eliminierung der Dostojewski-Rezeption und des Symbols Trotzki stark eingeschränkt. Mit der Entfaltung des Oleg-Motives, dessen Kontext jeder einigermaßen gebildete Russe kennt und daher zu Ende denken kann, entstand – was heute unübersehbar ist, denn Trotzkis Sturz signalisierte zwar bereits die Wende der Revolution zum Stalinismus, aber noch nicht das Ende der Sowjetunion – eine neue Doppelbödigkeit mit noch größerer, über die damalige Zwischenzeit hinausweisender Verallgemeinerungsassoziation.

* Wenn Bulgakow einen literarischen Kanon für überholt hielt, hat er ihn auch in der Grundstruktur umgemodelt, sich nicht mit Etikettenwechsel begnügt. Näheres dazu in Band 5 dieser Ausgabe.
** Siehe in: Jelena Bulgakowa »Margarita und der Meister. Tagebücher, Erinnerungen«, Verlag Volk und Welt, Berlin 1993.

V

In »Das Leben des Herrn de Molière« (1932/33) beschreibt Bulgakow die »Eidechsenmethode« zur Rettung eines Stückes vor dem Verbot: »Diese Methode ist den Dramatikern von alters her bekannt und besteht darin, daß der Autor unter dem Druck der Macht sein Werk mit Vorbedacht verstümmelt. Die letzte Möglichkeit! So reagieren Eidechsen, wenn man sie am Schwanz packt – sie brechen ihn ab und entkommen. Jede Eidechse weiß, daß es besser ist, ohne Schwanz zu leben, als das Leben zu verlieren.« Und weiter offenbart Bulgakow am Beispiel Molières seine eigenen Erfahrungen bei der Inszenierung der »Turbins«: »Molière nahm zu Recht an, die königlichen Zensoren hätten keine Ahnung, daß eine Umarbeitung des Werkes den Grundgedanken nicht im geringsten zu ändern und seinen unerwünschten Einfluß auf die Zuschauer in keiner Weisung zu schwächen brauchte.«

Bulgakow erwähnt hier nicht, daß der Eidechsenschwanz allmählich wieder nachwächst. Neugewachsen ist durch die Oleg-Rezeption der abgebrochene »Turbin-Schwanz«. Und die ursprünglich mit dem zitierten Alptraum Alexej Turbins beabsichtigte neue künstlerische Seh- und Darstellungsweise, die Bulgakow schon in der dem Theater eingereichten ersten Fassung des Stückes gestrichen hatte, findet eine durchgängige, vollendete Ausprägung in »Die Flucht«: Die Alptraum-Sicht des Helden wird zum Autorenstandpunkt.

Auf den autobiographischen Ursprung der Anlage des Stückes als »Acht Träume« orientiert das den Regieanweisungen des ersten Traums – die Weißen im Kloster – vorangestellte Motto: »... Ich träumte ein Kloster ...«

Als der Rückfall-Typhus Bulgakow am 15. Februar 1920 in Wladikawkas daran hinderte, mit den Weißen vor der anrückenden Roten Armee zu fliehen, und er »einen seelischen Umbruch« erlebte*, hatte er nach der Darstellung in »Aufzeichnungen auf Manschetten« einen grotesken Alptraum, der die traditionellen Wertvorstellungen umwertete und in dem sich die Flucht in ein Kloster bereits als zentrales Motiv herausschälte: »... Unsere Wälder und Berge weit weg. (...) Das Kloster ist schneeverweht. Ein Lichtlein blinkt, das Dampfbad wird geheizt ... Ja, Wälder und Berge. Ein halbes Königreich würde ich dafür geben, wenn ich mich im heißen Dampfbad auf die Schwitzbank legen könnte. (...) Tiefer Kiefernwald. Stämme wie Schiffsmasten. Peter in seinem grünen Kaftan hat solche Bäume gefällt. (...) Welch schönes, klangvolles Wort in seinen Ukasen. (...) Wälder, Schluchten, ein Teppich von Nadeln, das weiße Kloster. Und der Chor der Nonnen singt zart und harmonisch: ›Wir singen dir, o Herr der Heerscharen ...‹ Ach nein! Wieso denn Nonnen! (...) Dort im Kloster haben sie ja Falschgeld gemacht. Romanow-Scheine. (...) Ich gehe ins Kloster. Bestimmt. In die Einöde, ins Kloster. (...) Dieser idiotische Krieg hängt mir zum Halse heraus! Ich fliehe nach Paris, schreibe dort einen Roman, dann gehe ich ins Kloster. (...) Mein Kopf! Keine Nonnen, keine himmlischen Heerscharen, sondern Dämonen trompeten ...«

In den »acht Träumen« der »Flucht« handelt Bulgakow ab – und darin beruht der autobiographische Impuls und darauf fußt die faszinierende Darstellungsweise des Stückes –, was ihm hätte widerfahren können, wenn es ihm 1920 gelungen wäre, mit den Weißen nach Konstantinopel und Paris zu fliehen. Die ihm unbekannten Details solch einer Flucht schöpfte Bulgakow vor allem aus den Erzählungen seiner zweiten Frau Ljubow Beloserskaja-Bulgakowa und den Erinnerungen des weißen Generals Jakow Slastschow »Die Krim im Jahre 1920« (Moskau 1923) mit einem Vorwort von Dmitri

* Näheres hierzu in Band 1 dieser Ausgabe.

Furmanow*. Ljubow Beloserskaja war von Petrograd über Kiew nach Konstantinopel und Paris geflohen und 1922 mit ihrem damaligen Ehemann, einem Smenawech-Anhänger, nach Moskau zurückgekehrt. General Slastschow – Prototyp des Generals Chludow – hatte schon 1921 in Konstantinopel eine Vorarbeit seines späteren Buches unter dem Titel »Ich fordere ein Gericht der Gesellschaft und der Öffentlichkeit (Glasnost)« herausgegeben. 1922 kehrte er als ein reumütiger Sünder in die Sowjetunion zurück, wurde begnadigt und als Lehrer an die Moskauer Militärakademie berufen. Aber am 11. Januar 1929, als Bulgakows Stück schon abgeschlossen war, wurde Slastschow in seiner Moskauer Wohnung von einem jungen Mann, dessen Bruder im Bürgerkrieg auf Befehl des Generals hingerichtet worden war, ermordet.

Für die ersten Entwürfe des Stückes »Die Flucht« notierte Bulgakow zwei Titelvarianten: »Der Ritter Serafimas« und »Isgoi« (Fürsten ohne Land). Es ging um die Geschichte Golubkows und Serafimas. Diese Thematik verband Bulgakow dann mit der Slastschow-Geschichte. Und auf der Grundlage authentischer Berichte – ein Künstler beginnt dort, wo das Dokument endet (Juri Tynjanow) – schuf Bulgakow seine erste große Zeitdichtung, in der die Bürgerkriegskämpfe, die Flucht der Weißen, der Lauf dieses Lebens als Episode und zugespitzter Ausdruck des Menschen- und Menschheitsschicksals ausgelotet wird. Der zeitgeschichtlich bereits überschaubare Verlauf der Ereignisse und Schicksale wird gemessen und befragt nach den »ewi-

* Das satirische Motiv vom Schabenrennen (in der Übersetzung von Th. Reschke Kakerlakenrennen) erfand Arkadi Awertschenko in »Aufzeichnungen eines Vertrauensseligen (Emigranten in Konstantinopel)« (1921). Alexej Tolstoi übernahm dieses Motiv in seinem Roman »Ibykus oder Die Abenteuer Newsorows« (1924). Ljubow Beloserskaja versicherte in ihren Memoiren, daß es in Wirklichkeit solche, in Altrußland volkstümliche Schabenrennen damals in Konstantinopel nicht gegeben hatte.

gen Themen«, die seit der Bibel, von Sehern, prophetischen Dichtern, Philosophen immer wieder neu gestellt wurden: Was ist der Mensch, seine Bestimmung, wie versucht er »die Treppe ins Paradies« zu erklimmen, welche Wege und Irrwege zeitigt der »Lauf des Lebens«, worauf gründet sich Schuld und Sühne, der »dunkle Drang« und das Bewußtwerden »des rechten Weges«?

Die Logik des äußeren Ablaufs der Ereignisse des Stückes bestätigt jene Perspektive der weißen Garde und ihrer Mitläufer, die in »Die Tage der Turbins« besonders von Oberst Alexej Turbin und Hauptmann Myschlajewski als unabwendbar vorausgesagt wurde. Die Handlungsparallelen zu dem Roman »Die weiße Garde« und dessen Dramatisierung verdeutlichen diesen Lauf der Geschichte: Statt Kiew ist nur noch die Krim eine »Arche Noah«, in der die Weißen Zuflucht erhoffen. Und der von der zaristischen Kirche als ein neuer Heiliger Georg verklärte General Chludow tötet keine Drachen, sondern geht vom Kampf gegen das eigene Volk zum Mordterror auch gegen seine eigenen Soldaten über*. Und im Vergleich zur Flucht des Oberkommandierenden Baron Wrangel, des Stabsgesindels und des Schieberpacks im Troß der Weißen 1920 übers Meer nach Konstantinopel erscheint die Flucht des Hetman Skoropadski, des weißen Oberkommandierenden in Kiew Fürst Belorukow und Talbergs nach Berlin im Dezember 1918 nur noch als ein possenhaftes Vorspiel. In den weiteren »Traumbildern« von Konstantinopel und Paris entpuppt sich die Flucht der Weißen endgültig im direkten und übertragenen Sinne als ein »Kakerlakenrennen«, ein Hasardspiel, das selbst im Glücksfall – Tscharnotas Kartenspiel mit Korsuchin – an dem Resultat dieses Irrwegs nichts ändert.

Dem »siebenten Traum« (Paris) hat Bulgakow als Motto ein Zitat aus Puschkins »Pique Dame« – »... Drei Karten,

* Slastschow betonte nicht ohne Generalsstolz, daß seine Strategie und Praxis des weißen Terrors den Bürgerkrieg auf der Krim um ein Jahr verlängert hätte.

drei Karten, drei Karten ...« – vorangestellt. Die dritte Karte von Puschkins Hasardeur Hermann »mit dem Profil eines Napoleon und der Seele eines Mephistopheles« sticht nicht. Das Schicksal läßt sich weder durch voluntaristische Suggestion noch durch wundersame Zufälle übertölpeln. Der gutmütige Tscharnota hat keine Hermann-Ambitionen. Er gewinnt, hilft seinen Freunden, aber kann dem »Kakerlakenrennen« nicht entrinnen.

Die tragische Ebene des Stückes orientiert auf die Überwindung dieser Sackgassensituation. Auch Chludow war ein Hasardeur. Er spielte mit Menschenschicksalen. Er war sich dabei zunächst nur bewußt, daß das, was der orthodoxe Oberpriester verkündete, eine Lüge war. Ironisch kommentiert er die Beschwörung des Heiligen Nikolaus aus Vorderasien, der seine Geschenke den Bedürftigen anonym überbrachte, um keinen Kult aufkommen zu lassen, und zum Schutzheiligen Rußlands auserkoren wurde. Chludow betont, der Herrgott helfe schon längst den Roten. Der General muß erkennen, daß die Sache, der er aus Traditionsbeziehung dient, verloren ist. Aber sein Problem reduziert sich nicht – wie etwa das Talbergs in der zweiten Fassung des Stücks »Die weiße Garde« – auf eine einfache Umwertung der Werte. Chludow beginnt zu erfühlen, daß das selbstherrliche Grundprinzip dieser Tradition – alles ist erlaubt, wenn es »der Sache« zu nutzen scheint – schon im Ansatz verderblich ist und letztlich immer wieder scheitern muß, weil es dem »eigentlich Menschlichen« widerspricht.

Als Maßstab dieses Menschlichen setzt Bulgakow hier bereits jenes Ideal, das der »wahnwitzige«, aber friedfertig aufklärerische Jeschua in »Der Meister und Margarita« am vollständigsten ausdrückt.

Hier sind vor allem folgende Thesen Jeschuas bedeutungsvoll: Jeder Mensch ist gut, »böse Menschen gibt es nicht auf der Welt«. Selbst solche wie der Henker Rattenschlächter sind nur grausam und hartherzig geworden, weil sie von anderen Menschen verunstaltet wurden. Und

Jeschua ist überzeugt, daß sich Rattenschlächter »total ändern« würde, wenn er »mit ihm sprechen könnte«. Ebenso verhält es sich nach Jeschua mit der Gesellschaft: »Von jeder Staatsmacht geschehe den Menschen Gewalt.« Aber es werde »eine Zeit kommen, in der kein Kaiser noch sonst jemand die Macht hat. Der Mensch wird eingehen in das Reich der Wahrheit und Gerechtigkeit, wo es keiner Macht mehr bedarf.« Und in dem Maße, wie sich diese Einsicht verbreitet, werde »der Tempel des alten Glaubens« – des Glaubens der Gewalt – »einstürzen und ein neuer Tempel der Wahrheit werde emporwachsen«.

Wer solch einen Weg einschlägt und für die Menschheit diesen »Lauf des Lebens« bahnt, verdient nach dem Weltbild Jeschuas, was das Motto des Stückes »Die Flucht« verheißt: »Unsterblichkeit, du stilles, lichtes Ufer,/Nur dir allein gilt unser Streben ganz./Drum ruh, wer seines Lebens Lauf beendet.«

Chludows »Historia morbi«* zielt auf solch eine innere Auferstehung und Erlösung. Er muß die Wahrheit ergründen und mit seinem Gewissen ins reine kommen. Die alptraumhafte Wirklichkeit, die er selbst mitgeschaffen hat, verdichtet sich in seinem seelischen Zwiespalt, droht, ihn um den Verstand zu bringen, läßt ihm die von ihm ermordete Ordonnanz Krapilin als Alpgespenst erscheinen. Er versucht, sich von dieser Inkarnation seines Gewissens – ähnlich wie der Großinquisitor vor Jesus in Dostojewskis »Brüder Karamasow« und später Pilatus vor Jeschua in »Der Meister und Margarita« – zu rechtfertigen. Das Gespenst Krapilin verfolgt Chludow, bis dessen Alptraum – etwa analog zu dem Alexej Turbins in dem Roman »Die weiße Garde« – in eine »prophetische Vision« übergeht, die eine kathartische Entscheidung auslöst. Dieser seelische Durchbruch des »Gesetzes der Gerechtigkeit« wird

* So – »Geschichte einer Krankheit« – heißt der Untertitel der Erzählung »Die rote Krone« (1922), in der Bulgakow diese Problematik erstmals aufgegriffen hat. Siehe Band 5 dieser Ausgabe.

im Stück nicht direkt gestaltet, sondern durch eine szenische Assoziation sinnfällig gemacht: Chludows letztes Gespräch mit dem Gespenst Krapilin – als er seine Entscheidung zum Bußgang trifft und dieser ihn daraufhin zustimmend verläßt – verläuft unter den Klängen des alten Volksliedes von dem Ataman Kudejar und seinen zwölf Räubern, den symbolischen »zwölf Jüngern« eines Antichristen. Den nicht zitierten Kontext des Liedes kennt jeder Russe. Nikolai Nekrassow hat dieses Volkslied in seinem Poem »Wer lebt glücklich in Rußland?« (1863–1877) als Legende »Von den zwei großen Sündern« verarbeitet: In dem grausamen Ataman Kudejar, der mit seinen Räubern »viel Blut ehrlicher Christen vergossen« hat, erwacht zuletzt noch das Gewissen. Er versucht zunächst Seelenfrieden durch Abkehr von seinen Missetaten und durch einsames Gebet zu gewinnen. Doch Gott wies ihm als »Rettungsweg« die Aufgabe, mit seinem blutbefleckten Messer eine riesige Eiche zu fällen: »Wenn die Eiche umsinkt, fallen die Ketten der Schuld.« Bei dieser Arbeit trifft ihn ein anderer großer Sünder, der keine Gewissensqualen kennt, und prahlt: »Rettung verlange ich nicht. Nein. Achten nur kann ich das blinkende Gold, Ehre und Frauen und Wein! Alter, versuch es und lebe wie ich! Stets hab ich Bauer und Knecht grausam gequält und gepeitscht und gehängt, aber ich schlafe nicht schlecht.« Nach diesen Worten stößt Kudejar dem zynischen Sünder sein Messer ins Herz. Und als dieser tödlich getroffen niedersinkt, »stürzt der Baum, und von Sündenlast fühlt sich der Büßer befreit«.

Den Schluß des Stückes von 1928, das der vorliegende Band bietet, hat Bulgakow noch zweimal, 1933/34 und 1937 verändert. In den Redaktionen von 1933/34 erschießt sich Chludow, Serafima und Golubkow bleiben im Ausland. 1937 entstanden zwei Varianten des Finales. Die erste ähnelt der Fassung des Stückes von 1926–1928: Serafima, Golubkow und Chludow kehren heim. Aber in der zweiten Variante kommen nur Serafima und Golubkow zurück, Chludow erschießt sich.

VI

Das Schicksal des Stückes »Die Flucht« ist sehr vielschichtig und auf ganz andere Weise, als es die Schlußworte in »Die Tage der Turbins« verheißen, »ein großer Prolog zu einem neuen historischen Stück«*. Es begann mit der Hetzkampagne der sektiererischen Vulgärmarxisten in der Führung der RAPP (Russische Assoziation Proletarischer Schriftsteller) gegen die »Bulgakowerei« anläßlich der erfolgreichen Aufführung der »Tage der Turbins«. Der »zweite Akt« war Bulgakows dramatisches Pamphlet gegen die RAPP-Inquisition, »Die Purpurinsel« (1926–1928). Im Zuge dieser Auseinandersetzungen wurde die bereits offiziell verkündete Aufführungsgenehmigung für »Die Flucht« zurückgenommen und, wie bereits erwähnt, wurden 1929 alle Stücke Bulgakows verboten. Doch es ging nun nicht mehr in erster Linie um Bulgakow. Der »dritte Akt« des zeitgeschichtlichen Dramas wurde hinter den Kulissen um die Grundsätze der sowjetischen Kulturpolitik ausgefochten. Bulgakow war das Schlachtfeld. Gorki – unterstützt von dem bald als »Rechten« verurteilten Nachfolger Lenins als Vorsitzenden des Rates der Volkskommissare Rykow – stand gegen die RAPP. Dieser »Zwischenakt« endete mit der Auflösung der RAPP 1932, der Unterstellung des Künstlertheaters unter die Oberhoheit der Unionsregierung, der Wiederaufführung von »Die Tage der Turbins« und der Verheißung 1933/34, nun auch »Die Flucht« zu genehmigen. Ein weiteres »Zwischenspiel« war ein neues, für Aufführungsmöglichkeiten der »Flucht« ermutigendes »Signal von oben« im September 1937, das wieder trügen sollte, aber Bulgakow veranlaßte, weiter an dem Stück zu arbeiten. Offen bleibt, was dieses Signal bedeuten sollte, nachdem im Juni desselben Jahres die führenden Roten Generäle des Bür-

* Näheres zu diesem zeitgeschichtlichen Drama, von dem hier nur Hauptkoordinaten angedeutet werden können, besonders in Band 9 dieser Ausgabe, aber auch in den Bänden 11 und 13.

gerkrieges und späteren Marschälle der Sowjetunion als angebliche ausländische Agenten zum Tode verurteilt und hingerichtet worden waren.

Dieses zeitgeschichtliche Drama der großen Politik, in das der Schriftsteller bis zu dem Stück »Batum« (1939) und bis zu seinem Tode vielseitig verstrickt war und in das er sich mit seinem Dichterwort einzumischen strebte, zeitigte ein – auf den ersten Blick schwer verständliches – ambivalentes Verhalten Stalins zu Bulgakow. Am 14. und 30. Januar 1929 wurde das Stück »Die Flucht« im Politbüro behandelt und dessen Aufführung einstimmig abgelehnt. Und am 2. Februar 1930 bezeichnete Stalin in einem Brief an den RAPP-Dramatiker Bill-Belozerkowski »Die Purpurinsel« als »Makulatur«. Er verteidigte aber zugleich »Die Turbins« als nützlich und hielt sogar eine Aufführung von »Die Flucht« für möglich, wenn den »acht Träumen« ein ideologisch wünschenswerter Schluß hinzugefügt würde. Trotzdem gab Stalin 1929 der RAPP nach, die das Verbot der »Turbins« forderte. Der tagespolitische Kampf richtete sich damals gegen die »Rechten«. Aber ein Jahr später – Bulgakow hatte in Briefen an die Regierung nach allen Verboten um Ausreise gebeten – rief Stalin Bulgakow am 18. April 1930 an und versprach ihm telefonisch eine Anstellung am Künstlertheater und eine persönliche Begegnung: »Wir sollten uns treffen und miteinander reden.« Bulgakow sagte darauf: »Ja, ja! Jossif Wissarionowitsch, ich muß dringend mit Ihnen sprechen.« Und Stalin bekräftigte abschließend: »Ja, man muß Zeit finden und sich treffen, unbedingt. Und jetzt wünsche ich Ihnen alles Gute.«

Das Gespräch kam nie zustande. Stalin besuchte nur »Die Turbins« im Theater. Hatte er sich wieder wie beim Verbot der »Turbins« 1929 trotz gegenteiliger Ansicht einer höheren Staatsraison gebeugt?*

* Bulgakow mochte es annehmen. Aber war der Stalin der dreißiger Jahre etwa ein Pilatus? Näheres hierzu in Band 3 dieser Ausgabe.

Unter diesen allgemeinen zeitgeschichtlichen Konstellationen und der besonderen Situation Bulgakows gestaltete sich das Schicksal von »Die Flucht«, das Auf und Ab von Verbot und Aufführungshoffnungen, die Redaktion des Textes. In dem Jahrzehnt der Arbeit an dem Stück hatten sich Zeit und Ort grundlegend verändert. Bulgakow sah die Slastschow-Geschichte inzwischen anders. Und dem Moskauer des Jahres 1937, dem Jahr des Großen Terrors, mußte eine freiwillige Rückkehr Chludows absurd erscheinen. Bulgakow hat der Zeit und seiner neuen Weltsicht folgend aber nicht nur den Schluß des Stückes verändert, sondern von Redaktion zu Redaktion immer stärker die ursprüngliche historische Konkretheit der Handlung und der Gestalten zu einer allmenschlichen Stilisierung in Richtung auf die Poetik von »Der Meister und Margarita« reduziert. Aber den von Stalin gewünschten propagandistischen Schluß hat er nicht geschrieben.

Berlin, Dezember 1992 Ralf Schröder

Die Bulgakow-Ausgabe umfaßt folgende Bände:

Band 1
Die weiße Garde
Roman

Band 2
Das Leben des Herrn de Molière
Aufzeichnungen eines Toten
Romane

Band 3
Der Meister und Margarita
Roman

Band 4
Der schwarze Magier
Urfassungen von »Der Meister und Margarita«

Band 5
Die rote Krone
Autobiographische Erzählungen und Tagebücher

Band 6
Teufeliaden
Erzählungen

Band 7
1. Halbband: **Ich habe getötet**
Erzählungen und Feuilletons
2. Halbband: **Der sprechende Hund**
Feuilletons

Band 8
Die Tage der Turbins
Die Flucht
Stücke

Band 9
Sojas Wohnung
Die Purpurinsel
Stücke

Band 10
Adam und Eva
Glückseligkeit
Iwan Wassiljewitsch
Stücke

Band 11
Kabale der Scheinheiligen
Die letzten Tage
Batum
Stücke

Band 12
Don Quijote
Stücke, Szenarien, Libretti

Band 13
Briefe (in zwei Halbbänden)